花香拨
绣猫 著
下册

江苏凤凰文艺出版社
JIANGSU PHOENIX LITERATURE AND ART PUBLISHING

有爱的青春陪伴者

卷三 · 拨雪寻春

（一）

"逻些的这座城，是被终年不化的雪山包围起来的。那些山，有人说是天神为了囚禁恶魔，用银子打造的牢笼和栅栏，也有人说是格萨尔王的化身，也就是向西奔腾的雄狮——白衣爨人尚虎，黑头蕃人却崇拜狮子，都是凶残好勇的种族。这时节，你看那群山之间，三座圣湖湛蓝静谧，像睁开的眼眸，一条吉曲大河清凌浩荡，像涌动的血液。赞普所住的红宫①就是大蕃的心脏。红宫背后的雪岭，又像被天神戴了金顶，闪耀着夺目的七彩光斑，龙胆、麝香、雪莲，就长在青灰的石缝里。真是一座如意宝山。"

李灵钧听得入迷："咱们快点赶路，入秋时能到逻些吗？"

翁公孺推开厢板，看见鸿胪卿的龙虎旌旗和豹尾麾枪在最前头开道，后头则是逶迤的驼队和商团。他们还在长安的黄土道上，刚出皇城，斜晖照着碧鸡山，岚气蒸腾。

微风把"叮叮"的脆声送来，是旌旗上晃动的铜铃。

"走官道，快不了。"翁公孺摇头，"这个季节常雪崩，每年自汉地到西蕃，被埋在雪下的行商和骆驼数都数不清。"

李灵钧不以为意，他关心的是西蕃境内的形势："赞普真的出身于百姓家吗？"

"据说上一任赞普离世时才二十余岁，膝下无子，大相召见群臣，要议立赞普的兄弟，娘家最显赫的一位赞蒙②突然掀开身下的褥子，里头裹着一个男婴。赞蒙声称那是她刚刚产下的赞普的遗腹子，但那个男婴的头发覆额，眼睛也早已睁开，人们都传说那是她从一个苏毗奴

---

①布达拉宫。
②赞普之妻。

隶手里买来的孩子。"

李灵钧觉得荒谬："所以，赞普和大相不睦？是大相反对议和？"

"大相手中是有兵权的。西蕃二十万大军，分五如和六十一东岱①，一半的东岱都是大相家族的势力。"

李灵钧嘴角一弯："如此显赫，鄂国公也自愧弗如吧？"

翁公孺也很应景地笑道："我朝圣主陛下当然不像番主那样懦弱。"

有侍卫在厢板上敲了敲，说："有人在道旁等着，要和翁先生说两句话。"

"我？"翁公孺纳闷，探出半个身子一望，忙双手合上厢板，坐回车里，一言不发。

李灵钧看他的表情不对："是从城里追来送行的朋友吗？"

翁公孺默默摇头。

李灵钧少年人心性，嘲笑道："难道你在京都欠了不该欠的钱或人情？"

侍卫迟疑的声音又在外头响起来："翁先生，那人说，如果你从中作梗，他就掉头去陇右。"

"不可！"翁公孺不禁惊呼一声。如果被薛厚得知他随李灵钧到了西蕃，这颗脑袋焉能久留？

心里挣扎片刻，他转过头对李灵钧无奈地笑道："郎君，咱们以前讲的话，你还记在心里吗？"

"什么话？"

"就是那……不见兔子，不撒鹰的话。"

李灵钧黯然："翁先生，我记得。"

"郎君没有随便许诺她什么吧？"

李灵钧疑惑之后，随即醒悟："是她？"他什么也顾不上了，推开翁公孺去掀厢板，翁公孺死死把他的手腕攥住了。

---

①如和东岱，都是西蕃的军事编制单位。

"陛下忌惮鄂国公,郎君知道吗?梁国公私心作祟,不愿襄助蜀王殿下,郎君也知道吗?皇甫娘子和皇甫佶来往过密,皇甫佶又是鄂国公的心腹、梁国公的爱子,郎君更是比谁都清楚。"翁公孺冷笑,"这样一个来意不明、心怀叵测的人,留她在身边,你以后可不要后悔。"

李灵钧皱眉听完:"翁先生,你在鄂国公帐下十年,我尚且没有猜忌过。"

这话听得翁公孺心头悚然,不觉手也松了。

李灵钧脸上露出自信骄傲的笑容:"就算她别有所图,难道我会给不起?"

翁公孺尖锐地问道:"要是陛下命你迎娶西蕃公主呢?"

"长安距离逻些千里之遥,陛下管不到我。"李灵钧不耐烦地说完,猛地从车里掀开厢板,见余晖依依的道边,皇甫南戴着浑脱帽,换上了半臂翻领袍,赫然是个英挺洒脱的男人,正挽着马缰对他微笑。

"皇甫郎君,请吧。"翁公孺似笑非笑地撩袍下车,找了匹马,翻身骑上。

一群侍卫撤回麾枪,皇甫南走到队伍中,李灵钧迫不及待地伸出手,把她拽进了车里。

皇甫南摘下浑脱帽,在道边等得久了,额头沾着汗珠,零散的发丝也粘在脖子上。水囊递到了面前,是李灵钧的,她没有扭捏,接过来喝了两口冰凉的泉水,润了润嗓子,然后掀开竹帘回头去看碧鸡山。长安道上,已经没有了人影。

李灵钧还保留着几分矜持,只目不转睛地望着皇甫南,笑道:"皇甫家这会儿一定乱套了。"

"皇甫家有很多女儿,不会乱。"皇甫南很清楚,以宰相和夫人的城府,这事最多在心里引起一丝微澜。面对碧鸡山那空寂的庑房,惶恐的大约也只有绿岫和红芍。

"六郎会猜到吧?"李灵钧留意着皇甫南的神色。

皇甫南望着车外黄烟漫卷,睫毛扇动,脸上没有留恋的神色:"阿兄经泾川回鄜州去了。"眼前出现在大云寺前独自徘徊的身影,皇甫南低头把水囊收起来。

车里狭窄,两人肩碰着肩,脸对着脸,水苍玉佩的璎珞也不时和皇甫南腰间的砺石针筒缠在一起。李灵钧见她革带上还挂着一柄双耳鱼肚匕首,铜环尾柄上缠着银丝,兽皮刀鞘上錾刻着密致的花纹,不华丽,有点朴拙的味道,说:"这把刀没见过。"

皇甫南回道:"防身用的。"

李灵钧笑了:"我们在一起,还需要它吗?"他取下刀鞘,在指腹上轻轻一抵,殷红的血珠滚了出来,他诧异极了,"这么锋利?"

皇甫南把匕首夺回来,从里衣割了一道干净的绢布,缠在李灵钧的手上。

李灵钧默不作声,望着她娟秀的眉毛、微垂的长睫,还有被余晖晒过而微染桃色的脸颊。皇甫南要合上刀鞘时,李灵钧握住她灵巧纤长的手指,问道:"你还记得咱们在益州刚认识的时候吗?"

皇甫南一副疑惑的样子:"不记得了。"

"我一直记得。"出了皇城,道路颠簸,李灵钧的胸膛不时朝她倾去,嘴唇险些贴到她的耳垂上,"你那时候总跟在皇甫偘身后,连回京的途中,嘴里也都是他,却从不肯看我一眼。我很讨厌你。"

皇甫南不满道:"你这个人好霸道,天下人不认识你的多了,难道你每个都讨厌?"

"我不管别的人……"他话音未落,车子又是一颠,两人的下颌狠狠撞在一起,皇甫南不禁"哎哟"一声,两个人都忍俊不禁。

李灵钧此刻觉得前所未有的得意和畅快,伸臂把皇甫南紧紧搂在怀里,克制着冲动,轻轻吻在她的脸颊上。

皇甫南没有躲闪,双手揽住了他的脖子,仰头笑道:"我现在看你的了,你不用再生气了吧?"

李灵钧蛮横地说："除了我，谁都不能看，这样才行。"

皇甫南眼珠一转，狡黠地说："想要从我这里要得更多，就得先给更多才行。"

李灵钧皱眉："你不相信我在崇济寺发的誓言？"

皇甫南微笑道："相信，不过……形势比人强。"

这话李灵钧没法反驳，更不愿和她争辩，无奈道："你非要这么扫兴吗？"

皇甫南理了理散乱的鬓发，漫不经心地说："没什么，这个世上谁也不能靠誓言活着，就连贵为皇孙的你不也得去争去抢吗？"推开李灵钧后，她将匕首的刀鞘合上，藏在袖中，卷起竹帘，绚烂的流霞映照在她的脸颊上，真是眸如璀璨明珠，唇若滴血般艳丽。

她肆意地笑起来："反正我在京都也待够了，如果你让我不高兴，兴许我一转身就回姚州了。"

姚州早已没有段家了，李灵钧没有把这话放在心上。厚重的冕服和玉冠都放在一旁，他只穿着洁净的中单纱衣，端坐在车里，微笑道："谁能想到，当初我们一起回京，现在又一起离京？你信不信我们这辈子都是同路人？我信。"

李灵钧把竹帘又放了下来，马蹄和人声都被挡在了外头。他重新把皇甫南拥在怀里，在她耳畔低声道："如果我真的身陷逻些，你可以拿着陛下的敕书去找皇甫佶。薛厚不敢推诿，如果他不派援军，就说明他有谋逆之心。"

皇甫南沉吟不语。

两人依偎着坐在暮色中，车子骤然停下才如梦初醒。

翁公孺用鞭柄在车壁上敲了敲，咳嗽说："郎君，到驿站了。"

李灵钧叫来一名北衙的禁卫："西蕃人走到哪里了？"

"他们脚程快，已经出长安了。"

皇甫南也在侧耳倾听，这一路过来都没有看到西蕃人的踪影："不和芒赞他们一起进逻些吗?"

"汉番士兵混在一起走,容易起事端。"李灵钧也瞟了一眼外头乱哄哄的兵士,那里头多是鸿胪卿的随扈,他握了一下皇甫南的手,和她分开下车,"但也不会离得太远,出了汉地,番兵可能会伏击,陛下对那个芒赞有点疑心。"

在滂沱的雨中跋涉了数十日,天气终于放晴了,云气稀薄明净,放眼望去,静水如镜的河谷间,泛黄的银杏灿烂得如同朝阳。总算不用穿潮乎乎的袍靴了,大家的心情都畅快起来,纷纷从车里、马背上跳下来。

"到河湟了。"鸿胪卿吕盈贞也笑呵呵地伸着懒腰,"这里入秋比京都早。"

"才入秋吗?"自出京都,李灵钧就收起了冠冕,换上了绯色紧袖缺胯袍,乌靴踩着湿润丰密的草甸,拎着鞭子,望向深黄浅红的群山。有骑马的牧民赶着羊群穿过林间,像片铺天盖地的阴云往河谷深处缓缓移动。

吕盈贞若有所思地看着李灵钧那张神采奕奕的脸。光阴如箭,上了年纪的人总想马蹄跑得更慢一点,刚离京的年轻人则像才长了翅膀的雏鸟,话语里难免有种迫不及待的味道。

吕盈贞微微一笑,说:"郎君不要急,你看,这里是热薄汗山,东为鄯州,陇右的地界,西为河州,蕃国的东道节度使就在那儿屯兵筑城。以前几番议和,两国的使团都是在热薄汗山相会的,不过这次咱们要一直折道往南,深入逻些啦。"他将天际袅袅的炊烟一指,"前头再过十数里就是西蕃别馆,会有东道节度使的人来迎咱们。"

两国重兵屯驻之地,相距竟然也不过百里,骑兵一夜就能抵达对方城下。喉头上抵着刀尖,如何安枕?李灵钧想起当初皇甫佶说"有时光着身子就得起来打仗",自己还当他是夸口。

李灵钧不由望向鄯州的方向出了神。

"鄂国公此刻在乌海驻兵,不能来送行,郎君不要见怪。"吕盈贞声音低了,"以前每回议和到一半,蕃国总是出尔反尔,突袭议和使团或边镇,咱们可得小心了。"

李灵钧郑重地点了头,扭头去看,羊群和牧民都已经消失了,只有嘹亮的歌声在山谷间回荡——那是他听不懂的语言。

"此间的百姓常受蕃军侵扰吗?"

"此间汉人少,就算是汉人的后裔,也都不会说汉语啦,多是吐谷浑的遗民。吐谷浑、象群、苏毗、白兰,雪域之外的诸多汗国都被西蕃的铁骑给踏平了。"吕盈贞语气中有不尽的萧索之意,"那羊群,大约也是西蕃别馆豢养的,所以看到咱们,他们半点也不退避。"

"相公,这些牧民唱的歌是什么意思?"

"这个在下知道,"得知鄂国公无暇来迎,翁公孺从车里伸出头来,笑道,"在鄯州住过的老幼妇孺都听过,这是吐谷浑遗民的歌。"

他用汉语吟诵,却丝毫不减悲凉愤慨之意:

退浑儿,退浑儿,朔风长在气何衰?
万群铁马从奴虏,强弱由人莫叹时。
退浑儿,退浑儿,冰消青海草如丝。
明堂天子朝万国,神岛龙驹将与谁?

见众人听得迷惘,翁公孺戛然而止:"当初金河长公主随吐谷浑汗王逃回长安,在陛下面前唱了这首歌,吕相公还记得吗?"

吕盈贞拈须点头,翁公孺又将李灵钧身后的骏马一指:"这就是吐谷浑汗王献给陛下的,本地名种,青海骢。"

"原来如此。"西蕃别馆近在咫尺,李灵钧并没有把喜怒挂在脸上,只平静地收起水囊,和皇甫南各自骑上一匹青海骢。

皇甫南这一路穿着素褐，帽檐低垂，跟在李灵钧身边像个不起眼的僮仆。这时，她抬起头，飞快地往鄯州的方向瞥了一眼。

"相公且慢。"尖锐的呼哨声自遥远的天边飘来，前头警跸的士兵禀报道，"鄯州有人赶来了。"

众人自微微的紧张中缓过来，李灵钧随着吕盈贞驱马上前。

十数名兜鍪扎甲的将士疾驰而来，施礼过后，说道："这里是五百名西蕃俘虏，自积河石口战事中虏获的。奉薛相公之命，将该人等尽数送还西蕃，顺道护送吕相公和东阳郡王到逻些。"

"这样最好。"吕盈贞喜出望外。

李灵钧眸光和皇甫南稍一对视，对那领头的将士微笑道："皇甫六郎在鄯州可还好？"

"皇甫佶已经奉命去乌海了。"

以皇甫佶的脚程，至多也不过在鄯州略微喘了口气——军情真是刻不容缓。李灵钧肃然起敬："多谢薛相公。"视线在那五百名衣衫褴褛、枯瘦如柴的俘虏脸上盘旋了一会儿，他不动声色地转向吕盈贞，"吕相公，咱们这就去会一会东道节度使吧。"

抵达西蕃别馆，正副入蕃使听宣前往幕帐中谒见东道主，奉上国书与皇帝赐物，并将随行所有人员的文牒和符牌交呈驿卒查验。接到五百名俘虏的名录时，驿卒立刻警惕起来："这些蕃民，帅相可要仔细盘问，还要将名录发回逻些，与本籍家人核对无误才可放行。"

"这是自然。"吕盈贞面无异色，拱了拱手，便率众退出幕帐。

李灵钧余光望去，端坐在帐中的酋帅戴红色朝霞冠，穿黄色团花缎的"伦波切"①，臂膀上缀着金告身，正对他们颔首微笑。

"此人是蕃国四大部族中的没庐氏，人称尚绒藏。"走出尚绒藏的牙帐，吕盈贞擦去额头的一点微汗。

---

①西蕃传统服饰。

"尚?"李灵钧一路自翁公孺口中听说了不少西蕃的习俗,立即反应过来。西蕃朝中,外戚称"尚",权相称"论"。

"不错,他是王太后赤玛隆卓的兄弟,和嘎尔·论协察是死对头。"

王太后就是传闻中收养了苏毗奴隶,用来假充王子的那位赞蒙。

李灵钧似有所悟:"蕃国遣尚绒藏来迎,赞普议和的心还算诚吗?"

"但愿如此。"吕盈贞言语谨慎,但也暗自松了口气。

返回馆驿,房里已经洒扫得很洁净,玉笏、笔墨都整齐地摆在案上,随行的卫士们也都卸下了铠甲,将马交给会说汉语的驿卒去照管。鄯州来的将士奉命在别馆外扎营,那五百名俘房则风餐露宿去了。

翁公孺掸着袍子从房里迎出来,含笑道:"临时加进来这五百名俘房,大概又要费一番周章。我已经跟大家说了,恐怕要在河州耽搁十天半个月,相公不会怪我自作主张吧?"

翁公孺是李灵钧的谋士,吕盈贞怎么会对他摆脸色,便摇了摇手:"岂敢?"又将翁公孺多打量了几眼,"足下真是有未卜先知之能,以前在哪位帐下趋奉?"

翁公孺随口扯了几句糊弄过去,待吕盈贞挽起袖子坐在案前开始书写奏表,就退了出来。一踏进李灵钧的寝房,里头人影全无,他猝然转身跨过门槛,皇甫南那房里也是空的。

一个蜀王府的僮仆,却单独住间寝房,当别人都眼瞎吗?翁公孺嘴角扯了扯。

两匹青海骢在银杏树下悠闲地吃草,李灵钧在草地上席地而坐,有片银杏叶打着旋儿落在发髻上,他没有留意,只望着河畔的皇甫南。

她把头发解开了,对着河水慢慢梳理。

入秋后的河湟还有种融融的春暖之意,渐渐西斜的日光依旧璀璨,给草叶和人都镶上了一圈朦胧的金色。李灵钧起身,无声地走近皇甫南,见她手中的领巾顺着水流漂了出去,他忙一手捞起,递还给她,笑道:

"马后桃花马前雪，如果塞外都像河州这样春意盎然、平静祥和，陛下割四镇弃九曲也不失为上计。"

皇甫南看着李灵钧，他那向来如同骄阳似的双眸逐渐幽暗了，有时会露出一种让人捉摸不透的神色来。对于西蕃，皇甫佶向来不掩厌恶，他则淡然处之。

他年纪渐长，眉目不像蜀王，倒更肖似皇帝，怪不得二圣宠爱。

皇甫南道："你不觉得金河长公主可怜吗？"

当初在崇济寺帷帐后被皇甫南质问，言犹在耳，李灵钧沉默良久，终于坦诚地说道："身为公主，以婚姻来促成两国邦交，换回一方安宁，本来就是天生的职分。"他目视着皇甫南微笑，"以前总爱逞匹夫之勇，是不是有点蠢？"

皇甫南也在思索着："要是剑南和西川也都像河湟的百姓一样唱起退浑儿的歌，陛下也坐视不管吗？"

"西蕃满朝互相倾轧，迟早不战自溃。至于剑川……"李灵钧脸色冷峻起来，"皇甫佶有句话说得不错，分而治之，先内后外，先稳后攻，先弱后强。"

皇甫南不置可否，正要把头发挽起来，李灵钧却把她拦住了："先别。"他用手顺了一下那乌缎似的头发，替她拨到肩后，端详了一会儿，笑道，"这样好看，就好像……刚从榻上起来。"他们北上这一路虽然形影不离，但碍于吕盈贞等人，还未有太亲密的举动。

这会儿两人手拉手依偎在河畔，李灵钧不免心神荡漾，往皇甫南新鲜红润的唇瓣上吻去，而后笑着对皇甫南耳语："你扮男人真是天衣无缝，吕盈贞当我有怪癖，坐卧都离我远远的。"

"他以前没见过我，当然看不出来。"皇甫南从李灵钧的臂弯里起身，瞥向河流蜿蜒的下游，那里有几座零散的营帐，是鄯州的兵将，"那五百名俘虏……"

"里头兴许混了薛厚自己的人。"李灵钧也在猜测这些人到底是来使绊子,还是暗中护卫的,"他打的什么算盘,有时陛下都不知道,叫翁公孺去琢磨吧。"

皇甫南笑道:"翁师傅看我的目光,恨不得在我身上捅两个窟窿。"

"他没有那个胆子。"李灵钧把自己的外袍披在皇甫南的肩头,风帽严实地遮住了她散开的头发。

"起风了。"皇甫南喃喃。

李灵钧回头去望银杏树的枝叶:"不是风。"

两人怔了怔,就见一群骑士自银杏林里冲了出来,嘴里高呼着西蕃话。李灵钧离开馆驿时并没有带弓刀,他握起了拳,挡在皇甫南身前。

打头的是芒赞。自进了河湟,他就彻底改回了西蕃年轻人的打扮,系抹额,戴耳珰,交领锦袍自一边肩膀退下来,用帛带束在腰间。他们正兴高采烈地追逐着一只雄鹿,见到李灵钧,芒赞猛然勒住马缰,驱马到了二人面前。

他是嘎尔家的少主人,大相论协察的儿子。他没有下马,居高临下地对李灵钧领首,笑道:"东阳郡王,你把我的猎物藏到哪里去啦?"

李灵钧回道:"从你手下逃走了,还能算是你的猎物吗?"

芒赞耍着手里的弯弓,慢吞吞道:"大蕃的羊蹄和马蹄踏过的地方都是蕃人的家,从我家里走失的畜生,难道别人可以轻易占为己有?"

下一个西蕃别馆距此二百里,芒赞是特意退回来找碴的。李灵钧对他的豪言置若罔闻,淡淡道:"那只雄鹿进河对岸的林子里了,你去追吧。"

"谁说我走失的是雄鹿?"芒赞另一只手上的长矛疾电似的越过李灵钧的肩头,就要挑开皇甫南的风帽。

李灵钧挥开长矛,将皇甫南拽到另一边,梳子落在了草甸上。

芒赞"扑哧"一笑:"原来是只母鹿。"

李灵钧忍耐到极点,脸色蓦地一沉,正要开口,皇甫南伸出洁白的双手,无比轻盈地掀开了风帽,对芒赞微笑道:"睁大眼睛看清楚,我是你家走失的吗？"

芒赞目光一凝，戏谑的表情也变得严肃起来。莫名出现在河湟的皇甫南让他心生疑虑，收起了长矛，说了声"走"，竟不再理会李灵钧，招呼众人上马渡河。到了对岸，他又回过头来，犹豫着看了皇甫南一眼。

李灵钧盯着芒赞的身影，等那群西蕃人猎到了鹿，割了鹿茸离去，才松开皇甫南的手，把青海骢牵了过来。

皇甫南翻身上马，日落时起了风，树叶"沙沙"作响，银杏叶飘舞着拂过人的脸颊。她灵巧地挽起头发，嫣然地浅笑起来。

李灵钧踌躇着瞟她一眼："他似乎有点忌惮你。"是因为皇甫佶？

皇甫南眼波流转："他怕我吗？好奇怪，我最喜欢别人怕我。"她轻叱一声，马欢快地奔跑起来。

吕盈贞一行人在河湟苦等了一个月，终于得到逻些来的王令——五百名俘虏可以入蕃，鄯州官兵却不准许随行。此时李灵钧已官居羽林郎将，尚衣奉御，答贺副使，吕盈贞凡事都去询问他的意思。

身后侍立着十名挽弓配刀、英勇强悍的禁卫的李灵钧也不怎么意外，说："五百个手无寸铁的俘虏还不至于生乱，就依王命吧。"

"那就可以启程了。"吕盈贞却颇显迟疑，将快马送来的塘报折起来塞进袖子里，"近来又有小股蕃兵偷袭石堡、伏俟两城，陛下命薛相公不得擅自出战，但形势可是日渐严峻啦。"天气转寒，加上车马劳顿，吕盈贞染了风寒，不停咳嗽着。

李灵钧扶了吕盈贞一把："吕相公，你病势沉重，不如奏请陛下留在河湟安养，让我自己去逻些。"

"不妨事。"吕盈贞笑道，"咳咳……郡王，你以为我是贪生怕死之徒吗？"

李灵钧当即遣人向尚绒藏奉上厚礼，并亲往牙帐谒见，以致离别之情。随行的人员整装待发，别馆外驰骋着几名西蕃骑兵，肩头的发辫和手中的雪刃一齐在金红的秋日下飞扬，呼哨声此起彼伏。

那是芒赞的人，每天都在别馆外挑衅滋事。

李灵钧冷眼看着芒赞耀武扬威，一扭头回了寝房。

翁公孺附耳上来："芒赞声称这些战俘是鄯州来的奸细，乱箭射死了两个人。"

"哦？"李灵钧饶有兴致，"尚绒藏是什么反应？"

"脸色不怎么好看。"

李灵钧莞尔："随他去吧。西蕃人同室操戈，关我们什么事？"

东道节度使放行之后，往南的路程就顺畅多了。靠近西蕃王庭，芒赞也收敛起来，两队人马互不侵扰，争先恐后地赶路。

月余之后，抵达逻些，车马队缓缓插入群岭的缝隙之间。皇甫南在马上仰头四顾，天际是犬牙交错的皑皑雪顶，他们已经置身于天神的牢笼、格萨尔王座下雄狮的利爪之中。

身下猛然一坠，皇甫南回过神来，下意识抓紧缰绳，只见队伍正在涉过银光闪烁的吉曲河，马蹄搅散了透明的碎冰，一脚深一脚浅的。

"小心。"李灵钧靠过来，和皇甫南并辔而行。

走出山岭青灰色的暗影，万道霞光猛然洒下，把雪岭染得金红如炙。清冽的空气中没有太多寒意，皇甫南摘下浑脱帽，眯起眼睛。

还没望见城郭，视线被绵延数里的毡帐挡住了。鼓点和螺号声直冲云霄，黑头蕃民们从各个毡帐中钻出来，熟络地和芒赞一行人弯腰搂抱，然后面带笑容地迎向来客。吕盈贞早已换上了绯袍，手持玉笏，率众上前。

西蕃礼官呜里哇啦说了一声，通译官转身禀告吕盈贞："赞普每年夏季都驾幸尼婆罗，冬季才返回红宫，请使者至国相帐中谒见。"

按国内的品级，论协察高于吕盈贞，但吕盈贞为汉皇使者，手持国书，还要听宣谒见，算是论协察僭越了。吕盈贞倒也不卑不亢，把国书、玉笏都交给随官收了起来，袍摆一振，领头踏进论协察的牙帐。

帐中铺着金银线交织的牦牛毛毡毯，毡毯一头盘腿坐着蕃相论协察。他已经是赞普的父辈了，身板依旧宽阔雄厚，毫不伛偻，穿着海浪纹的翻领红袍，云肩左衽，腰垂彩绶，臂膀上则是显眼的金镶瑟瑟告身。因为代赞普歃盟，他背后数名挎金镂剑的侍卫手持曲柄华盖。

毡帘掀起时，论协察端坐不动，苍鹰似的眸光往众人刺来，他只略欠了欠身，笑道："贵客，有失远迎！"竟然是字正腔圆的汉语。

论协察年轻时也曾出使长安过，因其机敏，颇受先帝青眼，还曾想以世家女许配，被论协察婉拒了。这人骨子里就对汉人有敌意。

吕盈贞提着一口气，也笑道："相臣，别来无恙？"将锦袱呈上。

论协察也文质彬彬地答道："祗伏圣恩，感悦不尽！"他双手将锦袱揭开，里头却并非国书，也非佛宝，而是《毛诗》《左传》《礼记》与《文选》。

吕盈贞道："这是某自国子监所得，献给相臣。"

论协察摩挲着书册的封皮，露出不胜怀念的神态，叹道："岂忍话旧游新梦？"然后极其珍重地将四册汉书交由侍卫，再一转身，已换成了西蕃语，"小臣正代赞普主持今年的歃盟仪式，贵客还不困倦的话，可以一同观礼。"

吕盈贞的腿脚已经沉重得抬不起来了，还强打精神笑道："那我要大开眼界了。"

正使被请进了牙帐，李灵钧就在帐外的毡毯上坐下了。辽阔的山谷间，氆氇织的彩旗迎风招展，巨木搭起的祭坛上，一百头用来生祭的牛拥挤着，嘈杂不堪，奴隶们用金盘银壶盛着酥酪、油茶、肉羹，琳琅满目地摆在毡毯上。

李灵钧见这些奴隶有的双眼被挖，有的双腿被砍，只能匍匐着伺候，不禁皱起眉来。

旁边的翁公孺低声道："这都是羌族和吐谷浑的战俘，强壮的被编入蕃军，瘦弱的都在帐中为奴。郎君，论协察给咱们的下马威来了！"

李灵钧表情变得和悦,随众举起金杯:"且看吧。"

论协察被侍卫们簇拥着出了毡帐,与各部族酋帅登上祭坛。顷刻间,一百头牛被割断了脖子,猩红的鲜血飞溅到高空,围着祭坛的巫师们不再歌舞,用酒器盛满了滴答的牛血,送到了酋帅的手上。

礼官又洋洋洒洒地说了一通话。

酋帅们手中硕大粗粝的酒器、巫师手下"嗡嗡"震动的鼓,都是用象群、苏毗、白兰等国的人骨和人皮做的,而贵客们盘中的粥饼,则来自河湟被俘的汉人在雪岭下播种的小麦和稻米。

李灵钧顿时毫无胃口,对手举托盘的奴隶摇了摇头,转而看向身边的皇甫南。她的双眸映着霞光,手和脸都染上了塞外的尘埃,连头发也失去了昔日的光泽。李灵钧在袖子里握住了她的手,安慰道:"等进了红宫,找香汤让你梳洗。"

西蕃人避讳污秽,祭祀前必要用洁净的湖水沐浴全身,毡帐的不远处就是星罗棋布的湖泊。皇甫南轻声说"好",放开李灵钧的手,抬眼看去。一行人缓缓驱马到了毡毯前,都是西蕃女子,披着文锦袭袍,穿着氆氇裙,长长的辫发里缠绕着金花和绿松石,从额头、颧骨到下巴上都涂抹了厚重的红彩。这是西蕃贵族中时兴的"赭面"。

一个年轻的女子跳下马来,用鞭子将毡毯上的汉人们一指,问道:"这些人要上红山吗?"

李灵钧面露疑惑,番女又笑着对通译官说了一句,通译官转而道:"她们问客人盘中的粥和饼可不可口,能不能和长安的食物比。"

她是故意的。

李灵钧淡淡回道:"很可口,但不能和家乡的比。"

番女的眼里闪过一丝愠怒,对通译官呵斥了一句。

通译官忙说道:"她说,听闻蜀王儿子的骑射功夫很好,在长安赢了嘎尔家的芒赞,但她不服气,也要和汉人比一比。"

李灵钧狭长的眼尾往番女英气勃勃的俏丽面容上一瞥:"问她是

什么人?"

"她说自己叫德吉,是公主在红宫里的侍女。她身后那位就是公主了。"

李灵钧不动声色地审视着西蕃公主。她也赭面,垂辫,从发顶到脸庞上覆着青绫,遮挡着人们觊觎的视线和高原酷烈的日光,那是蕃女的幕离佳①,一双漆黑的眉毛傲然扬起。

见李灵钧摇头,公主俯下身对德吉耳语了一句。

德吉起先不大情愿,和公主对视着,敌不过对方的执拗,她只得退开一步,一边把玩胸前的辫子,含笑的眸子在李灵钧脸上盘旋着:"公主说,她要亲自和你比,你要赢了她,才能踏进红宫。"

大家都被这突如其来的挑衅闹得措手不及,芒赞幸灾乐祸地看过来。翁公孺拈须的手指不动了,眼珠一横,睨到了皇甫南的脸上。西蕃公主这句许诺,可是意味深长啊……

"一言为定。"李灵钧从毡毯上起身。

青海骢被随官牵了过来,西蕃公主把手里的马鞭甩了一下,不再理会李灵钧。马蹄驱散涌动的人群,踏上微微起伏的山坡,日光透过低矮的云层在草地上移动。她鞭梢往彩旗上一指,李灵钧会意,二人不约而同如同离弦的利箭、出笼的猛虎,纵马狂奔。李灵钧穿郡王冕服,西蕃公主则是更显眼的红袍,在湛蓝的天际翻飞着,时而没入峡谷,时而跃上坡顶,众人的目光随着那两个小点移动。翁公孺伸长了脖子,眼见李灵钧一马当先,准备将彩旗拽在手里。西蕃公主猝然勒马,从袍底掏出一把短弓,上弦搭箭,对准了李灵钧的背心。

翁公孺心口一紧,见李灵钧似乎回望了一眼,松开缰绳,自飞奔的马背滚落到山坡上,爬了起来。氆氇旗已经被西蕃公主抢在了手里,围观的人群中发出嘈杂的欢呼。

西蕃公主刚才那一箭并没有射出来,李灵钧沉重的冕服却毁损了,

---

①面纱。

脸上也被荆棘割了一道血痕。他警惕地盯着驱马缓缓靠近的西蕃公主。她收起了弓,忽然手一扬,氆氇旗彩云似的飘落到了他怀里。

这个举动,让李灵钧也困惑了。

皇甫南一转身,挤出了人群。

噶尔家的毡帐后,芒赞和皇甫南撞在了一起。芒赞扭头就走,皇甫南把他自左肩垂落的衣领揪住了。

整件氆氇袍险些被扯脱,芒赞有些狼狈。

皇甫南不撒手:"阿普笃慕在哪儿?"

"你找他做什么?"芒赞脱口而出,随即又觉得自己的话不对,改口道,"我怎么知道?他是乌蛮人,这里是西蕃!"

皇甫南"哼"了一声:"皇帝要追捕乌蛮人,阿普笃慕不混在西蕃人的使团里,怎么可能逃出汉地?"

"你是要帮蜀王的儿子抓他吗?"芒赞脸上露出讥诮的表情,"还是围绕着你的男人不够多,想要勾引他?贪得无厌的女人。"他把衣领从皇甫南手里抢回来,抬腿走了。

皇甫南回到牙帐前的毡毯上时,西蕃公主和李灵钧正前后脚回来。

德吉倔强的眉目一拧,指着李灵钧的鼻子道:"你输了,哼,汉人果然最爱耍诈。"

"德吉,不要胡闹啦。"论协察施施然走下祭台,笑着摇头,转而对吕盈贞道,"赞普已经启程回銮,还有一月便到逻些,到时会在红宫宣召使臣。"

"伏惟圣躬万福。"吕盈贞称颂了一句,待论协察回牙帐后,与随官们交换了个疑虑重重的眼神。

西蕃公主始终缄默,见皇甫南回到李灵钧身边,那浓墨重彩的装饰下显得异常浓黑的眼波移到了皇甫南那余怒未消的脸上。

德吉敏锐地瞟向皇甫南,说了句话。

通译官尴尬地转达:"德吉替公主问,郎君身边这个人是您的兄弟还是情人,为什么总是贴在一起。"

李灵钧镇定地说:"这是龟兹的乐师,我们汉人的贵族。我在进膳和就寝时习惯有乐师奏乐。"

西蕃公主笑着摇头。德吉简直和她心灵相通,立即说道:"公主更是西蕃的贵族,也喜欢乐师在旁边奏乐。"直指皇甫南,"叫他过来。"

李灵钧按住皇甫南的手臂,推辞道:"语言不通,无法侍奉公主。"

德吉冷笑:"奏乐,用耳朵听就够了,不需要说话。"知道自己身后是没庐氏部族,眼神也睥睨起来,"龟兹乐难道不是汉人皇帝赠送给我们赞普的吗?还是你们所谓的议和也是要诈?"

皇甫南推开李灵钧的手,走到了西蕃公主的马前。对方却掉转马头扬长而去,只有德吉狐疑地瞪了皇甫南一眼。

> 鲁阿拉拉穆阿拉,鲁塔拉拉穆塔拉!
> 百里挑一个姑娘在岭尕。
> 绯红双颊,艳过鸡冠花,
> 嘴中含蜜,香过甜奶茶。
> 白鹰展翅,紫雕飞翔,
> 金翎孔雀点头忙,格萨尔王坐在宝殿上。
> 鲁阿拉拉穆阿拉,鲁塔拉拉穆塔拉!
> 白雪山失去白狮子,
> 大河水失去金银鱼,
> 高草原失去花母鹿,
> 绿松石儿宝座旁,
> 好姑娘苦等在白帐房!
> 鲁阿拉拉穆阿拉,鲁塔拉拉穆塔拉!

是德吉的歌声,她有一把比吉曲河水还清亮的嗓子,所有人都侧耳聆听。穿着艳丽氆氇裙的西蕃姑娘三三两两，欢笑着，你推我，我拉你，爬上了像女人胸窝似的雪坡。

"咱们的行程两个月前就传递给了逻些，赞普却滞留在尼婆罗，"翁公孺摇着头，"这事情不妙。"

"是论协察在作梗吧？"李灵钧望着日暮时橘色的毡帐。

翁公孺坐在毡毯上，顺着李灵钧的目光望出去。那是德吉歌声所在的毡帐，晚风送来箜篌飘忽不定、雪山清泉似的弦音——拨弦的人是被西蕃公主带走的皇甫南。

翁公孺拾起匕首，切着一条肉脯，再三察看其纹理，确认不是人肉才放进嘴里。为了叫李灵钧打起精神，他开了个玩笑："西蕃的女人也太彪悍了。那个德吉比公主还要跋扈，比起她，连皇甫娘子都温柔可爱多啦。"

李灵钧不悦道："她们故意的，我在长安时得罪过芒赞。"

翁公孺嘴边的酒盏一停，又被放了下来。他望着李灵钧："郎君，西蕃女人彪悍，皇甫娘子也不弱，我看她跟公主走时毫无惧色，你又何必杞人忧天？"他在李灵钧肩膀上拍了拍，忍着笑，"公主是女人，皇甫娘子则是假男人，难道还怕她被公主……"他本想说"霸王硬上弓"，怕李灵钧更要气得跳脚，改口道，"欺负吗？"

再在这事上纠缠，就失态了，李灵钧微笑道："不，翁师傅，我没什么怕的。"他收回了目光。

皇甫南扭头，自毡帘的缝隙看出去，天边最后一丝金红也被幽蓝的夜幕吞噬了。毡帐里点起了酥油灯，祭台上正在煨桑[①]，漫天烟霭中充斥着松柏的香气。

这里中午还暖融融的，刚一入夜就寒气逼人。西蕃人行则居帐，

[①]藏人的祭祀习俗。

止则居室,这座毡房是贵族住的拂庐①,用黑牦牛的毛盖得很严实。茶炉咕嘟嘟轻响,牛粪烧的火还有点青草的苦涩,线香的味道甜得沁脾。

团窠对鸭联珠纹的挂毯被掀开,扑来一阵风,是德吉,她换上了一件镶獭皮、绿松石纽的厚袍子,小牛皮靴一抬,把放倒的箜篌踢到了皇甫南面前:"弹,不许停。"她用生硬的汉语命令了一句就钻出毡帐。

一群年轻男女在烟霭中交头接耳,芒赞的声音随着德吉一起远去了。

女奴将盛有热水的包银木盆放在挂毯边,悄然退下去了。西蕃公主还是矜持地一言不发,也许她在箜篌声中睡着了。尖头的靴子在挂毯下东倒西歪,还有个赤金小盒滚了出来——那是呷乌,西蕃人挂在身上的小佛龛。金盒上是精细的吉祥八宝纹样,这让皇甫南想起了阿普笃慕的那只关着死蝎子的宝匣。

西蕃公主真睡着了,有只脚不耐烦地蹬着虎皮褥垫,伸到了挂毯外头,脚踝上套着镂花银镯。西南蛮夷也从小就戴着脚镯,传说这样可以防止鬼差把魂魄带走。她脚不算小,但挺洁净。身形也太高了,像个男人。

皇甫南起身,放轻脚步,刚走到毡帘前,就和一个捧托盘的女奴撞了个正着。女奴很警惕,立即模仿德吉的腔调指向箜篌:"不要停。"

皇甫南一字一句道:"我是男人,不方便。"

女奴固执地摇头:"不要停。"

"公主睡了。"皇甫南又强调一句,还做了个打呼噜的动作。

女奴往皇甫南身后一望,忙放下托盘,躬身退出。皇甫南茫然转头,只见挂毯被撤下来了,西蕃公主已经起身,仍是赛马时的装扮,脸庞被遮得严严实实。她一双黑眼睛严肃地盯着皇甫南,不说话,但威逼的意味很明显。

皇甫南只得坐回毡毯上,抱起箜篌。夜里的雪原上,只有风声。

①帐篷。

她手指刚碰上弦子，西蕃公主摇了摇头，把包银木盆往她面前一推。

皇甫南一怔，觉得西蕃人那眼睛似乎友好地笑了一下。她犹豫着，说了声"多谢"，伸手在温热的水里搅了搅。见对方没有发脾气，她轻轻舒了口气，取来布巾浸湿慢慢擦脸，再把发髻解开，用手梳通，简单地盘了起来。

她余光一瞥，发现西蕃公主一屁股坐回了虎皮褥垫，赤脚盘起来了，藏在袍摆下面，手肘撑在膝盖上，一手托腮，饶有兴致地盯着她梳洗。

女奴进来取水，皇甫南忙把她拦住了："德吉在哪儿？"

女奴会一些简单的汉语，她摇头："公主不和人合帐。"

那我……没等皇甫南问出口，女奴就离开了。各处的毡帐都已经黑了，皇甫南在幽蓝的天幕下站了一会儿，刚掀帘进入拂庐，酥油灯就被吹灭了。她小心翼翼地往前迈着步子，摸到了毡毯上一堆厚厚的皮褥，上头还带着西蕃人身上的热气。

心稍微定了，皇甫南把双耳匕首塞回袖子，和衣钻进温暖的虎皮褥子里。漆黑的夜里，她感到西蕃人翻了个身，沉默着看她。

"珞巴？"皇甫南忽然出声，试探着喊了一句。

毫无反应，西蕃人又转过身去，背对着她了。

皇甫南第二天醒来时，天已经大亮了，茶炉下的火还旺，包银木盆里也蒸腾着热气，还有把桃木梳放在毡毯上。她一怔，合起衣襟，矮身走出拂庐。山上夜里落了雪，银光刺得她别过脸去。山谷间传来一阵欢笑声，她站直，看见一群西蕃年轻人骑马往毡帐而来，德吉在中间，左侧是西蕃公主，右侧是芒赞，他们发辫间的金花和露珠都在闪闪发光。

在皇甫南沉睡的时候，他们已经去圣湖畔参加了祭龙神的仪式，并亲眼看见蕃人们把奴隶五花大绑，投进深不见底的湖里。

芒赞的靴子和袍摆都湿透了。他手上把玩着一条才砍下来的狐狸尾巴，漫不经心地瞥了一眼皇甫南，对德吉笑道："咱们把这狐狸尾巴挂在姓李那个人的毡帐外，怎么样？"

德吉却犹豫了，悬挂狐尾在男人的毡帐上是蕃人侮辱对方为"懦夫"的意思："不好，被汉人发现了，还怎么议和？"

"让她去挂好了。"芒赞冲着皇甫南将头一摆。

皇甫南只见芒赞挤眉弄眼的，还在犯疑，险些被那条带血的狐尾砸到脸上，她忙嫌恶地躲开。西蕃公主的鞭子在草叶上随便一卷，狐尾就被甩到了芒赞的肩膀上。

德吉嗤笑一声，说："连狐尾都不敢去挂，我看你还是留着它吧。"

芒赞不甘示弱："今晚你瞧着吧……"

人流涌过来了，祭祀的舞队且歌且舞地靠近，那是龟兹奴隶禳灾驱鬼的"婆罗遮"舞。冷冽的空气中，年轻的女奴们赤裸着腰肢和臂膀，铺在胸脯上的璎珞"沙沙"作响，肌肤上闪着粼粼的水光，一双双脉脉含情的眼波自百兽面具后投射在西蕃贵族们的脸上。

阴阳轮转，男女交合也是祭祀中重要的一节。这些女奴因为洁白的皮肤，被认为是带来白灾①的象征，会被推到毡帐后由贵族男人们所"降服"。

连德吉都看得入了迷。

芒赞的目光没有在女奴的身上停留太久，想起长安的泼寒胡戏，他眼珠一转，出手迅疾如电，揪住了皇甫南的衣领，把她推进了扭动的女奴中。皇甫南的翻领袍被扯开了，一瓢冷水兜头而下，她人都傻了。

芒赞咧嘴笑起来："报应，报应！"

德吉惊讶道："你干什么？"

芒赞道："他不就是龟兹人吗？"

弹箜篌的，敲大鼓的，吹排箫的，都愣住了。

蛇似的手臂缠到了皇甫南的身上和脖子上——女奴们以为她也是

①雪崩。

位年轻的西蕃贵族，急着要去讨好她。

皇甫南忙拾起地上的翻领袍，有人把柔软的胸脯凑上来了，冰凉哆嗦的嘴唇印在她的脸上。

突然，手被猛地一拽，皇甫南踉跄地跟着西蕃公主回了拂庐。

德吉只想稍微刁难一下汉人，并不想把李灵钧得罪得太狠，她怒斥芒赞："你为什么老欺负他？"

芒赞皱眉看了一眼德吉："你真是个傻瓜。"

"你才是傻瓜。"德吉一鞭往芒赞身上抽去，两人避过龟兹舞队，在山坡上追逐扭打起来。

回到拂庐的两人对望着呆了呆。

皇甫南眼前突然一黑，翻领袍兜头罩了下来。她将脚一踩，踩着袍子追上去："你是珞巴吧？"她的明眸里射出咄咄逼人的光，"你是阿……"

西蕃人捏住皇甫南的嘴巴，皇甫南的话被截断了。

她早上翻身起来就出了拂庐，翻领袍底下也不怎么齐整，中衣的交领歪斜着，湿漉漉地贴在身上，脖颈和胸口也像雪岭一样耀眼，奶皮一样细腻。

西蕃人懊恼地垂下了睫毛："恶魔。"

皇甫南得意了，为她这一路的颠簸没有白费，为那唾手可得的达惹的消息，还有这个人为她魂不守舍的傻样。

她湿红的嘴唇一弯："你是西蕃人，我是龟兹人，咱们谁都不要碍谁的事。"皇甫南眨着眼睛，离这西蕃公主骄然的眉目越来越近。

两人都屏着呼吸，眼里映出对方的人影。皇甫南正要拽下幕离佳，手腕被毫不留情地挥开了，一张粗拙的龟兹面具盖在了她的脸上。

西蕃公主冷哼一声，绕过她走了。

（二）

毡帐外头的玛尼柱上挂着毛茸茸的狐尾，被风吹动着。

李灵钧把狐尾拿下来打量："这是什么？"

"德吉和芒赞夜里骑马经过，挂在这里的。蕃人认为狐狸性怯，临阵逃脱被处死者，要在身上悬挂狐尾。"翁公孺劝李灵钧，"小孩子的把戏，还是不要放在心上吧。不过……公主对咱们似乎也敌意颇深，奇怪。"他笑着打量李灵钧，"以郎君你的人才相貌，不应该呀。莫非她不是个女人？"

翁公孺常暗示皇帝有联姻之意，李灵钧多半都不置可否。他把狐尾丢在奴隶的托盘里，转头去看那座青黑色的拂庐。西蕃公主的拂庐的台基上饰满莲花和联珠纹，镂空的壸门里涂着金银彩绘，比周围白色的毡房显眼。

比起论协察的气势煊赫，拂庐显得异常安静和神秘。

皇甫南被召走后，晨昏起居都在那座拂庐里。西蕃女奴们三缄其口，翁公孺越发觉得皇甫南被公主"霸王硬上弓"这事也不是不可能。

这假凤虚凰的戏码，莫非做得太真了？

"西蕃女人果真是……不讲究男女之防啊。"他有些感慨，汉地的民风实在太淳朴了。

李灵钧倒率先提起正事："王太后没庐氏在朝中有不少拥趸吧？"

"这是自然。一个苏毗奴隶做了三十多年赞普，没庐氏功不可没。"

许多人换上了隆重华丽的氆氇袍子，从毡帐里钻了出来，前呼后拥地骑上马。绣着密密匝匝六字真言的玛尼旗连成了一片彩色的海洋，往逻些城的西北方向奔流而去。嘎尔家的毡帐没有动，论协察像座屹立的大山，专注地望着祭坛上摇动手铃、对牛角施咒的巫师，目光吝于投向这些轻慢神灵的"反叛者"。

"闹起来了。"翁公孺从毡毯上跳起身，灼灼目光望出去。

李灵钧看见了戴幕离佳的西蕃公主，还有侍女德吉，没有芒赞，皇甫南跟在队尾，往他的方向望了一眼，五彩的玛尼旗在她鬓边飘荡。

"我们去拜见没庐氏。"李灵钧从奴隶手里牵过了马缰。

传闻王太后没庐氏前往拉康寺祭祀，途中遇到数眼平地涌出的沸泉，于是进入泉水中洗去身上的污秽。当夜，没庐氏在梦中感到数道绿光如同滚烫的泉水自她的尾椎注入躯体，又从额头迸射而出。次日醒来后，年过五旬的女人感觉自己四肢轻盈有力，肌肤细腻光滑，红宫的婢女都错愕不已，以为没庐氏是误闯红宫的陌生少女。更奇异的是，没庐氏的面孔都透着翠绿的虹光，肩头还生出两朵幽蓝的莲花。

王太后车驾所到之处，人们无不虔诚下拜，他们知道没庐氏已经显出了绿度母菩萨的转世真身。

没庐氏宣布她所洗过的沸泉为圣泉，并要依照她梦中的圣境，将泉水旁的小神殿拉康建成一座最宏大的佛寺。里头的黑教寺众被解下头巾，赶到约如去开山修建水渠。

王太后抵达时，拉康寺里也像热泉一样沸腾了。本来已经被捆了四蹄，打算用来祭神的牛羊被解开了绳索，在瞻仰绿度母的人群里横冲直撞。没庐氏身上的神迹已经再次隐匿，但她的面孔依旧如同蕃民心中的度母那样殊胜绝伦。

没庐氏宣布了一个让人惊喜的消息：她已得到汉国皇帝所赠的佛经，开始着人译为蕃语，食肉者与食糌粑者都须早晚念诵。而莲花生大师则将随赞普一同入蕃，带领他的天竺弟子们在逻些的桑耶寺弘传佛法，黑头蕃民须皈依三宝。

"祈愿神人供塔与日月所存天地之间，佛法长住不灭，而为众生福德之本。"没庐氏用悦耳的声音呢喃了一句。

"哦呀！"萨惹庙的人们惊讶地感叹着，"真是神迹！"

这真是佛教徒们扬眉吐气的一天！连嘎尔的论协察为了不触犯众怒，也不得不停下歃盟，赶来拉康寺，庆贺绿度母和莲花生大师的降临。

囊廓里堆满了供奉的酥油花[1]和朵玛盘[2],在虔诚的教众面前吃肉喝酒毕竟有渎观瞻,贵族男人们便躲到了神殿后的经堂。李灵钧坐在气息奄奄的吕盈贞下首,侍女跪在毡毯前,举高了雕刻着金轮和法螺的托盘,青瓷和白玉碗里分别盛着酥油和石蜜,银壶里是青稞酒。

侍女把青稞酒在火炉上烧得烫手,将酥油和石蜜搅进去,递给李灵钧。

"喝吧。"论协察也有了酒意,颧骨和眼睛都红通通的,劝从长安来的客人也举起酒杯,一巴掌拍得吕盈贞险些连肺都咳出来,"这酒……"他眨眨眼睛,"对男人有好处。"

李灵钧坦诚地说:"我不善喝酒。"

"傻话!没有不会喝酒和睡女人的男人!"论协察断然道,把一个龟兹女奴推到李灵钧面前。

"外头那热泉以后可热闹了,全是想要当度母的光身子女人,白得像羊羔!"有人笑道。

青稞酒抵到了唇边,李灵钧迟疑着,眼睛一瞟,弹奏箜篌的龟兹乐师突然从角落起身,挤过舞伎们,将绣着吉祥八宝的厚重门帘猛地一甩,背影就消失了。

李灵钧敷衍着喝了两杯酒,推开龟兹女奴,也掀帘出去了。

黑教的僧众们都已经被扫地出门,天井和后廊都是空荡荡的,他钻进一间狭小的朝拜堂,看见皇甫南跪坐在尼婆罗红毡毯上,背对着他,正把腰上那些缠绕在一起的小物件解开。

李灵钧无声地走过去,一把从后面抱住她,把她整个人都拖到怀里来。火炉烧得旺,他整个人都热烘烘的,凑到皇甫南耳边,笑道:"你生气啦?"

李灵钧的胳膊搂得异常紧,皇甫南动弹不得,她手合在衣襟上,

---

[1] 藏人雕塑艺术。
[2] 祭祀的供品。

斥道:"外面有人。"

经堂里的排箫和大鼓还没歇,西蕃人说笑的声音很洪亮。

"管他呢。"李灵钧有点痴缠,还有点迷糊,隔着衣袍在皇甫南的腰上揉了揉,又摸索到她的脸颊,托着她的下颌,有些强迫地把她的脸转过来,四目牢牢相对,"西蕃公主没有为难你吗?"

"她?"皇甫南眼里忽然闪过一丝狡黠的笑意,"她为难不了我。"

李灵钧疑惑道:"你和她睡在一个帐里吗?"

皇甫南睨他:"你是怕我这个男人和女人睡,还是怕她这个女人和男人睡?"

换作别人,早被这话绕进去了。李灵钧盯着皇甫南看了一会儿,奇怪道:"我只是怕你被人为难,那西蕃公主是男是女,是圆是扁,又有什么关系?"他拇指摩挲着她的下颌,微笑着,"如果你真是男人,那我也要为了你做个忤逆的邪人了。"

经堂里传出一阵开怀的笑声,德吉怒气冲冲地离去。在西蕃人的打趣声中,芒赞也红着脸追到天井——他的酒案被突然闯入的德吉给掀翻了。

李灵钧和皇甫南转眸看向回廊,两个年轻男女的身影一晃而过。李灵钧若有所思:"这个德吉的身份……"

又一声蕃语呵斥,是经堂里的论协察。

皇甫南听不懂,但从那愤怒的语气也猜出来了。她把李灵钧的手推开,说:"没庐氏把论协察得罪了。"

"论协察的野心很大……"

李灵钧话音未落,门就被撞开了,一只小羚羊被秃鹫追,慌不择路闯进了窄小的朝拜堂。突然,一支利箭把秃鹫的脖子穿透了。

西蕃公主拎着弓,靴子踩在尼婆罗红毡毯上。绿度母降世的盛日,作为没庐氏宠爱的孙女,她甚至不如婢女德吉显眼,依旧是那一件氆氇袍,长腿长胳膊像玛尼杆那样笔直地矗立着。

她的幕离佳纹丝不动，双眼冷冷一瞥，一只手拎起秃鹫，另一只手揪住皇甫南的领子，就像揪一只毫无反抗之力的柔弱小羊羔，把她拖出去了。

李灵钧脸色微变了，随即恢复平静，紧绷的四肢松弛了下来，没有作声，躺坐在毡毯上出了神。

突然，皇甫南被人拖出了拉康寺。

没有人拦，公主惩治不驯服的奴隶是很寻常的事。

皇甫南帽子歪斜，衣领也被扯到了肩膀上。西蕃公主松了手，把秃鹫挂在马鞍上，上马之后径自骑了一段。皇甫南还在后头慢吞吞地挪步子，她也不怕，把靴子踢踢踏踏的。今天黑头蕃人都挤去了拉康寺，雪原上辽阔得能听见风的声音。逻些的秋草已经很稀少了，皇甫南踢开一团没融化的雪，发现底下藏着一朵蓝莹莹的龙胆花。

她正要去摘花，西蕃公主跳下来了，解开了氆氇袍的帛带，结结实实地绑住了她的手，然后骑上马，一手勒缰，一手拽着帛带，感觉后头走得慢了，就使劲拉一下。

"喂，"皇甫南努力朝身后扭头，"好像蓝花楹。"

西蕃公主扬着头，好似没听见。但马走得并不快，慢悠悠地嚼着草，鞭子也松松地垂着。雪域阳光下，氆氇袍和幕离佳被风吹开了，露出了洁白的缯布衫和长袴，耳朵上有珊瑚串儿，脚上还有银镯。赤金呷乌挂在身上，被撞得一晃一晃的，里头要是有蝎子，也给撞晕头了吧？

皇甫南背过脸去，红红的嘴巴又得意地翘起来了。

西蕃公主把皇甫南丢进拂庐，就不再搭理她了。

金乌西坠了，女奴照例用托盘送来了奶饼、糌粑、牛肉，还有梳洗的热水。两个床铺中间被茶炉隔着，像画了道楚河汉界。那张团窠对鸭锦毯又挂上了，遮得严严实实。

没那双眼睛盯着，皇甫南倒自在了。她摘下帽子，洗过手和脸后，挽起袴管，把脚踩在木盆里。水被撩动得汩汩轻响，火塘里的干松枝滋滋冒油。拂庐外挂着歪脖子秃鹫，任谁经过都要称赞和瞻仰一番。以德吉为首的婢女们手拉手，捧着衣包，嘻嘻哈哈地骑马走了。

皇甫南伸着脖子在张望，挂毯突然动了，她忙坐好。木盆里的脚像两尾白鱼，悄悄地沉在水底，没处躲，她抱着膝盖，把脚缩了缩。西蕃公主没看她一眼，掀开毡帘出去了。

皇甫南飞快往挂毯那头一瞥，托盘里的糌粑和牛肉都没怎么动。

西蕃人又回来了，手里拎着银壶，皇甫南闻到了青稞酒的甜味。西蕃人径自回到自己的铺窝里，将挂毯"唰"地一甩，又将两人隔开了。

皇甫南见过男人喝醉酒发疯的蠢样，按照论协察的说法，那也不是什么好酒。她还保持着警惕，把自己的铺窝拖开，往毡帘移了移，然后裹紧衣裳躺进去——热乎乎的虎皮褥垫也没有了，只有薄薄的羊毛涅热[①]。

女奴进来，收走了原封不动的托盘，银壶晃了晃，是空的。虎皮褥子蒙着头和脸，人在呼呼睡，女奴的动作轻了。

皇甫南背过身，留意着背后的窸窸窣窣。她想起了各罗苏，各罗苏是爱喝酒的，坝子的部落里传说他"千杯不倒"，越喝越清醒，越喝眼睛越亮，在山里打两昼夜的猎也不觉得困。她也从没见各罗苏跟萨萨动过手，喝酒之后，只有笑声格外响，脚步声格外重。

达惹会喝酒吗？

在姚州的达惹，是雍雅得体的都督夫人，身上没有爨人的影子。

皇甫南脑子里的景象有些不清楚了，她带着点困惑，安心地睡了。

夜里，皇甫南醒了，有人影在眼前晃，脖子上有点凉凉的。她睁大了眼睛，看清了，是女奴悄悄进了拂庐，用草皮把茶炉下熊熊的火压住了，然后扑簌簌地往火塘里撒了把粗盐，口中念念有词——那是祈求赤杰曲巴祖神保佑自己不被火舌舔舐。

———
① 被子。

312

女奴是个虔诚的黑教徒。

女奴退出去时，几片雪花又被卷进来，皇甫南一骨碌爬起身，把毡帘掀起一道缝。天蓝得透明，一颗颗星子亮得像宝石，好像要落在她的脸上。

"喂。"皇甫南轻声唤道，听到挂毯里面的人翻了个身，她起来戴上浑脱帽，裹上獭皮袍——蕃人叫"察桑"。皇甫南钻出了拂庐，从玛尼杆上解下马缰，牵着马往拉康寺的方向走。她扭头看了一眼，西蕃公主也跟上来了，脚步声不远不近，还不时看一眼天上的星子——是在辨认方向。

到了萨惹庙后的沸泉，皇甫南抑制不住激动，扔下马缰跑了几步。德吉和婢女们早已经散了，皇甫南刚蹲下身要去试试水烫不烫，西蕃公主就搜着她的手腕把她拖起来了。

"哎呀，你……你跟着我干什么？"皇甫南恼了，推了西蕃公主一把，却被对方不由分说推上马。二人跨在马背上，皇甫南刚要挣扎，西蕃公主的手就伸出来，越过她的腰，扯起缰绳。

"庙里有人。"皇甫南耳边有个很低的声音，低到分不清男女，只有热热的气息吹在她脖子上。

拉康寺里有灯火，还有人声，皇甫南不挣扎了，恋恋不舍地回望着沸腾的泉水。缰绳在她身侧抖了一下，青海骢小跑起来，飞旋的雪片打在脸上就立即消融了，夜风从裹紧的袍摆下溜走。

到了一处幽暗的山谷，马停下来了。

感觉到湿热的水汽扑面而来，皇甫南心里一喜，推开西蕃人，跳下马。

西蕃人用火折子燃起了一把松枝，拉着皇甫南的手走进漆黑的山洞。一眼热泉在山壁间涌动，袅袅的白汽被闯入的两个人搅散了，微微泛红的泉水清澈得能看见水底淡青色的岩石。

泉隙里有拇指粗的小蛇徐徐游动着，不时吐着芯子。

313

皇甫南仓促地退开，瞪了西蕃人一眼。西蕃人敏捷地伸出手，抓了一条小蛇，任它在手腕上咬了一口，有点浅浅的血痕。她对皇甫南摇头："没有毒。"

皇甫南还噘着嘴，不肯往前迈一步。西蕃人翻了一下眼皮，用松枝在水里一通乱搅乱拍，把小蛇都赶走，然后掏出皮哨子放在山石上，转身往外走了。

皇甫南蹲在热泉畔，犹豫了半晌，见蛇没有再游回来，她下定了决心，把察桑的领子解开，脱下靴子，脚趾在泉水里动了动。她转头一望，见西蕃人背身坐在山洞外，望着黑漆漆的山谷，有点百无聊赖的样子。

皇甫南抓起一块小石头，砸在西蕃人的身上："你再走远点。"

西蕃人顿了顿，扔下松枝起身走了，脚步很快，不大高兴。

皇甫南脱下察桑，穿着里衣踩进水里，潺潺流动的热泉滑过脖子和肩膀时，她才"咯咯"笑起来，然后屏气凝神地聆听了一会儿。外面没有动静，她就飞快地脱下交领中衣和短裩，把头发也解开，抱着一块光滑的石头打起瞌睡，被水汽打湿的睫毛沉重地合上了。

松枝火把烧尽了，皇甫南才不情不愿地从水里出来，换了干爽的里衣，裹上察桑，抓起皮哨子跑进山谷。西蕃人走得并不远，在水畔生了火堆，青海骢老老实实地在一旁吃草。

雪已经停了，草尖被篝火照得发黄。皇甫南笑眯眯的，将湿漉漉的头发一甩，挨着西蕃人坐下来，脸颊被热气蒸得红艳艳的。西蕃人一双黑黢黢的眼睛映着火光，看向皇甫南。

绯红脸颊，艳过鸡冠花。嘴中含蜜，香过甜奶茶。

西蕃人的眼里起了点波澜，视线转开，嘟囔："麻烦精。"

"我这人最麻烦，你可要小心了，"皇甫南微笑，"要是我阿娘不在乌纛，我就把你的舌头拔掉！"她的表情瞬间变得恶狠狠、冷冰冰的。

西蕃人轻"哼"一声，懒洋洋地倒在地上，脑袋枕着双臂，根本

314

不把她的威胁放在心上:"谁是你娘,你是谁?"

皇甫南晶亮的牙齿把嘴唇咬得通红,恨不得给这家伙一耳光。但她从小打架就不是别人的对手,她擅长哭、摆冷脸、趁人不注意扑上去对着耳朵咬一口。她默默地琢磨着,一只手心里还攥着皮哨子。在乌鬖,娃子们把它叫小竹笛,干坏事时,嘴里叼着笛子,吹得满山响。

趁对方眼睛朦朦胧胧地闭上了,皇甫南突然扑上去,把那欲盖弥彰的幕离佳抓在手里。

西蕃人反应更快,立即把皇甫南的手腕攥住了,忍着脾气低声道:"你想害死我啊?"

皇甫南悻悻的:"你整天和芒赞勾肩搭背,还有德吉……谁会在西蕃害你?"

"没有西蕃人,也有汉人,"他幕离佳外的眼睛带着点怒气,"皇甫佶、李灵钧,还有谁?你知道,我不知道。"

皇甫南展开笑颜:"你不说实话,我就把你的身份告诉李灵钧。"她不撒手,悄悄往西蕃人身上爬,湿发垂下来,像条吐芯子的水蛇,"他正急着在皇帝面前立功呢。你那些跟班去哪儿啦?"

西蕃人不吭声,瞬间就把皇甫南掀翻了。她成了只扑棱翅膀的雀儿,被猎人牢牢按住。

西蕃人跨骑在皇甫南身上,擒住她的双手——照以前,她准得被毫不犹豫地甩飞出去,栽一个大跟头。这回他手下有数了,留了情。说实话,制伏她,只需要动动手指的力气。

西蕃人撑起胳膊肘,腾出一只手,把肩头松垮的袍子拽下来垫在皇甫南的背下,好叫夜露和寒风不要把她泛着乌光的头发再打湿,把染了霞色的脸颊再吹冷。

西蕃人把幕离佳随便一扯。是阿普笃慕的脸啊,他早把赭面的褐粉洗去了,眉毛和睫毛漆黑洁净,鼻子和嘴巴端正英俊。他俯下身,与皇甫南眼睛对着眼睛,鼻子抵着鼻子,喃喃着:"你要拔我的舌头?

我先把你的舌头吃了吧。"

他们离得那样近,阿普的嘴唇稍一翕动,就把青稞酒浓烈甜蜜的气息喷到皇甫南的脸上。她慌忙别过脸,阿普把她的嘴巴咬住了,像猛隼叼雀儿。但他没下死口咬,只把她鲜艳润泽的嘴唇舔了舔。碰到她的舌尖,感觉她的舌尖上也沾了石蜜,他饿极了似的,立即把她的舌头整个含住了,用力吮吸。

皇甫南无声地挣扎,她越挣,他攥得越紧,开始那点缠绵的情意没了,报复似的,把她的嘴唇碾得发疼,热得发麻。

皇甫南急了,悄悄屈膝,准备给阿普小肚子上来一下,却被阿普识破了。他把她的腿分开,抬到自己的腰畔,咬着她的嘴,意乱情迷的,不禁挺起胯骨,在她下身撞了一下。

皇甫南双手摆脱桎梏,想也不想扇了他一巴掌。她这回脸真憋红了,死命地把腿挣回来,紧紧并在一起。

阿普也一愣,有点清醒了,又有点生气。他没有动作,只有胸膛微急地起伏着。

皇甫南又抬起巴掌,来势汹汹,中途又迟疑了,几乎没什么力气地落在阿普脸上。

阿普看了她一眼,不管不顾又亲了上去。这回他没再造次,手安分地握在她的腰上,但是手劲挺大,捏得她肉疼。他凑到她耳畔,说:"你是女人,我是男人,你不能总骑在我头上。"

"呸。"皇甫南也不傻,身体乖顺了,没有再剧烈反抗,只有嘴上不自禁地要嫌弃,"放开我,你真重。"

阿普滚到草地上,把皇甫南搂到胸前,意犹未尽地盯着她的嘴:"你吃石蜜了?"

皇甫南瞪了他一眼:"是你,你喝了不好的酒。"

"我不记得了。"阿普根本没把那壶酒当回事。

有一种喷薄欲出的情绪在胸口激荡着,他果断地起身,把皇甫南抱上马，自己也从她身后跨上马背，一只手臂箍着她的腰。

皇甫南决定下回悄悄地把阿普甩掉再来，辨认着山谷所在的方位："这是哪儿？"

"这里叫珍宝神山，猴祖和岩魔以前在山洞里修行。这才是真正的圣泉，所以没人敢来。"因为萨萨，阿普对神佛也有一些崇敬，说话时，嘴唇不时擦过皇甫南的脸颊，"你不用怕，泉水里的蛇没有毒，山民说，被它咬一口，是菩萨降福。"

皇甫南看见他手腕被蛇咬过的浅浅痕迹，撇着嘴，把头扭开："你在弥鹿川也被蛇咬过，是福气吗？"

阿普不说话了。

（三）

阿普笃慕拉着皇甫南，摸黑进了拂庐。茶炉底下只剩一点暗红的火星，金呷乌在幽幽地闪光。

阿普把皇甫南往挂毯后推："你睡里面。"

皇甫南不肯，当他还要动手动脚。

阿普吓唬她："半夜里鬼来背人，你轻飘飘的，会被鬼背走，让我睡外面。"

皇甫南这才把羊毛涅热放下，钻到挂毯后面。虎皮褥垫厚实得像人的胸怀，她把脸颊贴在滑溜的皮毛上，揉了揉嘴唇，得意中夹杂了点烦恼。

阿普不像李灵钧，蛮横起来没有分寸，她下回得对他凶点。

阿普又开始在毡毯上辗转反侧，最后盘腿坐起来，试探着叫了声"阿姹"。皇甫南没搭理他，故意发出两声沉重的呼噜，继续想自己的心事。

挂毯一动，阿普闯进来了。皇甫南一个激灵爬起身，把虎皮褥垫抓到身前："你不是要在门口挡鬼吗？快出去。"

阿普有点尴尬，他以为皇甫南已经睡了。不过，在乐游原碰到李

317

灵钧时,皇甫南就是这副打发瘟神的样子,阿普"哼"了一声:"做作的阿姹。"然后往她的毡毯上一倒,不肯挪地方了。

"那我走。"皇甫南刚要起身,被他拦腰一搂,又摔倒在褥垫上。

两人在黑暗里对峙着,阿普把胳膊收回来,规规矩矩地躺好,解释道:"我也冷啊。"他往后挪出巴掌大的距离,然后命令她,"你快闭上眼睛。"

皇甫南的思绪被打断,得意烟消云散,只剩下烦恼。她腹诽冻死他好了,干脆把虎皮褥垫全抱过来,夹在腿中间。望着帐顶愣了一会儿,她忍不住问:"你什么时候回乌纛?"

阿普呼噜停了,含混地说:"等我办完事……"

皇甫南才不关心他要办的事,急不可耐地说:"那你快点。"又是那种恨不得他立马插翅飞了的语气。

阿普强忍脾气:"知道了。"他正色叮嘱她,"咱们回乌纛之前,你都不许再理李灵钧。"

咱们?什么咱们?皇甫南只当没听见。

"那怎么行?"她捋着软滑的头发,提到"李灵钧"这三个字,顿时含嗔带笑,"以后我要嫁给他的。"

阿普僵住了,然后一个鲤鱼打挺坐起身,难以置信地看着皇甫南:"嫁给他,那我是什么?"

"你?你是野人。"皇甫南转身,给他一个后背。

阿普眉头皱紧,凑过去扳过皇甫南的肩膀:"不许装睡。"他语气也不客气了,"我和李灵钧,你到底跟谁好?"

才在山谷被他舔了嘴巴,皇甫南脸上还发热,为难地想了一会儿:"两个都好,不行吗?"

"不行。"阿普语气很冷,见皇甫南没有反应,咬牙切齿地使劲摇了摇她的肩膀,"你不能跟两个人好,这样不对。"

"阿普笃慕都能娶三个妻子啊。"

318

"我没有娶三个，"阿普认真地盯着她，"我只娶过一个。"

"哦……"皇甫南欲言又止，把嘴合上，索性也闭了双眼。

阿普伸出手，从她鬓边摸索到脸上，又到嘴上，嘴角是翘起来的。他顿了顿，捏住她的脸狠狠一拧，不等她跳起来，双臂立即把她锁紧了。

阿普的胸膛隔衣贴着皇甫南的背："你忘啦？"他往她那时而好使时而不好使的耳朵里说悄悄话，"我以前说，你不听话，我要把你剥了皮，吃到肚子里。"

"呸。"皇甫南没有再说那种要钻进他心里，咬断他肚肠的傻话。她冷下脸，打定了主意，不论他威逼利诱，都不要再理他。

气息一静，她的身体也变得软绵绵的。虎皮褥子都被卷走了，阿普却觉得胸口的火又烧了起来。他盯了一会儿皇甫南的后脑勺，把她推开，快入冬的寒夜，他在毡毯上打个滚，嘟囔道："热。"

一会儿冷，一会儿热，毛病。皇甫南没忍住："你酒喝坏了。"

"没喝坏……"阿普不承认。

论协察他们都相信加了酥油和石蜜的青稞酒能让男人威武雄壮，阿普不需要，也不屑。从乌蠡到西蕃，总有男女在芦苇丛和毡帐后抱着打滚，他早已看习惯了。

从没有像这样不得劲过，大概真是遭了那酒的殃，他懊悔地想。越发没睡意了，他支起胳膊肘把身体撑起来，将皇甫南肩头的长发拨开，然后低下头在她的侧脸亲了一下。这一吻轻得像落雪，皇甫南没有动静，也许是睡着了，也许是在迟疑。阿普解开了獭皮袍和缯布衫，把皇甫南的肩膀扳过来，紧紧地搂在怀里，只是打赤膊搂着，没有别的动作，里裤和腰带都在。

皇甫南暗自松了口气，也没法装睡了。他没撒谎，是真的热，胸膛滚烫。皇甫南眨了下眼睛，正要抬头，阿普警觉地收紧了胳膊："别动。"她只能贴在他胸前，听着"扑通扑通"的心跳。

整天猴子似的满山乱窜，但他的皮肤还是少年时的光滑紧绷。皇甫南这才察觉他胸膛变宽了,肩膀变厚了,不像小时候那样瘦,稍微一动,手臂上也有隆起的肌肉,看着不明显,手无意中碰到,硬得吓人,他随随便便就把她整个人圈在了怀里。

皇甫南不反抗,阿普又得寸进尺了,脚一踢,把虎皮褥垫踢出老远,然后搂住皇甫南的腰,又往身上拖近些,两腿一夹,像条大蟒蛇,把她箍得从头到脚都不能动弹。

皇甫南竭力扭了一下腰身,他垂眸看她,很不耐烦似的:"你别动啊。"

"你把我勒死了!"

"死就死吧。"阿普嘴上满不在乎,胸膛却还是稍微离她远了一点。

皇甫南总算透了口气,柔软的手臂伸了出来,揽在他的肩上,小心翼翼地问:"阿普哥,你不会欺负我吧?"声音里有点茫然无助。

阿普垂眸,寻找着她的眼睛和气息,缠得树藤一样紧,两个人好像连呼吸和骨血都融到了一起。阿普抵着她的额头,低声说:"不会啊,阿姹。"

天亮了,女奴杂乱的脚步声在拂庐外响起。皇甫南早睡着了,鼻息轻轻的,阿普把褥垫盖在她身上,从毡毯上起身,走了出去。他披上外袍和幂离佳,骑马前往拉康寺。

李灵钧得到消息,一早离开毡帐,来到马圈。

是皇帝赐李灵钧的一匹青海骢,刚进逻些就发了病,连着许多天不吃不喝,望着东方流泪。大家都围着看,束手无策。

吕盈贞被闹得也悲戚起来,叹道:"这是它思念长安之故。"

翁公孺则猜测是染了马瘟,要请巫医来诊一诊。

李灵钧很冷静:"马瘟的话,不要诊了,把它结果了吧。"

西蕃人忌讳杀马,何况是御赐的宝驹,没人敢动手。

李灵钧走回毡帐取了镂金剑,一剑刺入青海骢的胸口:"御赐的剑,汉人的马,陛下和赞普都不会怪罪的。"

翁公孺直道"可惜",好好的一双青海骢,只剩下一匹,孤零零地拴在西蕃公主的玛尼杆上:"那匹不会也得相思病吧……"

"先随它去。"李灵钧倒拎着镂金长剑,走到湖畔。剑上滑落血渍,滴落在残雪上,红得刺眼,他把剑投进湖里荡了荡,剑刃被清冷的水波洗得霜雪般洁净。

有轻快的马蹄声传来,他抬眸一看,一人一马穿过晨霭而来,也在蔚蓝的湖畔停住了,马背上是不肯露出真容的西蕃公主。

在歃盟当日初遇,他打量西蕃公主的目光还是好奇的,此刻则变得冷淡。

西蕃公主看了看湖水里淡淡的红色,又看了看李灵钧,然后抖了一下缰绳,迎着刚刚破晓的晨光,沿蔚蓝湖畔继续往前走,没有回头。

去拉康寺的途中,阿普经过论协察的牙帐,帐外从一早就聚集了黑压压的人群,是黑教的寺众和巫师们。他们嘟嘟囔囔,跟大相抱怨着没庐氏的恶行,并诅咒若大蕃改行佛法驱除黑教,尼玛将不再照耀雪域,达瓦将失去皎洁的颜色,岭尕则会依次遭遇白灾、黑灾、红灾与花灾①。

阿普没有凑这个热闹,驱马到了拉康寺。还有羊羔在寺外活泼地叫着,因为没庐氏的好生之德,它们都逃过了一劫。没庐氏自称上师,夜宿拉康寺,德吉陪着她诵晨经,芒赞则在经堂外无聊地转圈。他是嘎尔家的人,不能称颂佛法,但是愿意偷偷地跟德吉去佛会跳神节,看僧人驱鬼送祟。

阿普把德吉从经堂叫出来:"德吉,你跟汉人的使臣说,赞普不得到四镇九曲,不会议和,叫他们离开西蕃吧。"

以前他不会这样冷淡疏远地叫她"德吉",德吉也不在乎。她嘴上不跟阿普争辩,但显然在推诿:"等阿帕②回来再说吧。"

①黑灾、红灾和花灾:分别指牲畜死亡、战火和瘟疫。
②父亲。

芒赞掀起了眉毛，汉人走了，论协察准会高兴，但他为德吉感到不痛快。

"不要急着赶汉人走，姓李的那小子想娶你呢。"他跟德吉说着，冷冷地将阿普一瞥，"万一有人后悔了，蜀王儿子的身份也不比他差。"

"对，我是后悔了……"阿普毫不犹豫地说。

芒赞先是惊愕，随即变成了愤怒："你还真敢说呀！"他跟阿普结识了好几年，还给阿普起了个亲热的绰号叫"珞巴"，可今天他翻了脸，一拳就揍过去。阿普在他的暴跳如雷之下也坚决不肯改口，两人恶狠狠地抱在一起，摔倒在拉康寺门口。

扮成西蕃人的木吉和木呷也瞪了眼，带着孩子们冲上来，吆喝着挽起袖子，要参与到群殴中。

阿普扔下芒赞的袍领起了身，芒赞摔跤不是他的对手，他手下留了情。

"德吉，对不起，"他上了马，回头正色看着拧眉的德吉，"你愿意的话，咱们还是朋友……"到底有点心虚，他没有在原地傻傻等待德吉的怒火，甩起马鞭就跑了。

风把雪粒子卷进人的脖领里，铅灰色的阴云沉沉地压制着雪狮子①。拉日山下参加降冬节的人却喜气洋洋的。今年的庄稼收成好，颗粒饱满的青稞进了磨坊，晒干捆紧的秸秆堆在仓房，人和牛羊都能过个舒坦的寒冬。身份高贵的人贴身穿中原的丝绸，外头套厚实的皮袍，贫贱的百姓也不缺糌粑吃，所以大家都来观瞻跳神舞了。

穿紫红氆氇的僧人把六供抬出来，所有人都只往酥油花跟前挤。为了迎接莲师②，酥油花被特意捏成了佛像楼阁、花鸟人物，比堆绣还恢宏艳丽。

---
①雪山的代称。
②莲花生大师。

论协察盘膝坐在毡毯上,微笑道:"赞普不日就要到逻些了。"

"这么快?"大家惊叹。有人欢喜,有人失落,是莲师法力的加持吗?

"是为了款待贵客。"论协察对吕盈贞文雅地颔首。

论协察设的是家宴,在他那宫堡似的碉房里,几十柱屋子排得错落有致,赭红色的白玛草墙上矗立着宝幢彩幡。王太后没庐氏持斋,有女眷们在座,男人们也正经了,乐舞伎一概屏退,不喝酒,只喝茶。

女奴跪在地上,把清亮的茶汤倒进盛酥油的雪董①,抱住叫"甲洛"的木棒,抵在丰满的胸前,反复地抽打。酥油桶旁的瓷盘里,珍贵的盐粒垒得高高的,白得像雪,是神川的井盐。茶是银生的烤茶,被驼队和马队源源不断地运到逻些。

有蕃兵送进战报,托盘里堆着穿绳的红木牍,论协察飞快地翻动,一会儿便清点完了。放下朱笔,他不容置疑道:"请赞普钟再调五千兵丁、一千匹马,刀和箭镞也要。"蕃兵退下了,论协察转而对吕盈贞道,"吾国与回鹘有不共戴天之仇,开春之后要向回鹘用兵,还望大唐陛下不要怪罪!"

说是请罪,那语气更似威胁。

吕盈贞心情沉重,面上勉强一笑:"愿相臣势如破竹。"

论协察"哈哈"大笑,滚烫浓香的酥油茶送到了众人面前,茶碗上漂着黄腻的油花。他一抬手:"请。"

待论协察用手指沾了茶汤弹了三下,敬过天地和神龙后,汉使们才把茶碗送到嘴边。这时,门帘一响,是德吉和芒赞前后走进来了。

今天的德吉穿着织锦袍子,袖缘和袍摆都绣着华丽的绶鸟纹,贴了明灿灿的金花。作为公主的婢女,她却把头昂得高高的,径直走去上座。

芒赞向来是德吉的跟班,看到论协察,他脚步一滞,默默走到旁边,

---

① 盛酥油的木桶。

一眼瞥到披着幕离佳的阿普笃慕，原本就严肃的脸越发冰冷了，俨然和阿普也有了不共戴天之仇。

"相臣，"德吉以一种很僭越大胆的姿态质问论协察，"使臣有敬献法宝的功劳，为什么不请客人去红宫谒见王太后？"

论协察一愣，不动声色地用余光瞥过李灵钧等人，宽和地说："不是你亲口说的吗，使臣要骑马赢过公主才可以上红山呀？"

德吉将李灵钧一指："他赢过了。"

"这个……"论协察不乐见汉使和没庐氏结交，故意摇头笑，"不算，不算。"又用蕃语提醒德吉，"他还没有和你比呢。"

"不用比，"德吉一双热烈直率的眼睛盯着李灵钧，"我认输。"

这句汉语字字清楚，李灵钧默然和她对视，吕盈贞等人则露出诧异的神色。

论协察爆发出一声大笑："德吉呀，你的把戏总算不再玩了吗？"转而对李灵钧道，"郡王，我们的公主德吉有一些任性，请你不要见怪。"阿普笃慕镇定地拽下了幕离佳，知道论协察并不打算在汉人面前隐瞒西蕃与乌蠻的盟约关系，"这位赞普钟①的王子可是赢过了逻些所有的勇士才获得了德吉的青眼。"

德吉不满道："他输给了汉使，相臣忘记了吗？"

"唔。"对于德吉突然的厚此薄彼，论协察暗自惊讶，他捋着胡须，目光在几个年轻人脸上盘旋。

德吉断然地对李灵钧说道："上师每次听到僧人讲解汉皇陛下所赠的佛经就好像听到仙乐。但是龟兹乐不好，我觉得很吵闹，郡王的乐师，请你领回去吧！"

李灵钧立即接受了："多谢公主。"

阿普漆黑的眉毛飞扬起来，显然也不高兴了："德吉……"

德吉不看他，傲然地说道："这是在西蕃，我说了算。一个奴隶，

---

①赞普之弟。

我愿意送给谁就送给谁！"她抓起马鞭，从毡毯上起身，像只凤凰似的走了。

从这几句话中，论协察品出了争风吃醋的味道。他不禁觉得好笑，玩味地看着和西蕃争战数十年不休的汉爨两方，一想到战场上的砍杀，就感到热血沸腾。他端起滚茶，悠闲地吹了吹表面的油花："只有最勇武忠诚的男人才能入我们西蕃女人的眼……除此之外，天神说了也不算。"

阿普笃慕离开了嘎尔家。被揭穿了身份，木呷他们也不再扮西蕃人了，跟着阿普笃慕的马，拎着竹弓，背着药箭，在雪原上自在地用爨语大声说笑。有一群黑色的水鸟扑棱着翅膀，自湖面掠到了山顶，掀起一阵风。

阿普到了德吉毡帐外，听见了芒赞絮絮叨叨的声音，那话里对他没好词。阿普忍着气，叫了声"德吉"。芒赞掀起毡帘看见他，顿时气不打一处来："你还叫她德吉？"

"德吉，我有话跟你说。"阿普平静地面对着毡帐，没搭理芒赞。

德吉也探出头来。她的骄傲和自尊被阿普损害了，怒气不比芒赞少，但是她比芒赞沉得住气："请进。"她支使着不情愿的芒赞，"你出去。"

阿普和芒赞擦肩而过，进了毡帐，见德吉拉着脸坐在褥垫上，女奴要替她打扮用的奁盒也打翻了。阿普不自在地抓了下头发："你还当我是朋友吗？"

"我们不是朋友了。"德吉依旧冷淡，不肯看他，"违背誓约的人，不再是我们西蕃人的朋友，是敌人。"她强调了一句，显然是从芒赞那里听了一通添油加醋的话，"你和你的女人，都是。"

"那你就当我是敌人吧，别为难阿姹。"阿普也没再遮掩，握紧了手里的刀，"让木呷和木吉护送阿姹回乌爨，我则继续留在西蕃做人质。"

这话让德吉震惊，也让她伤心："你真的要为了一个在长安偶然认识的女人使乌蠻和西蕃为敌，不再当我和芒赞的朋友吗？"

"阿姹不是随便的什么女人，我和她认识很早很早……"和阿姹的过往，阿普深埋在心底，没有多解释，"我把你们当朋友，但是相臣根本就没有把蠻人当兄弟。"想到被论协察肆意挥霍的银生茶和神川盐，还有要被驱赶到北方去抵御回鹘的五千蠻兵，阿普克制着勃发的怒气，"非要打仗的话，汉人是打，西蕃也是打，就算你们一起来，我阿达也不怕！"

"我阿帕是要和汉人议和的。"德吉肯定地说。

"相臣会同意吗？"阿普轻蔑地反问，"赞普说的根本就不算。"

德吉不满地瞪着阿普，被阿普毁约的怒气渐渐消了，盘算起了别的主意，但她脸上没有露出端倪，仍是伤心的神情："我阿帕说的一定算话，是你违背了诺言，你对不起我。"见阿普桀骜不驯的样子，她知道，男人一旦变心，那会很冷酷。

为了防止阿普真的恼羞成怒，而与她断交，德吉连忙说道："所以，你要帮我。"

从德吉的毡帐出来，阿普接过木呷手里的缰绳，默默骑上马。木呷艰难地踩在雪窝里，东张西望的。等离开了西蕃人的地盘，他追上阿普的马，说："你把公主得罪了，她是不是要嫁给蜀王的儿子了？"

嫁给蜀王的儿子，那正好。阿普坏心眼地想。不过，他摇头："德吉不愿意，李灵钧也不愿意。"

"那就好。"木呷松了口气，"不然等你回了乌蠻，准得挨骠信的鞭子啦。"

"阿达不该做这个赞普钟。"阿普提到这个就满肚子火，"嘎尔协察这个贪得无厌的浑蛋！"

"没有嘎尔协察，西蕃真和汉人议和就糟了，你把两边都得罪了。"

"总要打一仗的。"爬上山坡后，太阳升起来了，雪山一面金光熠熠，一面暗影沉沉，阿普勒马停在明暗交界的山隙间，望着脚下静谧如青玉的圣湖，皱眉，"你把阿姹送回到达惹姑姑身边，再跟阿达说，我不想再做这个质子啦，不管是汉人，还是西蕃人……"

木呷"啊"了一声，苦着脸，因为达惹和各罗苏这对兄妹现在简直是水火不容："我不敢去施浪家……"木呷小时候总是对阿姹挤眉弄眼，现在让他送阿姹回乌蛮，他可满心不乐意，一来怕要跟阿普打架，二来怕阿姹再跑掉，语气抱怨，"阿姹她根本不听我的话啊。"

"她会听我话的。"阿普在马上摇晃着，一提到阿姹，脸上不自禁露出笑容，鞭子也抽得脆响，"她现在比小时候好多了。"

"我怎么看都觉得她喜欢蜀王的儿子比喜欢你多啊……"木呷嘴里嘀咕着，被阿普的马落下老远。呼哨在天边打着旋儿飞，他忙招呼娃子们拔腿追上去，在雪地里留下了凌乱的脚印。

钻进了拂庐，阿普一愣，虎皮褥垫上没有阿姹，浑脱帽和獭皮袍也不见了。是去珍宝神山了吗？他忙问女奴："弹箜篌的人呢？"

女奴将远处的毡帐一指，那里隔河住着汉地的使臣和随从："他们说，公主不要他了，叫他回去汉人那边。"

青海骢在河畔吃草，甩了甩尾巴，屁股转向阿普。

"是德吉把她赶走了？"阿普的脸色顿时沉了下来，差点转身去和德吉打一架。

"公主没有说话。"女奴茫然地摇头，"汉人在外头叫他，他立马就收拾东西走了。"

"我就说吧……"木呷又小声嘀咕了一句。

翁公孺徐徐研着墨，望着矮几上平整的纸页思量。

"论协察对回鹘用兵，是要破陇右和回鹘联军，要启奏陛下，还要给鄂国公提个醒才行。"

李灵钧又想深了一层："也或许是声东击西，意在乌海驻军。"

翁公孺点头:"还要征调爨兵,这场仗来势汹汹,鄂国公那边自然会有防备。"

李灵钧提着笔,半晌踌躇。他不是那种文思滞涩的人,但这会儿满肚子乱窜的火气。压制不住厌烦,他"啪"一声把笔拍在案上,溅了满纸淋漓的墨汁:"各罗苏这种首鼠两端、朝秦暮楚的小人,比论协察还要可恶!"

"朝秦暮楚"这个词,让翁公孺觉得有种指桑骂槐的滑稽。

两人背后的毡帐里,皇甫南在火塘边照看着茶炉,听到这话,铜火箸在空中一停,又伸展着白玉般的柔荑,夹起茶饼翻了个面,清幽的香气弥漫开。

翁公孺贪婪地抽了抽鼻子,意识到自己碍眼了,忙把笔接过去:"我来。"写完了信,又把墨迹吹干。

李灵钧道:"和奏表一起呈给陛下。"

不须他多嘱咐,这种事情翁公孺办得最是妥帖,将一摞信纸卷起塞进袖子,掀开毡帘出去了。

翁公孺是躲开了,毡帐里的两个人也没有急着互诉衷情。李灵钧竭力静下心来,坐在矮几前,提笔写信给蜀王——这种事,他是不肯假手他人的。煎好的茶汤悄然放在手旁,没有加酥油,是真正清亮澄澈的顾渚紫笋。李灵钧肩背笔直,眸光凝在笔尖上,脸上显出几分漠然。

弦子被拨动了,不是琵琶,也不是秦筝,这弦声沉郁透亮,能击碎流雪,响遏暮云。皇甫南自从冒名做了龟兹乐师,技艺也精进了,手头更疾,腕头更软,萧瑟时,如秋雁徘徊,缠绵处,如春燕呢喃。

李灵钧不想听,但箜篌的声音直往耳朵里钻,闹得他又心烦起来。在长安时,皇甫南显得颇为矜持的,不肯轻易以声色娱人。

彼时繁华,更显得此刻两个人的孤寂。

给蜀王的信写完,李灵钧钤上印。那一方沉甸甸的铜钮龟背方印,李灵钧拿在手上反复看了一会儿才收进贴身的革袋。碰一碰瓷瓯,已经凉透了,他抓起瓯子,把茶汤往帐外一倾。他走回来时,皇甫南的手指正按住犹自颤抖的弦,对他笑得娇艳:"巧声一日一回变,可得天子一日一回见?"

李灵钧冷淡得近乎敷衍:"手不疼?"他把头转到一旁,"别弹了,不好听。"

"弹也不行,不弹也不行。"皇甫南轻叹口气,"一个乐师,被撵来撵去,帐子里却一点声音也没有,别人该怀疑了。"她睫毛下的眸子悄然观察着李灵钧的表情,"还是……你怕被西蕃公主听到,说你这个人纵情声色,难托终身?"

这可真成了反咬一口。

"说到公主,有件怪事,"李灵钧波澜不惊地挑起这个话题,"原来那个婢女德吉才是真正的公主。"他狭长的眼尾将皇甫南一瞟,"你在拂庐里许多天,没看出来不对吗?"

皇甫南把手指浸在雪水里,又含在口中,想了一会儿,很自然地说道:"你是说阿普笃慕吗?"

她干脆地承认了,反倒让李灵钧一愣。他眼里立即露出少年时那种咄咄逼人的锋芒:"你跟他很熟?"想到自长安到逻些,皇甫南都绝口不提,他更觉得屈辱,"你瞒着我?"

"他是我的表兄啊。"皇甫南无奈,"再说,他也是一片好心。"

"他有什么好心?"

皇甫南脸上微微泛了红,赌气似的喷了一句:"他怕我被男人占了便宜,非要我老实待在拂庐里,我也不好说什么。"

"果真这样吗?"李灵钧勉强一笑,被皇甫南诘责,一时也无话可说,一瓯冷茶下肚才缓和了脸色,"原来西蕃要和乌爨联姻,怪不得德吉对他言听计从。"

"西蕃要和乌爨联姻?"皇甫南眼神好似恍惚了一下,"没听说过这消息……"

"他不是你表兄吗?怎么你也不知道?"李灵钧微微一笑,慢条斯理地收起纸笔,"消息还没有放出来,但私下的誓约一定是有的。"他起身走到皇甫南面前,见皇甫南还在望着融化的雪水出神,便把她冰冷的手指拾起来,在嘴唇上碰了碰。

乍然遇到温热,皇甫南瑟缩了一下。

李灵钧把皇甫南揽在怀里,闻着她发间的气息:"我在崇济寺说的话,是真心的。我知道你信,不然你不会来逻些。"这话里有懊恼,懊恼她的执拗,也有笃定,笃定他能一眼把她的心思看穿。

李灵钧把她的手指攥得生疼:"我扔下长安的一切才来的逻些,你也是。我帮你,你也要帮我,谁都不能半途而废。"

皇甫南看进他的眼睛里:"你想娶西蕃公主吗?"

"不到万不得已,不会。"

什么时候是万不得已?皇甫南没有追问。她垂下那善于煽动人心绪的睫毛,靠在李灵钧身上静了一会儿,说:"陛下不是一直想要延揽沙门高僧吗?"

李灵钧稍一寻思就懂了:"你是说莲花生大师?"

"论协察是不会轻易让沙门进逻些的,"皇甫南轻声细语,"蜀王殿下想要一个在御前说得上话的人,莲师座下的弟子一定会被奉为上宾。"

毡帐外响起咳嗽声,两人分开的瞬间,翁公孺已经等不及地闯了进来:"赞普已经回到逻些,"他对李灵钧微笑,"要在红宫召见汉使。"

李灵钧精神一振,和皇甫南对视一眼,立即到挂毯后去换冕冠。

翁公孺早已换上了整齐的青袍,在毡帐里负手等着。他这个年纪的人,见惯了男女情事,对刚才撞见的那一幕根本不放在心上。见皇甫南站着不动,翁公孺将地上的箜篌一指,笑道:"乐师,赞普面前演奏陛下所赐的龟兹乐,怎么能少了你?"

皇甫南如梦初醒，抱起箜篌，走出毡帐，混进了欢声笑语的乐舞伎中。

赞普在红宫的金顶宝殿设宴，四壁和鎏金铜柱上都新绘了吉祥天母、诸神坛城，还有一尊紫檀木的莲师等身相，以昭示赞普对教宗之争的态度。赞普与没庐氏果然并不相像，这是一个靠没庐氏擅权，而得以坐上绿松石宝座的苏毗奴隶。想到民间的流言，来客们的目光就不禁往赞普脸上窥视。

赞普对此深感厌烦，一抬手，叫龟兹乐师们也退下了，倾身问论协察："怎么不见舅臣？"舅臣是没庐氏的兄弟尚绒藏，赞普坚持道，"和汉使议定盟约的事宜，要交给舅臣。"

论协察没有极力反对，将话题一转："赞普要施行佛法，摒弃苯波教众，十二贤者不服，请求与莲师当众辩论经义，输了的一方要自愿远离蕃土。"

"好。"赞普不得已答应了，对于论协察的威逼，他有些不安，"请舅臣速速回逻些。"

离开红宫，皇甫南看到拉康寺后有一群黑色的秃鹫在桑烟中盘旋，那是出身庸户的死者在天葬。桂户①的人则可以享有火葬的殊荣，用樟脑和香料擦拭过身体后，投入酥油点燃的熊熊烈火中。在赞普回红宫的这一天见到秃鹫，似乎并不是一种吉兆，人们加快了步伐。

经过圣湖时，皇甫南扭头，看见了阿普笃慕。他骑着马，在不远处跟着，乐舞伎的队伍停下来，他也停下来，毫不退让地盯着她。

在一群背乐器的人中，他背着弓箭，凶悍得太显眼了。

皇甫南只能磨蹭了一会儿。

等龟兹人都离开了，阿普跳下马，大步走到她面前："你为什么走了？"他质问她，好像会一拳把她揍进湖里。

---

①桂、庸，分别指西蕃高等属民和低等属民。

皇甫南忌惮地看向湖畔，太阳快落山了，雪地成了橙红色，山壁上挂着一长溜尖利的冰锥，像林立的刀剑，晶莹中闪着光晕。

"我不走，让汉人跟你打起来吗？"她睨他一眼，抱着箜篌转身，"你说的，让我别害你。"

阿普牵马跟上她，急了："你说要跟我回乌曩的，你忘了达惹姑姑吗？"

阿普每回提到达惹就吞吞吐吐，皇甫南早就狐疑了。

她蹙眉看着阿普："我阿娘真在乌曩吗？她知道我在逻些，为什么没有口信给我？"

阿普犹豫着："她不知道你在逻些……"

"那是你瞒着她？"

阿普烦恼地说："达惹姑姑嫁到了施浪家，她现在根本就不肯跟阿达说话！"

皇甫南怔住："那她也把我忘了？"

"没有。"阿普立即道，"你回乌曩，见到她，就知道了。"

皇甫南默默低头走着，半晌才半信半疑道："那你还在逻些磨蹭什么？"

"我……"阿普没法说他还欠着德吉。

他又追上去，看着皇甫南的脸："你跟木呷回去吧，德吉不会为难你的，她答应我了。"

皇甫南琢磨着什么，转眼看着阿普："德吉为什么要听你的？"

"因为我帮了她……"

"德吉叫什么名字？"

阿普疑惑道："就叫德吉啊。"

"撒谎！"皇甫南听过德吉和芒赞在毡帐背后的悄悄话，"她叫卓玛。"

"德吉卓玛，"阿普忙道，"熟悉的人叫她卓玛，我跟她不熟。"

332

皇甫南眼里迅速涌上泪光，又硬生生憋了回去，恼怒地瞪他一眼："撒谎，你在碧鸡山寺叫的不是捉马，而是卓玛！"她的脸烧得通红，猛地伸手推了他一把，还扬了一把雪在他身上，"你做梦都在叫德吉的名字。"

阿普张口结舌。

皇甫南鄙夷地看他一眼，扭头就走。

这一眼让阿普的心绞痛起来。他呆了一瞬，跳起来抓住皇甫南的胳膊，也吼起来："我故意的！"他怒视着皇甫南，胸口起伏不定，"我找了你三年，没有一个人知道你在哪儿！我以为你被西蕃人掳走了，或是从山崖摔下去死了。两年前汉族皇帝叫我进京，阿达害怕乌蛮挡不住汉军，叫我去跟德吉求婚，我没有反对……"他声音先是低了，立即又坚定地说，"我跟德吉说好了，之前的誓约都不算数。德吉不在乎，她心里的人是芒赞。"

皇甫南微笑，为男人拙劣的谎言，突然又问："你碰过德吉吗？"

"没有。"阿普眼神飘忽了一下，看见皇甫南的脸色又忙改口，"拉过手……"

"骗子！"

阿普心一横，脱口而出："摸过她的胸口，隔着衣服，没有伸进去！"他脸色严肃，举起一只手，"我发誓！"

皇甫南嗤笑了一声。

阿普的脸红了，半是羞愧，半是气愤。皇甫南那种不屑的表情最让他难以忍受，他不禁红着眼睛冷冷地控诉："你跟李灵钧也亲过，我看见的，嘴对嘴！"

皇甫南想要回嘴嘲笑他几句，痛斥他几句，最后只是咬住了嘴唇，"哼"了一声，高傲地扬起脸："你管不着。"

阿普连马也不要了，不依不饶地拽着皇甫南的胳膊，两人一路吵闹到靠近汉人的毡帐。

"他碰过你?摸过你的手、脸,还摸过哪?有没有……"

皇甫南不胜其烦地甩掉他的手,一个"你"字还没出口,夜风卷着雪粒,一队人马疾驰而至,马蹄险些踏到皇甫南身上。阿普拖着皇甫南躲开,踉跄着栽倒在雪地里。她一屁股坐在他肚子上,把他压得一声闷哼。

两人叠在一起,胳膊肘撑着雪地,坐起身茫然望去。人声嚷嚷起来,赞普刚回到红宫的当天,在拉康寺被人刺杀。

(四)

阿普弓着腰起身,警觉地看向对岸。天暗了,雪地是青白色,那行骑兵像饿狼进了黎明的羊圈,把湖上的灯影都给搅碎了。

"别怕,跟我走。"阿普冷静地说了一句,抬脚刚要回拂庐,扭头一看,皇甫南跟没听见似的,早背对着他往反方向走了。

阿普一愣,忙抬脚赶上,拖住皇甫南:"你去哪儿?"

皇甫南仍执拗地躲过他:"别管我。"

阿普可顾不上跟她斗嘴了,皱眉道:"不管刺客是谁,论协察肯定会全部推到汉人头上。别人都忙着躲,你还自己跑回去?"

真想骂她一句是不是傻。

谁知皇甫南下一句让他那天灵盖险些又炸开。

"这个时候不回去共患难,以后还怎么嫁给他?"皇甫南剜阿普一眼。她脑子转得快,行动更快,把阿普的手挣开,踩着雪跑了。

阿普孤零零地站在河畔,深深吸了口气,忍了下来。马也丢了,他把手指放在嘴里,随便吹了声尖锐的口哨就摸出刀,追着皇甫南到了汉使的营地。

两人前后脚冲进李灵钧的毡帐,吕盈贞、翁公孺都在,脸上茫然中带着忧虑。吕盈贞还拖着一副病躯,好像油快耗尽的残烛,风一吹就会灭。倒是李灵钧最镇定,他飞快掀开信匣,里头是一摞纸笺,要紧的不要紧的，一股脑投进火塘。

他一回身，看见了皇甫南，背后跟着的阿普笃慕一副护雏的姿态。

李灵钧没有叫那十名禁卫执刀列马，径直走向皇甫南，把革袋里的铜印掏出来，塞到皇甫南手上："别忘了我们说过的话。"

这话没头没尾，阿普的眉心却一跳，不由分说拽住皇甫南的胳膊，把人拖出了毡帐。他们还没回到拂庐，搜查刺客的蕃兵就已经闯进了汉使的毡帐。

阿普心想：这个蜀王的儿子好像有点胆子。

见皇甫南还在张望，他又不乐意了，把她的脸转回来，手拉手进了拂庐。

外头人和马都在乱撞，今晚逻些的神山怕都要塌了。

阿普坐在虎皮褥垫上，眉头拧成了个疙瘩。那枚铜印还紧攥在皇甫南手里，阿普又咬牙忍了，还用了安抚的语气："蕃人最多就是把他软禁起来，从汉人那里讨点好处，他是皇孙，死不了的。"

赞普遇刺，这在西蕃的历史上闻所未闻。阿普一个乌蛮的质子，处境不见得能比李灵钧好到哪里去，阿普却没有提。

他倒在褥垫上，头枕双臂，想着心事。他把目光转到皇甫南身上，见她没精打采，不由得弯起嘴角："这下你该老实跟我回乌蛮了吧？"

皇甫南不想承认，但阿普的胸有成竹让她也没那么慌了。她不痛不痒地刺了他一句："我要找我阿娘，会自己去乌蛮，关你什么事？"

你该不会以为我回了乌蛮就会嫁给你了吧？

皇甫南想奚落他，又把话咽回去了。万一阿普蛮劲又上来，跟他在这拂庐里打滚，只有她吃亏的份。

皇甫南只乜他一眼："你说的，我阿娘在施浪，咱俩不是一路！"

阿普语气软了："我先送你回施浪，再回太和城，也不行吗？"

"不行！"皇甫南抱膝，脸色冷冷的，不看他。

阿普撑着胳膊慢慢坐起身，把脸凑到皇甫南跟前："你还生气吗？"

335

皇甫南差点要冷笑出来:"我生什么气?"

"你气我碰过德吉,"阿普学聪明了,没有把"摸胸口"那几个字眼大剌剌地说出来,他不错眼地看着皇甫南,留意着她那变幻莫测的神情,"咱们小时候也天天拉手,也抱过啊,在圣泉那天,我还……"

皇甫南的脸红了,起身要跑。

阿普像鹞子似的腾身,拦腰把皇甫南按倒在褥垫上,理直气壮:"除了你,我可没跟别人亲过,也没睡过一个垫子。"

被他那炙热的视线望着,皇甫南闭上眼,把脸转到一边:"不稀罕,你去找德吉吧。"

"我不要德吉。"阿普苦恼,"唉,你不知道吧,德吉的个头比男人还高,膀子比男人还粗,一拳能打死一头牛。"这简直是肆意抹黑,德吉知道了,准得拿鞭子抽他,他也顾不上了,继续睁眼说瞎话,"除了我跟芒赞,没人敢跟她一起玩,要不是嘎尔家跟没庐氏有仇,跟德吉结婚的人应该是芒赞,我是迫不得已的。"

皇甫南睁开眼,蒲扇似的睫毛下的眼里含着嗔怒:"你现在跟小时候不一样了,满嘴瞎话。"

"你比小时候好看了。"阿普真心实意地说,"我在长安看见皇甫南就是阿姹,快气死了,但晚上回去又高兴得睡不着觉。阿姹,阿达和阿母也整天念着你……"

他捧着皇甫南的脸,用爨话喃喃。

看着他黑黑的眉毛,黑黑的眼睛,还有瞳仁里两个慑人的亮点,皇甫南想到了洱海旁"咿咿哦哦"的毕摩。他身体里的邪祟已经完全被驱除了吗?她险些沉入一个久远的梦里,有点晕,忙摇摇头,鬓边蓝莹莹的,也在跟着颤。

皇甫南要去摸,阿普把她的手拉住了。他还记得她抱怨他很重,把袖子里的花别在她发髻里就挪开了身体,只用胳膊松松地圈着她。

一把盛放的龙胆,刚才在雪地里又推又搡的,快被揉碎了。他打量着她，小心地把花扶正。

拂庐里没有铜镜，皇甫南坐起身在水盆里看自己的倒影："外面全是雪，哪里来的？"

"咱们上回去的山谷比外头热，冬天也长草，我没事就去转转。"阿普故意扯了下她的衣领，又在她头发里闻了闻，狗似的，"你怎么不去圣泉里洗澡？好像有点臭烘烘的呀。"

"啪"一声，皇甫南把他的手拍开了："不用你管我。"她又露出一副戒备的样子。

阿普抿着嘴，盯着她不说话。以前她当是少年的羞赧，现在多半是在憋着坏主意，她上身往后倒，离他远远的。

阿普却起了身，尽管满心的不甘愿，他仍然把氆氇袍披在了皇甫南肩头，又把自己扮女人时穿戴过的青绫裙和幂离佳胡乱往皇甫南怀里塞。他推着皇甫南去换女装，隔着挂毯说："赞普死了，我也有嫌疑，你扮成德吉的婢女，跟着她，没有人敢问你……你别误会德吉，她很讲义气，心眼也不坏。"

皇甫南掀开挂毯走了出来，咬了嘴唇，眼波流转着，没有再讽刺阿普。

阿普回过神来，脸色也凝重了："要是李灵钧一时半会儿走不了，很可能被软禁，"他眼珠一转，"恐怕会老死在西蕃，以后说不定还得被迫娶个西蕃女人，你就……"

"我就在西蕃等。"皇甫南很有自己的主意，"要不然以后……"

阿普险些翻个白眼，他当即把皇甫南打断："以后你嫁不了他，别胡说八道了。"

两人推推搡搡的，他几乎是贴着皇甫南的背走，低低的话音穿进她耳朵里，带了点隐忍，还带着随意的亲近："你这耳朵真不好使啊。"

阿普把皇甫南拉出拂庐，为外头风声鹤唳的气氛所慑，两人默默骑马到了红宫的殿外。婢女们也都魂飞天外，被蕃兵赶着惶急进出。

阿普叫住一个领路的婢女，先放开皇甫南的手，又安慰她："德吉答应我了，你别怕。"

夜里，殿外火把乱晃，分手的刹那皇甫南才想起来："我不会说西蕃话呀。"

"跟我一样，装哑巴啊。"阿普满不在乎地说，眼睛却一眨不眨地看着她，"去吧。"他下了决心，自己先离开两步，骑上马。

皇甫南被蕃兵吆喝着，匆匆跟婢女走了，阿普的目光追随着她的身影。刚才在出拂庐时，他看得清楚，李灵钧的那枚铜印被她仔细妥帖地收了起来，就在贴身的革囊里。

阿普垂着头，骑马走了一段，听到嘶哑的鸣叫，阿普抬眸，看见拉康寺的天台上，秃鹫还在夜色里忽高忽低地盘旋，空气里有淡淡的血腥气。

李灵钧一行人被请到了拉康寺。国君在佛门圣地送了命，没庐氏要为莲师修建桑耶寺的宏大心愿，大概这会儿也歇了。寺里撤去警戒后，变得很冷清，酥油花黯淡地堆放在经堂，廊下溅的血污也被洗去了。

拉康寺距离红宫和国相府都不远，他们是特意被关在了论协察的眼皮底下。

论协察依旧文质彬彬："大汉陛下侍佛心诚，此处有法宝，必能护佑诸位不受邪祟侵袭。"赞普突然遇刺，他一时也有点没章法似的，脸色灰暗，交代蕃兵尽心守卫贵客。

见论协察就要走，翁公孺斗胆开口了。

"相臣，那刺客是什么样的？"

此时民间悄然出现了流言——赞普之死是因为驱逐苯波教众的恶行触怒了天地神灵，因为他是在空无一人的朝拜堂里窒息而死。

论协察扬眉："刺客混在僧众里，还没有查清。"

这段时间，因为绿度母转世，拉康寺是太喧嚣了。

翁公孺倒没有绕弯子："相臣只疑心汉人，不疑心乌爨人吗？当日相臣想要征调五千爨兵，看乌爨王子的脸色，不是很愿意啊。"

论协察鹰隼似的目光看向翁公孺，这挑拨离间的伎俩太拙劣，论协察一哂："使臣尽可回禀汉皇陛下，吾国与回鹘有不共戴天之仇，这一战，还请陛下务必不要包庇药罗葛氏①！"说完就振袖而去。

这议和，难了！李灵钧心里一沉。

黑色的灵帐前跪满了举袖呼号的蕃官。巫祝戴着高耸的鸟冠，披着斑斓的虎带，在击鼓腾跃，数不清的马、牛、羊和黑压压的男女奴隶把祭台挤满了，这是一场生殉的喜宴。

绿度母的转世真身并没有赋予没庐氏任何起死回生的神力，王太后在一夜之间诡异地衰老了。

德吉卓玛肃穆地坐在灵帐里，身后是彩绘的大棺和豪奢的多玛供，她左手握着赞普生前用过的弓箭，右手拎着男人用的敞口大酒罐。

芒赞一钻进灵帐，脚步骤然滞重了。德吉的赭面比以往任何时候都要隆重，红褐色变成了青黛，颧骨上两抹黑像折断的蝶翅，也像潦草的泪痕。

"卓玛……"芒赞艰难地蠕动着嘴唇。

德吉把酒罐撂在地上，浓烈的青稞酒气溢了出来。她亮出袖底雪似的刀刃，那刀尖是对着芒赞的："嘎尔家的芒赞，咱们以后是敌人，不是朋友。"声音比刀子还冷硬。

芒赞急了："卓玛，不是……"

"你以为我是个蠢货吗？"德吉猝然打断，喝了一声，"出去，这里不是你能来的地方！"

她变成了盛气凌人的公主，不再是两小无猜的玩伴。芒赞的脸又白了一点，他慢慢退后，像个倨傲的贵族那样，对德吉稍微弯了弯腰，

①回鹘首领。

掀帘出去了。

赞普的陵寝在拉日神山下，被积雪覆盖的一座地宫。人牲是要生祭的，滚烫的血汇成汩汩的河，把地宫前的雪都融化了。多玛供跟在大棺后头，流水似的送进陵寝后，贵族们抹了眼泪，接过各自的马缰。

有人在厚实的察桑下哆嗦，狐疑地看着梦魇般阴沉的天："冷得古怪。"刚才还冒着热气的血水，眨眼的工夫就冻成了冰凌柱子。

人们悄悄地交头接耳："好几天没看见太阳，是不是要黑灾了？"

"把心放回肚子里。"

大相的一句话，让大家都仿佛有了主心骨，各自骑上马。

论协察猛灌了几大口青稞酒，活动了一下冻僵的手指，脸上露出嘲讽的微笑："莲师在云端里看着呢，什么灾都没有！"

莲师早已不见踪迹。

老天好像要故意跟论协察作对，夜里冷得刺骨，早上人们去羊圈和牛棚，发现一多半牲畜都冻死了，连马也互相传染了瘟病，任凭鞭子怎么抽，鼻孔里的气依旧越来越少。大家慌了神，忙去请巫师来驱邪。

戴鸡冠子的巫祝用酥油把马厩里的火燃得旺旺的，桑烟烧得浓浓的，捻了只孔雀毛，沾了藏红花的水，在牲畜的身上点了一点，最后也无奈地摇头："国人不服其令，鬼神不飨其礼，人丁逐食，牲畜受害，这是上天对没庐氏的惩罚！"

论协察领着巫祝踏进红宫时，王太后也被传说中的天罚震慑，正跪在佛像前垂眸默念六字真言。

巫祝只看了这老妇人一眼，就洞察了其中的玄机，他笃定地告诉论协察："她的肩头并不是蓝莲花，而是一只皮毛发蓝的鼠魔，正噬咬她的命灯。赞普的命灯肯定是鼠魔咬断的。"

没庐氏被拖进了神祠，巫祝当着论协察及各部族首领的面，在她的胸口涂上了一种秘制的药粉，那萎缩的双乳并没有分泌出乳汁，这说明没庐氏从未生育过子女，陵寝中的赞普是个来历不明的奴隶种。

首领们震怒，同意了论协察的提议，将没庐氏流放至尼婆罗，东道节度使尚绒藏也将被追究私通汉人之罪。

阿普笃慕的马也生了病，他步行经过拉康寺，那曾经显现过神迹的沸泉已经没人敢来瞻仰了，蕃兵们把彩塑佛像一股脑推进了沸泉。旁边是被绳索捆了的沙门弟子，这些游方僧人追随莲师的踪迹到逻些，还没来得及翻开佛经，就被从各个寺庙里搜了出来，要和没庐氏一起被流放至尼婆罗。

有个赤脚的僧人被推搡得东倒西歪，还在固执地摇着转经筒，那声音在蕃兵的呼喝中异常清越。这种不动声色的威严让阿普想起了遥远的阿苏拉则。他站住脚，握拳看了一会儿，然后想起了阿姹。

阿姹还在红宫陪着德吉……

阿普推开宫外把守的蕃兵，飞奔到了德吉的寝殿。

公主的寝殿竟是难得的平静祥和，火塘里散发着松柏的香气，温柔的雪光从细密的格子窗透进来，照着紫檀木的菩萨雕像，壁画辉煌耀目，是婆婆雪域涌金莲。阿普猜测可能是芒赞的缘故。他这段时间也和芒赞成了陌路人。

阿普和德吉说话，眼睛却在搜寻阿姹。

原来阿姹混在了西蕃婢女里，在火塘前用纺锤捻羊毛，头发结成了细细的辫子垂在肩膀上，辫子里缠着珊瑚和蜜蜡珠子，腰上还系着磨得发亮的螺壳和海贝，稍微一动就"沙沙"轻响。

她真是个无比聪明敏捷的哑巴，把羊毛线捻得绵长洁白，一张脸被塘火映得红红的。阿普不禁咧开嘴笑了一下。

对着德吉，他又严肃了："舅臣的东道节度使被罢免了。"

"下一个要轮到我了。"德吉显得异常平静，望着窗外的雪岭，红山依旧巍峨，红宫却已崩塌。

　　白雪山失去白狮子，

大河水失去金银鱼,
高草原失去花母鹿,
绿松石儿宝座旁,
好姑娘苦等在白毡房。

德吉又唱起来了,声调是忧伤的、愤怒的。

论协察走进殿,看见阿普笃慕在火塘边,眼睛在婢女身上,德吉在窗下,芒赞就是被她闹得魂不守舍——年轻人就是这样三心二意。论协察有些不快,但他仍是一副和蔼的笑脸,接过了婢女手里的酥油茶,指着外头,提醒阿普:"画眉鸟叫了,开春就要对回鹘用兵,赞普钟的人马和辎重什么时候才能到无忧城?"

阿普皱眉:"相臣,这样的天气出征,士兵会冻坏手脚的。"

乌蛮人的搪塞让论协察大怒:"军情急,火海刀山都得去,赞普钟可不要以为绿松石宝座上没有人,汉人就能得势了。学墙头草,可不是英雄所为!"

阿普眉毛都不动一下,懒洋洋地说了声"是"。

德吉不耐烦地插进话:"相臣,杀害我阿帕的刺客有下落了吗?"

"刺客是薛厚的人,扮成俘虏混进了逻些。"论协察咬死了这个说法,"汉人就关在拉康寺,杀他一两个带头的,自然就招了。"

德吉惊愕:"相臣把汉皇陛下也不放在眼里了吗?"

"汉人的皇帝,不是西蕃人的皇帝,公主何必怕他们?"

德吉脸上露出忧伤,低声道:"天上的阴霾遮挡住了尼玛[①],大地的血红得像鸡冠,臣民谋叛,世系子孙断绝,大蕃要崩塌了,相臣你还要赶着人马去北方送命。论骑射,蕃兵可赶不上汉人和回鹘人!"

论协察笑道:"我军人马皆披锁子甲,刀枪不入。"他嘲弄地看了一眼德吉,"你一个女人,就不要操心这些事了。"临走之前,他

---

① 太阳。

在阿普肩膀上重重地拍了拍,那双满是老茧的手有的是威慑力,"金箭和银鹘①一到,赞普钟的人马就得启程。你别到处乱跑了,在宫里陪着德吉,你俩的婚事,早该办啦。"

两个年轻人板着脸,等论协察扬长而去,德吉冷笑道:"嫌我碍眼了。"

此刻在红宫,论协察的话胜过赞普的诏敕,阿普只能来到隔壁的经堂。他在墙边靠坐着,翻开手边不知谁的呷乌,里头是一尊阿嵯耶小金像。看到阿嵯耶沉静秀美的面容,让阿普有时想起阿姹,有时则是阿苏拉则,这两个人像他的左手和右手,可都在年少时无情地离开了他。

阿普不愿意叫五千个罗苴子为了西蕃去送命,那里头还有跟他一起长大的娃子,结伴爬过苍山,下过洱河。

耳畔响起了"哗啦"的水声,还传来女人身上的香气,阿普立马合上呷乌,坐起身来。是一个年轻的女奴,刚在樟木盆里洗了手,把香柏枝插在金瓶里。

女奴扭过头来,不是阿姹。

阿普失望了,又百无聊赖地躺下去。

德吉冷着脸,把阿普从毡毯上摇起来:"跟我去外面转一转,我有话要说。"她戒备地看了一眼房里的婢女们,"这里的耳朵和嘴巴太多了。"

"走。"阿普精神一振,经过火塘时,他把皇甫南从西蕃婢女中拽了出来。

皇甫南立即丢下了手里的纺锤,紧紧地靠在阿普身上。她个头刚过他肩膀,像一只栖息在人臂弯里的白翅膀雀儿。

德吉的眼神里有了不满。

"阿姹听不懂西蕃话,你放心吧。"面对众人惊异的目光,阿普

①西蕃调兵的信物。

没松手。在红宫里对着一群语言不通的陌生人,他知道那种滋味。

德吉只能瞪了皇甫南一眼,对阿普让步了。

出了红宫,她踌躇了一下:"去拉日山。"蕃兵举着长矛阻拦,"我也是犯人吗?"她怒气冲冲,一鞭子抽过去,蕃兵跌成一团。

三人骑马到了拉日山下,送葬那天的血迹和马蹄印早被雪覆盖了,脚下就是赞普的地宫。皇甫南一路东张西望,慢慢落在了后头,阿普不时瞟她一眼,和德吉到了崖壁前。

德吉下定了决心,对阿普说:"我答应你,咱们以前的誓约都一笔勾销,但你得帮我。"她把匕首握在手里,坚毅地说,"我要向噶尔家复仇。"

阿普警惕地打量着德吉,就算是她,他也不轻易暴露心思:"芒赞怎么办?"

"不怎么办,谁让他也姓噶尔呢?"德吉冷酷地说,心不在焉地摆弄着匕首。

"光咱们俩可不够。"阿普想得比德吉深,也比她沉得住气,"你得先去找另外两家的人替舅臣说话。"他有些同情她,"没庐氏只剩你和尚绒藏了。"

德吉背对着阿普,在用手抹眼泪。

阿普又转过头,去看不远处的皇甫南。

他一愣,皇甫南早没影了,雪地上只剩下一串杂乱无章的马蹄印。

皇甫南马不停蹄折返回拉康寺,蕃兵们亮了长矛,别说人,连鸟雀都惊散了。

她大失所望,找了一圈,看到河对岸虬枝干枯的老榆树下有个风尘仆仆的游方僧人,背着经卷,拖着枣节杖,正在树下歇脚。

皇甫南走过去,审视着他疲倦的脸,试探着开了口,是爨语:"阿苏拉则,你见过阿苏拉则?"

344

她刚才在乱哄哄的人群中，分明看到了阿苏拉则的侧脸。

可僧人困惑地看着她，对这个名字毫无反应。

皇甫南快快转身，经过拉康寺门口时站住了脚。神殿的金顶上停着灰喜鹊，"啾啾"叫得欢快。论协察没有薄待汉使，宴饮照请，金银照赐，还派了一名会汉语的巫医给吕盈贞贴身调理，但除了红宫和国相府，他们哪儿也不能去，像牵了线的傀儡。

从益州到京都，李灵钧这辈子都没尝过这种滋味吧？

皇甫南的心思，从论协察转到了西蕃俘虏身上。她是宫廷婢女的打扮，在寺外盘桓久了，守兵起了疑心，把矛尖对准了她，呵斥着杵了一下。

皇甫南险些被杵个大跟头，阿普飞快跳下马，把她抱住了。他脸上带着怒气，既是对守兵，也是对皇甫南。

德吉喘着气追上来："别在这里动手，"她好心提醒阿普，"小心相臣说你勾结汉人。"

阿普忍耐地闭着嘴，推皇甫南上了马，把她的缰绳也夺过来自己牵着。

德吉要回红宫，阿普却掉转了马头："我一会儿再送阿姹回去。"

皇甫南只好跟着他走。

两人离开拉康寺，皇甫南还不时回头张望，阿普忍无可忍，扔下缰绳，探出手臂将皇甫南的腰一搂，把她拖到了自己的马背上。他泄愤地在她腰上捏了一把，吓唬道："你还看？小心论协察把你抓走！"

皇甫南不甘示弱地"哼"了一声，但没有在马背上挣扎："又不是我要跟德吉结婚，他抓我干什么？"

"我没有要跟德吉结婚啊。"阿普辩解了一句，就不说话了。

两匹马沿河畔走着，外头冷得人牙关打战。最暖和舒服的地方应该是红宫的火塘前，但阿普不想回去。他把皇甫南的察桑裹得更紧，手在她的脖子下停了一会儿，把脸埋进她的发辫里，低声抱怨道："我的心里，除了阿达、阿母、阿苏拉则，就只有你了。你什么时候心里才能只有我？"

他的鼻尖是凉的，呼在她皮肤上的气却是热的。皇甫南不禁开始战栗，瑟缩在阿普的胸膛前没有动。隔了一会儿，她有些疑惑地提起："你还记得在乌爨时，阿苏身后跟着的一个小沙弥吗？听说那是他自幼收养的孤儿。"

阿普有点迟疑，目光在皇甫南侧脸上停留了一会儿，含混地说："不记得，怎么了？"

"阿苏是不是很讨厌汉人呀？"

"我也讨厌汉人。"阿普好像小时候一样执拗，"除了你，不，你不算汉人。"

皇甫南嘟起了嘴，想到阿普开头那句，她又不乐意了："我还排在阿苏的后面。"

阿普的胳膊顿时箍得更紧："没有先后，你和阿苏一样要紧。"

皇甫南的声音轻了："我和阿苏，只能选一个，你选谁？"

"为什么要选？"阿普不解，随即又蛮横起来，"阿苏又不是女人，我不选，反正你只能选我。"

皇甫南声音清脆："我不！"

阿普恨得牙痒痒，脑子里突然冒出一个鬼主意，伸手扒着皇甫南的耳朵，怕她听不清楚似的："等我跟你多睡几觉，你生一个小阿妞和一个小阿宝，心里就满了，谁也装不下了。"

皇甫南的脸蓦地红透了，一个巴掌要扇过来，阿普笑嘻嘻地跳下马。这种荤话，娃子们早晚都挂在嘴上，根本不算什么，但在阿姹面前，阿普的耳朵有些热了，赶忙捉住她的鞭梢，叫她看那河水的尽头："到山谷了。"

冰河变成了暖流，他们到了珍宝神山的河谷。

皇甫南懂了，眼里流露出渴望。红宫有香柏枝泡过的圣水，给赞

346

蒙和公主洗涤他们高贵的躯体，可婢女没那样的资格。

她瞻前顾后地走进山洞，熏蒸的水汽在玲珑的钟乳石上缭绕，立即把发梢和睫毛打湿了。阿普跟在她身后，她能感觉到他的视线也像那挥之不去的白雾，炙热地在她的身上缠绕。她有些忸怩地看了阿普一眼，阿普反应过来，生硬地停下脚步，突然转身，说："我不进来，你有事就吹哨子。"说完把自己的察桑也脱下来，放在了泉畔。

阿普会使坏，但他不会食言，除了在弥鹿川被毒蛇咬到，那回他吃了大亏。

皇甫南放了心，解开袍领，进到热泉里。泉里有淡淡的硫磺味道，水波在十指间涌动时，她又想到了阿苏拉则。

让人头昏脑涨的香气缭绕，让她想起弥鹿川自晨雾中走出来的短尾巴麝香鹿……

阿苏拉则也同样爱着他的兄弟阿普笃慕吗？皇甫南发了呆。

一声尖锐的皮哨子响，阿普野马似的闯进山洞，见皇甫南死盯着眼前荡漾的泉水，浑身僵硬，声音都在打战："蛇蛇蛇……"

阿普松了口气，二话不说，"哗啦"一声跳进水里，抓住水蛇甩到岸上。两人屏气凝神等着，水蛇瘫软着扭了一下，不动了，给阿普摔死了。

"好了，"阿普背对着皇甫南，警觉的目光从钟乳石湿滑的缝隙里扫过，嘴上却让皇甫南感觉有点糊弄，"其他蛇看到，都不敢来了。"

"其他蛇看到，要来寻仇的。"皇甫南简直疑心阿普是故意的，上回他还很细心地用松柏枝把蛇都赶走了。

她急声催促阿普："你快把它拎出去，扔得远远的！"

她不晓得阿普心里正在天人交战。总算做出若无其事的样子，阿普一转过身，心里就狠狠一堵——皇甫南在水里还穿着衣裳，分明就是在防着他。

在他转身的同时，皇甫南迅速抓来氆氇袍，挡住了只穿着中衣的身体:"你出去,出去。"她怕阿普磨蹭,还往他背上泼了一小捧水,"都怪你,你快走。"

阿普忍着气,随便抹了把脸上的水,撑着泉畔,一翻身跳到岸上。把死蛇拎在手里,他停了一瞬,又重重地甩到地上,大步走回来,跳进热泉,又溅得彼此一头一脸的水。阿普拎着皇甫南的胳膊,把花容失色的她拖到胸前,一低头,把她那噘起来的嘴巴堵住了。

皇甫南竭力把头往一边转,推打着阿普的肩膀。阿普还像上回一样饿,比上回更凶悍,狂热地绞缠住她那四处躲闪的舌头,还用牙齿咬她的湿热殷红的唇瓣,舔舐她不听话的耳朵,热吻从她的下颌到了脖子和肩膀,也许是泉水,也许是汗水,她那里的肌肤滑腻得让人叼不住皮肉。阿普来回轻轻地舔,重重地吮,突然像个在猎食的猛兽,在她喉管上咬了一口。

皇甫南浑身一个哆嗦,这回真怕了,拼命挣扎起来。手被锁到背后,攥得生疼,她踢阿普的腿和肚子,把泉水翻搅得"哗哗"猛荡。

阿普沉声道:"你真不老实。"说完把她打横抱起来,爬上岸放下。

皇甫南躺在察桑上,转身要逃,被阿普翻过来。他把身上的湿衣裳甩掉,覆在皇甫南的身上,将她贴在额上的头发捋开,那种凶悍的劲头没有了。他在她的嘴上麻酥酥地啄了一下,目光往下,看见她脖子里被他吮咬的几片红痕像绽开的桃花,衣领松散得盖不住。

皇甫南的手指尖都在颤抖,她扇了下睫毛,眼里挤出两大滴泪珠:"阿普哥,你答应过,不会欺负我的……"

"你先欺负我的。"阿普的黑眼睛一眨,绵绵的情意没了,又流露出愠怒,"阿姹,你为什么总对我那么坏?"

"我不会了,"皇甫南声音软软的,可怜地缩了下肩膀,"以后我不到处乱跑了,也不叫你抓蛇了……"

"不行。"阿普又蛮起来了,揉搓着她的脸。

两人抵着鼻尖,密睫下的黑眼睛真像一头伺机而动的老虎,或是豹子。他把她的肩膀按牢了："不到处乱跑还不够，你心里只能有我，除了我，谁都不能想。"他又跟她说悄悄话，这回的语气很郑重，绝不是戏谑，"你不听话，我就真的要把你绑起来，让你给我生阿妞和阿宝。"

皇甫南瞬间憋红了脸，忙说："我心里只有你。"

"骗子。"这次愤怒的成了阿普。

皇甫南搂上了他的背，触摸着深深刺入皮肉的蓝色文身。她每回看到，都不自禁地躲开目光。阿普的肩胛骨一起伏，背后狰狞的老虎也活动起来，不怀好意地摆弄着爪下的猎物。皇甫南闭上眼睛，脸上一阵红一阵白："我离开乌曩后，一直在想你。"

阿普胳膊矮下来，和皇甫南胸口贴着胸口，腿挨着腿，快严丝合缝了。她那中衣是薄薄的白绢，被水浸湿，早成了透明的，贴在肩膀和胸口上，根本就是欲盖弥彰。他的目光一扫过，呼吸就急了，只能琢磨起皇甫南的脸色："你梦见我了吗？"

皇甫南闭着嘴，不想再轻易说出口。

"我梦见你了。"阿普毫不遮掩。

皇甫南被他吸引了心神，傻傻地问："梦见我做什么？"

"你……"阿普实在不好意思说出口。他梦见的阿姹躺在新编的松毛席上，但不是小时候红绢衫、绿绫袴的阿姹，是长大了的，乌黑的头发像缎子，垂到腿弯，薄薄的衣裳说不上是什么颜色，淡得像水，像月光，曲线蜿蜒地缠绕在腰上、腿上，简直像什么都没穿。

阿普抬起头，发现阿姹的脸突然变成了庄严肃穆的阿嵯耶。

他从梦中惊醒，人都傻了。

是西蕃那些奇诡的黑教巫术把他的脑子都给搞糊涂了。

阿普摇了摇发蒙的头，定睛去看眼前那张面容——脸颊是红的，眉毛是蹙着的，眼睛闭着，间或偷偷地睁开，从睫毛下觑他一眼，带着点忌惮和愤恨，濡湿的嘴唇上是牙齿咬的浅印。

不是神佛，也不是妖魔，而是活生生的阿姹。阿普回想起自己那些荒唐的梦，根本忍不住，粗着嗓子说："我要脱你衣服。"不由分说就把皇甫南的肩膀从衣领里剥了出来。

"不要！"皇甫南似乎知道挣扎也是徒劳，惊叫了一声，双手把脸捂住了。

跟皇甫南不一样，阿普对鬼神之说从来都是半信半疑的。没庐氏在神祠被验身的事，让他也生了好奇。

皇甫南听了这傻话，浑身都烧了起来。她死死捂着脸，竭力缩起肩膀，躲闪着不给他看："我不知道，你快滚开。"

阿普推开皇甫南的手臂，低下头，像是一个痴迷的孩子，又像是虔诚的信徒，在他梦中的红花萼上试探地舔了一下。

"不对，"他尝到滋味了，有点甜，还有奶香，松开手捧住皇甫南的脸，语气认真，"你是不是妖怪变的？黑教的法术在你身上不灵。"

皇甫南恨死了他的直言不讳和胆大妄为，眼里迸射出怒意，但在这种情境下，人哪威严得起来，连痛骂听起来都让人觉得好笑："我要是妖怪，我先把你的头咬掉！"

"不行，咱们还没有正式当夫妻呢。"阿普嘟囔着。他早就明白，做夫妻绝不只是两人躺在一张榻上睡觉。以前阿姹只是玩伴，小孩儿过家家似的当夫妻，他也不在乎，现在，他眼睛一沾上她就移不开，好像真要一口吞进肚子里才能彻底放心。他又寻找到皇甫南的嘴，不轻不重地咬着，热热地舔她的耳朵和脖子。

皇甫南乏了，也麻木了，毫不反抗地躺在察桑上，抽抽搭搭地哭起来："我不想生阿妞阿宝，我还没见到我阿娘，还没给我阿耶报仇。"

眼前是一副汗湿紧绷的胸膛，皮子底下是年轻健壮的力量在涌动。皇甫南觉得阿普有点不一样了，但又说不上来哪里不一样。她冷着脸推开阿普，把身下的察桑拽起来，挡住身体。

阿普攥住了她的手腕："阿姹，我会给达惹姑姑和姑父报仇的，还有我阿达、阿苏的仇,总有一天。"他没像小时候那样大放厥词,但声音里有种不容置疑的味道。

"你先别欺负女人,再说报仇的事吧。"皇甫南余怒未消地讽刺了他一句。

"我欺负你了吗?"阿普把她的脸转过来,那笑容里有点坏,还有点亲昵,"你明明就很喜欢嘛……"

"呸。"皇甫南背过身去,飞快地穿衣服。

"等等。"阿普把银镯取了下来,抓住皇甫南的脚,替她套在足踝上。银镯大了,能一直推到小腿上去,阿普顺势在她的腿上摸了两把,"戴了我的锁,你以后就跑不动了,鬼差也不会来拘你,你会活一百岁。"他的眼神温柔了,带着倔强,"我就爱欺负你,我也愿意被你欺负,但我只欺负你一个,你也只能欺负我一个。"

皇甫南低下头,微微一撇嘴,把脚上那只松松垮垮的银镯转了转:"我活一百岁,你呢?"

"被毒蛇咬过都没死,我的命长着呢。"阿普理所当然地说。

阿普送皇甫南回到红宫,火塘前的婢女们围了上来,殷勤地为阿普奉上酥油茶——在她们眼里,阿普是要和公主成婚的,未来会成为这座宝殿的男主人。阿普回头看了皇甫南一眼,冷落在旁的皇甫南立即拉下了脸,结满彩珠的辫子一甩,扭头走了。

她在经堂的木盆里仔细洗了手,闻了又闻指尖,直到只有香柏枝的味道才放了心,又低头拎起袴角。银镯离开阿普笃慕的身体就变得冰凉,真像副镣铐缠在脚上。

皇甫南的步子不觉慢了,穿过回旋的廊梯,走去晒佛台。

晒佛台在红宫的最顶上,铜杆上挂满了锦毯,像萨萨那个彩绢招展的庭院。皇甫南拂过锦毯,走到花岗石矮墙边俯瞰逻些城。

红宫的飞檐翘角和鎏金的宝瓶铜瓦被神殿和国相府的明灯照得发

亮。拉康寺里有昏沉的钟声,汉使信佛,那是逻些唯一还收留沙门僧人的寺庙了。

皇甫南把石头下压的经卷收起来,刚一转身,就被一股力量拖拽到了矮墙的角落里。

"谁……"灯影昏暗,皇甫南看得不清楚,只感觉这是个穿锁子甲的蕃兵,稍微一动,甲片就沉重地摩擦,这人胳膊上还有个眼熟的鎏金铜告身。怕把她硌到似的,他把跌坐在身上的皇甫南扶起来,让她靠墙站在挂毯后。

"我。"说完这个字,那人顿了顿,就把手从皇甫南嘴上撤开了。

"阿……阿兄!"皇甫南先是愕然,继而眼睛亮了。

皇甫佶的脸上看不出特别的高兴或愤恨——在大云寺等待无果后,他就把这事埋在心底,一点痕迹也不露。他谨慎地看了皇甫南一眼,想到刚才她一直张望的是拉康寺的方向,他似有所悟:"你在拉康寺找人?不是三郎?"

"不是……"皇甫南支支吾吾。皇甫佶此刻的装束根本没有西蕃俘虏的影子,她暗自琢磨着,脸上露出了疑惑的神色:"赞普是……"

晒佛台并不偏僻,常有婢女出入,皇甫佶打断了她的话:"你回长安,或是乌蘽。论协察无意议和,这里不是久待的地方。"

皇甫南抓住皇甫佶的手:"西蕃要征调五千名蘽兵去打回鹘。"

"我知道,"皇甫佶把怀里的七寸金箭和银鹘掏出来,飞快地向皇甫南亮了亮,那正是刚刚到手的调兵符契,"我要去一趟无忧城,"他依旧镇定,英气的眉毛越发冷肃了,"你能不能去拉康寺取一件三郎的信物?薛相公想请剑川出兵解围,如果有蜀王诏令,剑川节度使也就不会推诿了。"

皇甫南忙翻出革囊:"我有三郎的铜印。"她稍一犹豫,"我替三郎手书一封,驿传给蜀王。"

手书、印信这样要紧的事,李灵钧都托付给了皇甫南。

皇甫佶沉默了一下，说："这样最好。"

"阿兄，"皇甫南那阵错愕和欣喜过去后，脸上竟然多了点不自在，"你一直跟着我吗？"

皇甫佶的脸色淡了些，但比她坦然："论协察在四处搜那批俘虏，我索性混进宫里来了。"他看着皇甫南，"我看见阿普笃慕送你回宫的。"

皇甫南低下头，霜灾已经消弭，月亮露了头，月光把她那含羞的表情照得一览无遗。

皇甫佶的心沉了下去，但他还竭力表现得平静："爨兵不听从论协察的调令，阿普笃慕会惹下大麻烦的。"不等皇甫南那眉毛蹙起来，他又说道，"你在公主身边，想办法让她把三郎和吕相公放出来——她现在是一心和论协察作对。"他下定了决心，"三郎一旦有机会离开逻些，你就跟他走吧，经过这一趟，你要嫁给三郎，蜀王大概也不会反对了。"

他刚才分明还说回京都或回乌爨都好，以前他没有这样直率和坚持。这让皇甫南的心思又游离起来，怏怏道："我知道了。"她想跟皇甫佶说，达惹也许就在乌爨，皇甫佶却顾不得了。他有符契，在逻些多待一刻，就会更容易被人发现身份有异。

"你和阿普笃慕的关系别让三郎知道。"皇甫佶又叮嘱了皇甫南一声，那语气里似乎还有诘责和失望。

皇甫南跟上他一步，有婢女来收挂毯了，他把皇甫南推开，一闪身，离开了晒佛台。

（五）

在赞普落葬后月余，汉皇的国书才姗姗而来——这份国书的措辞让秘书省的人费尽了心思，两国议和显然已经希望渺茫，皇帝连吊祭的使者也没有派来，只委婉地向论协察索取东阳郡王与鸿胪卿两位汉使。

论协察称鸿胪卿病体沉重，不宜劳顿，留他在逻些调养好之后，会亲自委派车马士兵送汉使归国。

接到国书后，皇帝召政事堂众人商议。皇甫达奚道："论协察不思继立下一任赞普，却忙着往北驱掠牛羊、调兵遣将，这是要挟兵事以篡谋啊。"

"是朕不应该，"皇帝颓唐地捏着额角，"太急于议和，没顾得上西蕃人秉性狡诈多变。"

皇甫达奚曾力主议和，到这种情景也不敢多言："鄂国公那里……"

"论协察挥兵十万，势不可挡，叫他见机行事吧，朕不会计较一时的得失。"

这意思是要退避了。

皇甫达奚："是。"

"剑川节度使是……"皇帝慢慢地翻着案上的奏疏。

"韦康元。"皇甫达奚瞥了一眼皇帝的动作，忙提醒道，"以前做过金吾大将军。"想了想，他又补充一句，"是寒族出身。"

跟韦妃一系没有瓜葛。

皇帝会意，脸色也缓和了："这人行事沉稳吗？"

"很机敏。"

皇帝现在对政事没有多少耐心，才几句话就不断皱眉，旁边伺候的医官见皇帝伸出手腕，忙趋前诊脉。殿上鸦雀无声，大家都盯着医官的脸。

"蜀王的食邑加封五百户，兼领益州都督。"良久，皇帝波澜不惊地说了一句，声音不高，所有人却都竖起了耳朵。

东阳郡王身陷西蕃，性命危在旦夕，皇帝这是对蜀王稍加安抚，还是终于对朝政产生了厌倦，向这位与世无争、偏安一隅的亲王展现了一丝罕见的青睐？

皇甫达奚默然转身，退出殿，停在龙尾道上琢磨起来。

论协察的十万大军在土鼠年破春之前降临原州,游牧于北庭。汉鹘联军不攻自破,薛厚奉诏引军退回大非川,旁观蕃兵和回鹘在北庭厮杀。

德吉卓玛坐在轮王七宝的卡垫①上,副相那囊氏恭谨地对她弯了弯腰,退出殿去。德吉脸上露出失望的神色。

北边在和回鹘打仗,蔡邦和那囊两家对嘎尔氏简直是言听计从,他们觉得没庐氏的下场是咎由自取——没庐氏不该为了私利,把一个奴隶扶上绿松石王座,而那个奴隶现在还堂而皇之地躺在国君的陵寝里,让部族酋长们蒙羞。

在西蕃人心里,德吉已经不是公主,只是论协察用来换取五千饟兵的工具。

檐下的冰凌柱子融化了,水珠滴滴答答地打在石板上,德吉越发焦躁。她攥着象牙佛珠,猝然起身:"去找阿普笃慕。"

阿普笃慕住在红宫脚下的雪城,穿过法院、经院,还有各式作坊,他和德吉在红宫的白玛草墙下碰头。

阿普告诉德吉:"尚绒藏被押解回逻些了。"

"舅臣在哪儿?"

阿普看向背后的雪城,那里有座用粗粝石头全的碉房:"被关起来了。"

德吉急眼了:"那里是关牲畜和奴隶的!"她不顾一切地捉住阿普的袖子,"带我去见舅臣。"

阿普把袖子从德吉的手里拽了出来,瞟了一眼德吉身后的皇甫南。

皇甫南穿着花格氆氇的百褶裙,腰上系着一串细小的银铃铛,有点像山北坝子里的阿米子。在红宫里待了两个月,她能听懂一些蕃语了,但此刻是一副漠然的样子,眼睛不看他,嘴角往下耷拉着。

阿普故意放慢了脚步,等德吉率红宫婢女们往经院冲去,他走到

---
①坐毯。

皇甫南身后。听着铃铛脆响，他手也痒了，想要摸一把她缀了银流苏的辫子。

皇甫南猛地一扭头，乌黑的头发像鞭子似的抽打在他手上。

阿普又想拉手，皇甫南立即把手也躲到背后。她果然闹脾气了，语气冷冰冰的："你不看看这是哪儿？"

阿普好声好气地哄着，仿佛皇甫南才是公主："去圣泉吧，山谷里雪化了……"

听到"圣泉"这两个字，皇甫南耳尖都热了，一跺脚："你爱洗，自己去吧！"她把百褶裙一旋，踩着翘头羊皮靴跑了。

在经院的天井里，他们撞上了芒赞。芒赞穿着甲胄，带了兵马。嘎尔家的少主子的身份，让他比以前更有了傲慢的资格，面对德吉也毫不退让。不用问，芒赞已经猜出了德吉的来意，他亮出剑，把德吉挡住了："绒藏是犯人，你不能去见他。"

"舅臣不是犯人。"德吉面对剑尖的寒芒，言辞铮铮，"让舅臣在各部族面前把话说清楚。"

"别傻了。"隐忍的痛苦让芒赞的脸色更加肃穆，瞥到德吉身后的阿普，轻蔑地一扯嘴角，"你以为他会帮你吗？他让那个女人弄得神魂颠倒，根本顾不上你了。"

阿普笃慕没有和德吉绝交，但是这两个月来，对于没庐氏的遭遇，乌爨人是一种冷眼旁观的态度，要怎么推翻论协察，阿普笃慕更是一个字都没吐露给德吉……但最让德吉感到耻辱的，还是芒赞的背叛。

她淡淡道："他不像你，嘎尔家的人是一窝毒蛇。"

"你真的要嫁去乌爨吗？"芒赞忍无可忍，"各罗苏对大蕃不是真心臣服！"

"这话，你不该跟相臣说吗？"德吉露出一个讽刺的微笑，"毕竟，相臣还要用我换五千爨兵呢。"

芒赞把剑握得更紧了："回宫去。"他命令德吉，然后毫不留情地把剑尖对准了阿普笃慕,"相臣有令,你也要待在红宫,不能随意乱走。"

阿普退开一步,叫住了德吉:"我们回去吧。"

德吉没有硬碰硬,她盯着芒赞,一字一句:"我阿帕死后,流的不是血,是乳汁①。你记着,天神的诅咒还没有完。"

芒赞脸色微变,德吉转身就走。

回到寝殿,德吉把头上的金花锦暖帽扯下来,那是用芒赞猎的狐皮做的。把暖帽丢进塘火里,德吉擦去泪,跪在佛龛前,捏住象牙佛珠,喃喃道:"怨鬼恶魔,渝盟弃信,毁我部众,望护法神怒而制伏,断除内讧及其魔教法……"

点燃的线香被递到手上,德吉睁眼,看到一串银流苏挂在哑巴婢女的胸前。

"公主,逻些没有人能帮你,你要借外人的势力。"皇甫南用汉语轻声说,见德吉一怔,她又用蕃语说了一遍,"找汉人。"

"你懂什么?"德吉恢复了公主的骄傲姿态,但忍不住把皇甫南看了又看。

从德吉的寝殿出来,皇甫南端着一架惟妙惟肖的酥油雪莲花到了经堂。主持经堂的钵阐布②早已随没庐氏被流放了,佛龛前的六供还是每天都有人来换。皇甫南放下酥油花,用包银木盆换了圣水,香柏枝在水里沾了沾。她走到木梯口,阿普在经堂下面的阁楼。钵阐布打坐的华丽卡垫上,阿普摊开手脚躺在上面睡大觉,手边扔着一个羊皮卷。

皇甫南把身上的铃铛和流苏都摘下来,从木梯下到阁楼,又张望了几眼——她知道阿普睡觉很警觉。见阿普的眼睛闭得紧紧的,她悄悄跪在卡垫上,把羊皮卷拾了起来。

---

① 西蕃传说,人受冤屈而死时,身体里会流出乳汁。
② 身居宰相职位的僧人。

突然，阿普用力将皇甫南拦腰搂住，等她出声，阿普就把卷在身下的涅热也扯了起来，兜头蒙住两个人，淡淡的羊膻味钻进鼻子里。他的两条腿把皇甫南夹紧了，在她嘴上亲了一口，笑道："又来当贼了。"

皇甫南脸上发烧，心还"怦怦"跳："你又装睡。"她恼了。

"没装睡，我梦见你了。"阿普捧着她的脸。阁楼里昏暗，只有木梯口漏下来的一点光，阿普看见皇甫南脸红了，他有点高兴。自从上回遇到蛇，皇甫南死活不肯再去珍宝神山了，他心里好像猫爪子在挠，手不自觉地放在了她的衣领上。

皇甫南把他的手按住，压低了声音："你干什么？"

"偷我的东西，总得拿点什么来换啊……"

"那我不要了。"皇甫南扭身，想要从卡垫上起来。

"你不要，我要。"阿普耍起了赖皮，把要挣扎的皇甫南箍紧了，贴着她的嘴唇，轻声威胁，"别动，一会儿经堂还有人来。"涅热底下，两个人交缠在一起。

皇甫南又把眼闭上了，阿普的手无意抚过，察觉到她的睫毛在不住地抖动，但是嘴里没有声音了——就连反抗也只是象征性的那两下，之后她就把胳膊时紧时松地缠在了他的脖子上。

这就是他梦里的情景！

阿普咧嘴笑了出来，找到皇甫南的耳朵，故意往里头吹气似的："你知道我梦见了什么？我在洱河里游水，捞了只蚌壳，蚌壳的嘴硬，就跟阿姹一样，怎么都撬不开。我把它放在热水里泡了一会儿，揉一揉，晃一晃，蚌壳自己就开啦……"

经堂里有轻轻的脚步声，把木板踩得"吱呀"响。

一个西蕃婢女说："乌爨人在下面。"

另一个"嘘"了一声："睡了，听他的呼噜。"

阿普在涅热里搂着皇甫南，一动不动。皇甫南也像只刚出巢的雀儿，温热安静地蜷缩在他胸前。等两个婢女的脚步声远去,连经堂的门也闭上了,阿普的呼噜声一停,皇甫南立即去推打他的肩膀,牙齿把嘴唇咬得通红,是恼的,恼他差点让自己失了体面,也恼自己被他弄得迷迷糊糊:"你真能骗人,从小就骗人!"

阿普也想到了段平和达惹,还有自己未能守诺的龙首关之行。他一只胳膊撑起来,苦恼地看着皇甫南:"我怕我说实话,你就跑了,我也不知道该怎么办……"好在此刻阿姹就在眼前,在身下,少年的心又软得一塌糊涂,把轻吻印在她的脸颊上,含住她的嘴唇。

缠缠绵绵地亲了一会儿,阿普一把将皇甫南的手攥住,苦恼不翼而飞,笑嘻嘻道:"好阿姹,你替我摸一摸吧……"

"不要。"皇甫南转身,背对着他。

阿普又变得火急火燎了,非要皇甫南给他"摸一摸",强硬地把她的肩膀扳过来。他那鼻息"呼哧呼哧"的,像匹发情的小马驹,和皇甫南手握手,重重地揉搓着,在她身上猛烈地撞起来。两人皮肉磨得发红发烫,阿普在皇甫南脸上乱亲一通,热气喷在她耳畔:"阿姹,跟我回乌蛮吧,先送你去见达惹姑姑,咱们再回太和城。洱海的水暖了,山上的蓝花楹、红花楹都开了……"

皇甫南的手搂在了他的肩膀上,又被他颠得头昏脑涨了,不自觉地"嗯"一声,娇娇地叫他:"阿普哥……"

那一声"嗯",让阿普对她简直言听计从。他抱住皇甫南在涅热下面打了个滚,伸出胳膊,把羊皮卷扒拉了过来。皇甫南展开一看,是蕃文,她不认得。

阿普凑到她耳边,神秘地说:"这是天神谕示未来的'授记'。"他把蕃文译成蛮语念给她听,"雪域之地产生猛兽之王,境内多数有情之动物似乎被猎手之网所罩,无望逃入林中暂受屈。你猜,这猛兽之王是谁?"

"论协察?"皇甫南盯着羊皮卷上粗率的字迹,"这是天神的授记吗？是你乱编的吧？"

阿普将皇甫南的嘴巴一捏，示意她不要乱说话，然后把羊皮卷随便往卡垫下一塞，一翻身，又把皇甫南按倒了。

论协察的人来了红宫，请阿普笃慕到国相府赴宴。

阿普笃慕又到了嘎尔家宫堡似的碉房，李灵钧率领的汉使们早已安席。

在长安时，李灵钧就看出阿普笃慕这个人有一副熊心豹胆，但李灵钧那会儿也没有把他放在眼里——边陲小国的质子，在长安不比一个朔府校尉高贵。现在时过境迁了。不再做女装打扮的阿普笃慕是一副宽肩细腰、笔直舒展的好身板，他比汉人随便，脱了靴子往毡毯上一坐，没跟论协察见礼，一双黝黑有神的眼睛捕猎似的，先盯住了李灵钧。

李灵钧微微一笑。他没阿普想的那么落魄，身上锦袍玉带，不失气度，天天在拉康寺的经堂里晃悠，袖子里还沾了清淡的檀香气。被西蕃人一番磋磨，这人没了棱角，看上去温和得像个书生："世子，别来无恙？"话里却有挑衅的意思。

阿普也冲李灵钧一笑，那笑容里莫名带了点孩子气的得意。他假装听不懂汉语，头一转，去留意论协察的神色。

论协察同时召集了汉人和爨人，这是一场鸿门宴，阿普心里很明白，他的脸色严肃了。

论协察抬手，叫龟兹女奴退下了，那囊和蔡邦两家的恭维还没停。压制了没庐氏，北庭军队势如破竹，薛厚也节节败退至大非川，把积河石口拱手相让，正该论协察炫耀的时候，他的笑容里却隐含着怒气，从袖子里取出一封拆开的书信，推到毡毯中间，笑道："各位，这是何意思啊？"

信是汉文写的，阿普按下疑惑，不露声色。李灵钧往信纸上一瞥，眼神不动了。

是蜀王府给剑川节度使的密令。

——西蕃弃约暴乱,乌蛮诸部不堪征敛,有追悔归化之心,剑川节度使宜应伺机招纳之。韦康元可与云南王共约,驱除西蕃,归汉爨旧地,以泸水为界,南北分而治之。共尅金契,永为誓信。

"共尅金契,永为誓信。"论协察点着页尾一行字,对吕盈贞颔首,"我听说,汉皇陛下在朝堂上同臣子们说后悔与西蕃议和,又说剑南节度使曾为陛下献上一计,要西联大食,北和回鹘,南结乌蛮,以抵御大蕃——贵客来大蕃,难道不是为了和我国誓信,而是要在我兄弟之间挑拨离间啊?"

通译一转述,吕盈贞便懂了,他心惊肉跳地推诿道:"相臣,朝堂之议,我不知情,但我国与大蕃誓信是真,绝无挑拨之意。这信准是造假的。"

"既然是造假,上头为何有东阳郡王的印信?"论协察逼视李灵钧,"这印信也是假的吗?"

李灵钧沉默不语,这态度,显然是承认了。

论协察摇头道:"郡王是想要花言巧语诱使赞普钟倒戈,救你出西蕃吗?可惜这信落在我手里,是没有用了。"他将信揉成一团,投进火塘。

论协察虽然和声笑语,身上却有一种慑人的威势。阿普笃慕皱眉,回首望着火塘里渐渐化作灰烬的信纸,肩膀上猝然被论协察一拍,那是种特意做给汉人看的随意和亲近:"阿普笃慕,我的金箭和银鹘已经在赞普钟手上了!西蕃到乌蛮路上的雪化了,你和德吉也该……"

"相臣!"突然,德吉闯了进来,她发间的金花闪着熠熠的光,长可及地的袖子狠狠一甩。芒赞没有抓住,脸色凝重地看着她。

德吉愤怒地扬起下颌:"乌蛮背信弃义,相臣不要把我往阿普笃慕的身上推了!"

论协察道:"德吉,你是大蕃尊贵的公主,除了赞普钟的王子,"

他凛冽的目光在芒赞脸上一掠，"在逻些，还有谁能配得上你？"

德吉将李灵钧一指："他也是王子，汉人难道不比爨人势大？"

论协察不满道："两国缔结婚姻之约，岂是儿戏？"

"汉人要联鹘困蕃，难道咱们不能联汉御鹘？"

"这些事，不是你一个女人家该说话的。"论协察不再理会德吉，扭过头，对那囊副相厉声下令，"赞普钟不济，封施浪家主为大瑟瑟告身都知兵马大将，命他即刻率爨兵北上。"

阿普从毡毯上起身，脚踩进靴子，离开了国相府。经过拉康寺时，他看见高高的天台上有一具新剥的人皮，松垮垮、软塌塌，麻袋似的挂在玛尼杆上。那是替李灵钧送信给韦康元，却被论协察截获的蕃兵。

"阿普，"木呷骑马追了上来，把腰间的针筒药箭摔得"啪啦"响，他也有急信，"罗苴子出龙尾关，到无忧城了！"顺着阿普的目光，他一眼看到玛尼杆上的人皮，吓得声音都卡在了喉咙里。

"回去再说。"阿普嗓音也低了，垂眸拾起马鞭，攥得死紧。

阿普骑着马，一口气跑回红宫。

德吉还没回来，阿普径直闯入了她的寝殿。

火塘前的婢女不捻毛线了，开始揉羊皮。她们知道德吉要出嫁，赶着揉了一摞摞新羊皮，之后还要晾晒，绷扯，用玛瑙、珊瑚、绿松石研磨的颜料描画上色，再裁成挂毯、卡垫和袍靴。乌爨的天气，沉重的毛货大抵是派不上用场的，但这是大蕃公主的体面和尊荣。

皇甫南盘腿坐在卡垫上，面前放着一个黑白棋盘，她在跟自己下"密芒[①]"。西蕃人崇敬白色的棋子，认为那代表着吉祥和光明，她不在乎，像个违逆天神的巫女驱使着黑龙，把对面的白子吃了一大片。观战的西蕃婢女急了，抢过白棋子，叽里咕噜地念咒语，要"驱魔"。"哗啦"一声，黑子溃散了，落雨似的砸在棋盘上。

[①]西蕃的棋类游戏。

阿普把皇甫南从卡垫上拽了起来，拉着她的手来到经堂。

"你……干吗呀？"皇甫南跺脚甩了下手，脸上带着娇嗔。德吉的婢女们肯定又要背后嚼她舌根了，她把嘴噘起来，但心里有点甜。

阿普没有笑，只皱眉审视着她。突然，他把她的氆氇袍领子扯歪了，手伸进去，又往她嘴上亲——也不是亲吻，更像是惩罚，他狠狠地缠着她的舌头，然后毫不留情地在她舌尖上咬了一口。

皇甫南吃痛，原本搭在他肩膀上的手使劲一推，他险些被推个跟头，倒退了好几步才站稳。

窗外"啪啪"响，是西蕃女奴在猛打羊皮。佛龛里的旃檀佛像也在凝神注目，妙严的唇瓣微微开启。皇甫南想到在阁楼下的肆无忌惮，红着脸瞪他一眼，说出口的话却是软绵绵的妥协："外面有人……"

阿普冷不丁地说："你借李灵钧的名义写信给剑川，说阿达要和汉人结盟围困西蕃？"

皇甫南的神色倏地变了，她无措地咬着嘴唇，垂下了头，隔了一会儿默然地点头，脸颊上的红霞渐渐褪了。

阿普早猜到了，但见她坦然承认，他还是难以接受："真的是你？不是李灵钧……"

"是我，"皇甫南语速很快，"我想让论协察知道的。"

"汉人要偷袭无忧城，是谁跟你说的？"

皇甫南没有吐露皇甫佶的名字，执拗地说："我在宫里听到的。"

阿普根本不信："宫里根本没人知道，是有人透露给你的！"

皇甫南冷淡地看他一眼，那副疏离戒备的样子，像在长安初遇的时候："我早说了，你别管我的事。"

阿普觉得自己的胸口被刀割开了，心如刺锥，呼吸也急了："你们知道汉人要偷袭无忧城，阿达不想借爨兵给论协察，所以写了那封信，好让论协察治阿达的罪，逼得乌爨投靠韦康元，帮韦康元攻打无忧城。蕃南陷落，论协察大军被拖在北庭，只好跟汉人求和，放李灵钧回长安了？"

皇甫南梗着脖子，没有作声。

阿普道："阿姹，你为了帮汉人，愿意看着我死吗？"

皇甫南这才飞快地瞥他一眼，辩解道："论协察怎么会让你……"她不想说那个死字，突兀地顿住，"乌爨是汉地藩属，如果论协察还想跟汉人议和，就不会太为难乌爨。"说到这里，她又带了点不忿的味道，"再说，你还要和德吉结婚呢。"

"我在西蕃见到你后，就再没想过要和德吉结婚。"阿普冷笑，"德吉也不想再嫁我了，她看上了李灵钧。如果西蕃和汉人议和，李灵钧就要娶她了，现在你高兴了吗？"

皇甫南怒视了他一眼，把头扭到一边："不要你管！"

德吉嫁给李灵钧这事，她想过，不惊讶，但是阿普这种嘲讽的语气让她感到难堪。她绕过阿普，要离开经堂。

阿普忽然冷斥一声："骗子。"

皇甫南脚步一滞。

"满嘴谎话的骗子，你还想跑吗？"阿普恨得咬牙，沉着声，"我对你太好了。"他一把揪住皇甫南的胳膊，把她拎了回来，像当初在拉康寺拎羊羔似的。但那时的羊羔是温顺柔弱的，不像现在的羊羔，被人戳破了心事，气急败坏地挣扎。

阿普把她推倒在卡垫上，抽出了靴筒里的皮鞭。

皇甫南想到了在圣泉时他那半真半假的威胁。她不肯叫人，只得把纤秀的眉毛蹙紧了，颤抖着低声哀求："阿普哥，不要。"

阿普沉着脸一言不发，拿鞭子往她手脚上捆。他赌气地想，把她拎上马，现在就闯出逻些，回乌爨去，可很快他就冷静下来。一垂眸，瞟到皇甫南的手腕被磨破了皮，但他硬起了心肠，漠然地没有安慰她，只低头把皮鞭慢慢解开了："你在宫里乖乖的，别乱跑。"到底没忍住，他在她躲闪的脸上摸了一把，声音低了，却不容置疑，"等我事情办好了，

364

你得跟我走。"

皇甫南回到了塘火前。她已经没心思下密芒了,心烦意乱地收起黑白棋子,往外头张望着,阿普已经跑得不见了。

画眉鸟叫了,湛蓝的天底下,雪山的顶白得耀眼。德吉对着铜镜往嘴唇上抹胭脂。如论协察所盼望的那样,她突然变得安分了,在闺中含羞待嫁。铜镜旁铺着纸和笔,德吉在学写汉字,一个叫吉吉布赤[①]的新来的女奴替德吉的头发抹了油,熏了香,然后编成一根乌黑粗大的独辫,用发簪挽在头顶。布赤是德吉特意找来的汉人婢女,刺绣活儿很好。

德吉看不上阿普笃慕,一门心思地要嫁给汉人了。

布赤人如其名,叽叽喳喳的。德吉叫她说汉语,这样红宫里别人听不懂。

布赤说:"相臣发了很大的脾气。飞鸟使[②]回来了,说因为相臣封施浪家做大将军,赞普钟变卦了,带着五千爨兵跟汉人把无忧城、老翁城在内的七八个城池和几百个堡寨都给攻破了,岭尕往南,全是死人!那囊和蔡邦的副相们闹事,说相臣中汉人的计了,把大军都调到了回鹘,只好任汉人和爨人把南边的地盘和牛羊都夺去了。"

德吉想要议和,但被外敌攻破城池并不是什么好消息,她拧起了俏丽的眉头:"怪不得薛厚退兵那么快……无忧城没有守兵吗?怎么才几天就叫汉人攻破了?"

"有爨兵带路嘛……"布赤讪讪的,因为她汉人后裔的身份,遥远蕃南的一场战事,她像亲眼看见了似的,讲得绘声绘色,"听说被偷袭的前夜,飞鸟使到了城下,举着金箭,挂着银鹘,说是奉相臣的命令去调兵。那人明明穿着咱们的铠甲,还有告身,可一见面,就把

[①]麻雀,也是个类似招娣的人名。
[②]西蕃信使。

守将给杀了，放了剑川兵进城。后来，他们说那也是汉人假扮的。"

"好狡猾的汉人……"德吉轻轻舒了口气，把不忿都按捺住了，起身，"我要去拉康寺。"

拉康寺里关的是汉人。布赤小心地提醒："相臣说，不让你老去看汉人。"

德吉冷笑："让他想想怎么退敌吧！大蕃要亡在他手上了！"

走到廊下，德吉看见从经堂出来的皇甫南。

德吉在努力地学习汉人，可一见到皇甫南，她就敏锐地察觉到自己和汉人女人的不同。皇甫南的脸颊到耳朵都白得剔透，眼睛滴溜转着，像狡猾的狐狸，把乌蛮和汉人的心都勾跑了。她对皇甫南产生了一丝不满。在刺目的阳光下，她把幂离佳戴起来了，遮住了褐红色的赭面——越到喜事临近，那种褐红就越浓重。

德吉"哼"了一声，告诫皇甫南："别老偷听我说话。"

皇甫南做出茫然的样子，用西蕃话回道："哦呀。"

有段时间没看到阿普笃慕了，她却若无其事，德吉吒她："阿普笃慕叫相臣关起来了，在雪城的碉房，"德吉故意用汉语慢吞吞地说，"相臣说，要剥了他的皮呢。"

果然，汉人女人不装了，抬起雪白的脸，不安地看了德吉一眼。

经堂里成天有婢女"嗡嗡"地念《吉祥经》，大约她们有兄弟在蕃南被汉人俘虏了。

晚上，皇甫南在涅热底下辗转反侧，木楼梯"吱呀"地响，她抓着涅热坐起身，看见有人端着酥油灯走近了，是布赤。

这也是个藏不住话的婢子，也或许是德吉派来试探她的。阿普不在红宫，她心里从早到晚都有根弦绷着。她一声不吭地躺回去，被布赤摇醒时，她做出睡眼蒙眬的样子。

布赤克制不住兴奋。她本是低贱的庸户，被选进红宫做了德吉的婢女，简直是天降的喜事，何况她是个汉人。她知道皇甫南也是汉人，对皇甫南有忌惮，总怕皇甫南抢了自己的差事，可又忍不住往皇甫南身边凑。

"公主今天去见相臣，相臣答应她嫁给汉人了！"布赤把这个惊天的秘密告诉皇甫南。

皇甫南怔了一会儿，心里平静下来："汉人也愿意吗？"

"高兴得不得了！"布赤觉得这话问得奇怪，迎娶大蕃的公主，天下哪个男人不愿意？布赤在拉康寺偷看过东阳郡王，真心觉得这是天造地设的一门好亲事，她的语气炫耀又同情，"公主说了，会带我去长安。我想，她不会带你吧，虽然你也是汉人。公主说你的眼睛像狐狸精，会勾引男人。"

皇甫南气闷地一头倒在褥垫上，任布赤在背后嘀嘀咕咕。脚上的银镯硌着她，双耳刀在卡垫底下压着，她安静地转过身来，打断布赤："公主也去雪城看乌爨人了吗？"

布赤狐疑地闭上了嘴："公主说，不让我跟你乱说话。"她突然变得吝啬起来，把酥油灯吹灭，倒在了褥垫上。

经筒被拨得徐徐响，檐下有铜铃的声音，布赤在梦里呓语了，皇甫南竖起耳朵屏息地听，布赤却只呢喃了一声"阿娘"就没声了，皇甫南有点失望。

吉吉布赤出生在陇右的白水河畔。她的阿爷是个打铁匠，替吐谷浑可汗锻造兵器，后来吐谷浑可汗跟随金河公主归顺了汉国。布赤没有像她名字一样，替她的爷娘带来一个男孩。他们一家被掳到了逻些，布赤没有兄弟，反而是件幸运的事，否则他们也会像牛羊一样被论协察驱赶到北庭，拿着长矛跟黄头发的回鹘人拼命。

从卑微的女奴一跃成了德吉的心腹，布赤很得意。她得寸进尺，跪在德吉面前央求："去长安的时候，能不能把我的爷娘也带上？"

德吉在欣赏布赤绣的挂毯,上头层层绸缎堆叠,坛城和天女都美轮美奂,是凉州来的手艺。因为获准了一门称心如意的亲事,德吉和颜悦色地说:"你阿帕和阿娘都会什么呢?"

布赤忙说:"我阿帕会打铁,会放马,最烈的马在他的鞭子下也跟羊羔一样温顺。我阿娘绣的鸟儿栩栩如生,仿佛能拍着翅膀飞起来。"

德吉把挂毯放在一边,颔首道:"好,我会抬举你阿帕和阿娘,但相臣不喜欢汉人,你的嘴巴要严。"

布赤忙闭紧了嘴,忠心耿耿地点头。

"你要看着那个汉人女人,不要让她逃走了。"

布赤忙道:"哦呀。"回到阁楼,她一边做绣活,一边把眼睛擦亮了,死盯着皇甫南。

冬去春来,整个红宫的婢女们脚步都轻盈了。她们无论是吐谷浑人、西蕃人,还是汉人,和布赤一样,打从出生起,仗从来没停过。论协察每打一场仗,毡毯上的男人和畜圈里的牛羊都被扫荡一空,女人们有苦说不出来,只好天天拜佛求巫。

论协察将求亲的国书送往长安,汉皇似乎也松了口气,表示只要论协察从北庭撤兵,汉人愿意以四镇和九曲为聘礼迎娶西蕃的公主。

虽然失去了蕃南的一百零八个堡寨,但对于一个出身低微的女儿来说,能够换来四镇和九曲,已经是极大的幸运了!

从论协察到德吉、布赤,几乎所有人都感到高兴。

只有乌蠡的阿普笃慕被关在雪城,无人问津。论协察把各罗苏写的信也给撕碎了——无忧城还被蠡人占领着,各罗苏的信里有种狐假虎威的味道。论协察不怒反笑:"不要紧,他不是还有个儿嘛。我这是替他的大儿子办了件好事啊。"

德吉知道阿普笃慕成了论协察的眼中刺,等和汉人的盟书一铃印,就会被剥皮拆骨。她忙着筹备婚事,也不怎么去看他了。东阳郡王作为人质,婚事的程序并不需要太烦琐,国书来回也要一年半载,论协察等不及，他要春暖时就举办婚礼，把德吉送给汉人，让没庐氏在西蕃彻底没了指望。

德吉去了神祠。不论黑教巫师怎么恐吓，她对佛祖菩萨的诚心一如既往，每个晨昏都要去神祠里祝祷。西蕃的神祠，低贱的女奴不允许进入，怕玷污神祇，布赤失落地走回阁楼，看见汉人女人拿着铜钎子在拨香饼。

麝香、檀香、安息香，皇甫南分得很清。这个女人的鼻子比狗还灵，能说得出每种香料的细微差别："西蕃的麝香没有乌爨的麝香馥郁，因为岭尕多雪，没有弥鹿川那样好的甘松。"

布赤看见皇甫南腿底下压着羊皮卷，使劲推了下皇甫南，紧张地左右看："你不要命啦？"

布赤不识字，但她知道羊皮卷上写的是什么，食肉的和食糌粑的都在私底下议论天神的神秘授记，他们说论协察是那蛮横的猛兽之王，岭尕的生灵都落入陷阱了。

皇甫南把羊皮卷抓起来，塞在了卡垫下面。

布赤惊魂未定，抱着膝盖，坐在皇甫南身边发呆："他们说，到了下午，大相要把舅臣押到拉日山下，用他来祭祀赞普。"

生殉的贵族，要被两根削尖的木棍刺入左右两边的肋骨，直到鲜血流尽，饱飨镇墓的守护神，再被投进圣湖。

皇甫南奇道："公主没有阻拦吗？"

"他是个叛徒，公主能说什么呢？"布赤没精打采地拿起针线。

皇甫南上了晒佛台，用木棍拍打着挂毯上的浮尘，那些金银绣线在阳光下明晃晃的，很刺目。皇甫南掀起挂毯，来到花岗岩矮墙前，看见布赤躲在白玛草墙下，把一块用麻纸包着的酥油塞给她放羊的阿帕。

皇甫南扔下挂毯，飞快地跑下廊梯，从后面的门洞溜出了红宫。

从红宫下山，中间有很长的一段花岗岩阶梯，好像洁白的羊毛腰带，把天和地都连在了一起。云层很低，在头顶移动。皇甫南的海螺和丝穗也像早春的蚕一样"沙沙"响。她一口气穿过经院,到了低矮的碉房,扒在门洞上往里看。

一群守门的蕃兵坐在院子里,正在争先恐后地扔骰子,嘴里喊"巴热响①",面前一堆贝壳,长矛倒在地上。吆喝声戛然而止,他们疑惑地看着来人。

两个红脸蛋,额头到下巴都抹着褐粉,袖子和袍边上镶着毛花氆氇,是红宫的婢女。她用别扭的西蕃话说:"我是布赤,公主叫我来看乌爨人。"

蕃兵抓起骰子,随便地朝里头抬了抬下巴:"一早才看过,又来看……"他们不怕乌爨人逃跑,就算是头老虎,提心吊胆地被关一两个月,也变成绵羊啦。

皇甫南放轻脚步,进了石头垒的牢房。隔壁是羊圈和马棚,一股干草和粪便的味道。阿普笃慕还裹着冬天时的獭皮袍,把头埋在臂弯里,像睡着了,又像在生闷气,气德吉的翻脸不认人,也气各罗苏的冷血无情。他那个脾气,准得天天跟守兵磕牙斗嘴,兴许还会挨打。

"喂。"皇甫南叫了两声,抓起一个小石子,从木栅栏里扔进去。

"别费劲啦,谁都不搭理!"外头的蕃兵把脑袋伸进来,嚷了一句。

皇甫南忍着狐疑,一步三回头地离开雪城。回到德吉的寝殿,她看见布赤凑到了德吉的铜镜前编辫子,然后把一串蜜蜡珠子在脖子上比来比去。这个色厉内荏的婢子在背着德吉偷偷打扮自己呢。

瞥见皇甫南,布赤吓了一跳,脸由红转白,先发制人了:"你,又偷跑出宫,公主会拿鞭子抽你。"

"德吉卓玛去哪儿了?"皇甫南张嘴就问。

见皇甫南敢直呼公主的名字,布赤气呼呼的:"公主要和东阳郡王去祭拜赞普,从神祠去拉日山了。"她光明正大地把蜜蜡项链戴在脖子上,虽然德吉吩咐过她嘴要严,但她还是不舍得放过炫耀的机会,

---

① 西蕃赌博游戏。

"我也要去看他们给舅臣放血,"她牙关打战,强作笑容,"你得留在宫里。"

"不稀罕。"皇甫南不甘示弱,转身回经堂。

布赤追上皇甫南:"把你的镯子给我戴吧。"她知道皇甫南脚上有个沉甸甸的银镯,她把袖子挽起来,"我戴在手上,回来就还给你。"

皇甫南放下香柏枝,看着吉吉布赤。

布赤露出讨好的表情,笑嘻嘻的。

皇甫南对她招了招手:"你来。"然后领着她到了阁楼。

两人坐在卡垫上,皇甫南把百褶裙掀起来,布赤刚低下头,皇甫南就把她摔了个跟头,骑在布赤身上,用腰带把布赤的手和脚结结实实地捆了起来。

布赤吓傻了,杀猪似的叫了一声。皇甫南把双耳刀摸出来,抵在布赤脖子上:"你再叫,我就像割羊喉咙一样把你的脖子割断。"

布赤瞪圆了眼睛,哆嗦着嘴唇,不敢动了。农奴家的女儿,娇生惯养,力气竟然不比一只蚂蚁大。皇甫南把她推倒在卡垫上,塞了嘴,用捏热兜头一盖,爬上木梯,离开了经堂。

皇甫南戴上布赤的蜜蜡项链,把羊皮卷塞在袖子里。在回廊上撞到了西蕃婢女,皇甫南顺嘴就说:"布赤生病了,在房里打摆子,我替她去拉日山。"

东阳郡王在的地方,没有说汉语的婢女是不行的。大家信以为真了,给皇甫南让开路。皇甫南在羊毛腰带似的石阶上飞奔起来。她没去雪城,也没去神祠,而是骑上青海骢,径直往拉日山去了。

曾经德吉和阿普在山岩下说悄悄话的地方,雪被马蹄翻起来了,露出了刺藜嫩黄的芽,冰凌柱子早融化了,闪着亮光的是蕃兵手头的剑和矛。她来得晚了,戴鸡冠帽的巫师已经祝祷完,绒藏被剥了袍子,亮出筋肉结实的胸膛,绑在镇墓的石狮子旁。纳囊和蔡邦的人在悠闲地喝着奴隶送来的青稞酒,议论着去年那奇诡的天气:"霜灾和花灾都是没庐氏带来的，绒藏一死，天气就会好起来了！今年春天来得早，青稞该播种了。"

天气是彻底转晴了，没有了密布的阴云，也没有什么风，只有皑皑雪山静谧巍然地坐落在人们的背后。

皇甫南一眼就看见了德吉和李灵钧。此刻的德吉并没有像在红宫和国相府那样含羞带怯，而是对这门婚事志得意满。她和李灵钧各自坐在毡毯的一头，肩膀离得老远，活像一对被强按头又不得不敷衍差事的夫妻。大家都胆怯地望着论协察，德吉则以幕离佳遮住了面庞，扭过头盯着那浮雕流云、宝珠翘角的墓门，手里百无聊赖地摆弄着匕首，那是用来割羊肉的。

论协察懒得多看一眼那对貌合神离的男女。他只要把他们凑在一起，好给盟书上钤印，不在乎他们有没有卿卿我我。蕃南战败，已经让他在贵族中失了威望。他把鹰隼般的目光投向绒藏，这个口蜜腹剑、阴险狡诈的绒藏。

绒藏说："我心甘情愿死，但是死之前，我要进陵墓里去祭拜赞普，亲口诉说我的冤屈。"

论协察漠然地摇头："只有德高望重或最尊贵之人才能进国君的陵墓。"

德吉放下了羊肉和匕首，往陵墓里去了。李灵钧也跟了上去，他虽然是个汉人，但女婿祭拜岳父是情理之中的事。大家没有意见，连连点头说："绒藏，你不要废话了，该行刑了。"

绒藏挣了挣被麻绳捆绑的胳膊，猛地抬起头来，语气中有不甘，也有怨恨："协察，我没有谋逆！我的灵魂敢去见赞普，你敢吗？你不是德高望重吗？猛兽之王吗？你连到棺椁前祭拜赞普都不敢呀？"

在座都是三族的首领，论协察道："那里面并不是赞普，而是一个奴隶的儿子，我岂能去祭拜奴隶？"

绒藏红了眼睛："当年赞蒙产下赞普的遗腹子，把羊皮褥子都抓烂了,是我亲眼看到的!"他诅咒发誓,颤抖着怒吼,"尔等行恶魔之法,让赞普的母亲和舅舅蒙冤,神山今日必将崩塌!将尔等都埋葬在此地!

"拉日神山即将崩塌,岭尕被白灾所吞噬。看吧,协察,你和我的誓言,到底哪个会成真!"

山谷里回荡着绒藏的吼声,辽远,空渺,但是奇异地震着人的耳朵。

那囊和蔡邦的人心里颤了,毕竟也曾和绒藏一起勾肩搭背喝过酒。他们望着论协察,有点看好戏的意思。天神已证,那墓里的确是个奴隶野种,如果论协察屈尊在奴隶的棺椁前下跪,以后还怎么抬得起头来?假如不去,又显得他心虚了。

皇甫南也下了马,慢慢挤进人堆里。有人坐在毡毯上,袍边被她踩在了靴子底下。那人立即把皇甫南的足踝抓住,喷着酒气打量她:"奴隶?"他挥着胳膊,"滚开,女奴是没有资格靠近墓门的。"

皇甫南望着那通往地宫的幽曲廊道:"我是公主的婢女,公主不会说汉语,一定要我在。"

什么公主?奴隶种的女儿。那人不耐烦地摆手,只顾着去听论协察说话。

论协察在踌躇,所有首领们的眼神他都看清楚了。行刑的人把削尖的木棍举起来了,只要往绒藏的胸膛里一刺,绒藏的血就会渗进雪岭的大地。论协察抬了手:"好,我去祭拜,恶魔和罗刹鬼已被辛饶调伏,汝等无须畏惧。"他平静地看了一眼绒藏,"谋逆之人,等我出来再行刑,不要叫他的血提早凉了。"

他说完就起身走进陵墓。

赞普的地宫,从廊道就堆满了彩塑泥牛马、绢制的甲胄兵刃、金银器皿,经堂里的长明灯照着穹顶,上头是绘的金翅大鹏和雍仲符[①]。石壁很厚,外头的人声和马声都被隔绝了,灯影笼罩着论协察强健的身躯,他走到了佛龛前。德吉背身跪在卡垫上,看那虔诚的姿态,是

[①] 苯教象征。

在默念《吉祥经》。

论协察"呵呵"笑了："德吉，你又在搞什么把戏？"

李灵钧多少有点敷衍了，他从卡垫上起身，把位置让给论协察，仔细地看了论协察一眼。

论协察左右一看："谁蒙冤了？恶鬼在哪里？"笑了一阵，他把香拈在手里，跪在卡垫上。当着各部族的面，论协察并不把所谓的"屈辱"放在心上，战场上流过血又所向披靡的人不信鬼神。他转头看向身侧的德吉："你……"

论协察瞳孔倏地一缩，后半句还没出口，德吉就如猛虎扑了过来，双手去扼他的脖子。论协察反应很快，一拳挥出去，幕离佳被拽走了，是阿普笃慕的脸。

"是你？"论协察怒喝一声，翻身把阿普笃慕甩开，腰间的金刀"当啷"落地，两人伸手就夺。

"别见血！"李灵钧急声提醒阿普笃慕。

沾了血，出去要露马脚，阿普笃慕手一滞，改抓论协察的袍领，两人再次摔在地上。背上挨了一肘，阿普笃慕气血翻腾，撑着胳膊艰难起身，见李灵钧和论协察滚在一起，李灵钧也挨了论协察几拳，锦袍被扯烂了。论协察一脚把李灵钧踢开，踉跄着起身，成了被激怒的猛兽，抓住人就挥拳。两个自幼习武的年轻人已经够矫健了，还不及他悍勇。阿普笃慕肩膀上被撕咬了一口，隔着氆氇，有湿意涌出来，他眉头狠狠一皱，忍不住骂李灵钧："你没吃饱吗？"

李灵钧一个天潢贵胄满头满脸的土，浑身上下无处不疼，险些要露出龇牙咧嘴的怪相。他警觉地盯着论协察，冷声道："你吃得不少，还有力气废话。"

石墓里，三个人恶狠狠地对峙着，呼吸声急促杂乱。

论协察晃了晃脑袋，清醒了，夺步往外走："来人！"他嘴里含了血，声音嘶哑带咳。

阿普笃慕和李灵钧对视一眼，如果论协察逃出去，死的就是他们。顾不上埋怨彼此，二人不约而同飞扑上去，把论协察沉重的身躯按倒。

阿普笃慕制住论协察的手脚："别让他出声。"李灵钧扯过经幡，往论协察脖子上一缠，下死力勒。

论协察脸上的青筋凸起，死盯着上方的阿普，他那双握了三十多年刀的粗壮大手，像铁一样钳住阿普的肩膀。

经幡被挣断了，论协察含混地低吼一声，跳起来，把阿普笃慕的脖子死死扼住。

阿普笃慕动弹不得，手在身边一摸，匕首早已没有了，他看向李灵钧："刀……"

李灵钧握着匕首，退后一步，冷峻的双目观察着两个人。他的表情平静了，在衡量，在计划。

论协察颤抖着，把牙关咬得"咯咯"响。阿普笃慕也红了眼睛，竭力去扳论协察铁钳似的手，胸口要炸开似的，眼前一阵发黑，濒死之际，一股鲜血突然喷溅开，论协察那山似的身躯倒下了，阿普笃慕剧烈地喘着气，爬到一边。

双耳刀的刀柄还在皇甫南手上，热血像鲜红的鸡冠花，在她脸上身上绽放，又像珊瑚珠子，玲珑剔透地挂在辫梢和耳垂。

人是突然从背后闯过来的，李灵钧只看到一个青色的影子，情急之下抓了个空。

"是你？"他惊愕道，一把攥住皇甫南的胳膊，要她从论协察身上拖起来，但是没拖动。

皇甫南好像吓傻了，瘫软了，手却还握着刀柄不放。她刚才是跌跌撞撞地栽到了论协察身上，刀刃整个没入他的背心。

她紧闭的眼睛睁开了，甩了甩睫毛上的血珠子，想拔刀，可手上软得没有一点力气。

阿普笃慕把她推开："我来。"他抓住刀柄，稍一使劲，双耳刀就被拔了出来。他把刀在论协察身上擦了擦,别在了靴筒里。

涨红的脸恢复了平静,阿普笃慕没有跟李灵钧废话,他嗓子伤了,声音粗哑得难听,简短道:"把他抬走。"

两人这会儿倒默契十足,一起上手把论协察移到经堂后的墓室。棺椁里是一具人皮,骨头早已火化,皮子被熏香和宝石填满了,散发着一股浓烈的怪味。

"你俩地底下争去吧!"阿普笃慕杀羊似的,给论协察脖子上补了一刀,推进彩绘大棺。

阿普笃慕回到经堂,见皇甫南还站着发愣,穹顶和地上有斑斑的血迹。管不了那么多了!阿普笃慕又扯过一副经幡,把皇甫南头上和脸上的血迹胡乱擦了一通,牵着手让她坐在角落的卡垫上。

皇甫南像个从染缸里捞出来的人,脸色惨白得吓人,镇定地没有作声。阿普不放心,怕棺椁里的论协察突然活过来似的:"你怕吗?"他拍拍皇甫南的脸,冲她咧嘴笑,"他要是变成恶鬼,肯定先来找我……"

李灵钧从心事中回过神来,打断道:"一会儿外头可能要乱起来,你先躲在里面,有机会就溜出去。"他不着痕迹地把匕首收进袖袋,将幕离佳往阿普笃慕面前踢了一脚。

阿普身上溅了血,稍微遮掩一下,应该能蒙混过去。李灵钧的眉骨也撞青了一大块,弯腰去掸身上的灰时,他没忍住,背对着二人露出一个痛楚的表情,然后稳住身形,抬脚往外走了。

外面的人已经喝得醉醺醺的了。西蕃人嗜酒,不光是为了御寒,因为看多了杀戮和剥皮拆骨的酷刑,要用辛辣的青稞酒把脑子、眼睛都烧红了,胸口沸腾起来才不会牙关打战。

东阳郡王领着德吉卓玛从地宫里出来了,祭拜了一趟,两人好像亲近了点,袍袖和衣摆挨蹭着,肩并肩,像对不舍得分开毫厘的小夫妻。

之后一句话,有人错愕地摔了酒碗。

东阳郡王平静地说:"相臣在墓中被赞普的魂灵诘问,已承认其

罪过，自愿殉死了。"

"殉……死？"

有人瞪了醉眼，有人跌坐在地，渐渐地，大家生了疑，吵成一团，要进地宫里去看个究竟。

绒藏痛快地大笑："叛徒们！协察是第一个，看你们谁是第二个！赞普在等着你们哪！"

那囊氏道："绒藏，你不要装神弄鬼！"他也有双利眼，将德吉卓玛一指，"此人身上有血。"他命令道，"你把脸露出来！"

阿普笃慕的肩膀不知不觉渗出了血，把氆氇袍浸湿了一大片。

绒藏把埋在雪里的羊皮卷踢到那囊氏脸上："瞎了你的眼！看看这授记，天神已证其罪，协察该死！"

山谷里乱起来了，那囊和蔡邦的人拿起了矛和剑，埋伏在山壁后的北衙禁军和乌爨娃子们也冲了出来，闹嚷着，推搡着，没人顾得上墓里的赞普和协察到底谁是恶鬼，谁是冤魂。有人揭起了陈年私仇，有人盘算起了绿松石宝座，高高在上的贵族，在这一刻，都不过是卷起袖子蛮干的醉汉。

皇甫南摸着幽暗的廊道，悄没声地钻出了墓门，阳光把拉日山的雪顶照得金红如炙。她把染血的袍子裙子一股脑扔在了地宫里，冻得直哆嗦。每一次轻微的呼吸，她都能感觉到冷澈的空气中翻滚着血腥味。她还没从杀戮中缓过劲来，手脚有点不听使唤。

阿普走过来，用身体挡住皇甫南，眼睛却仍盯着人群。因为木呷在里面闹得凶，他怕落进西蕃人眼里，给乌爨招恨。

李灵钧也来了，推了一把皇甫南："快走。"

有两匹马被一前一后地赶过来了，是德吉和芒赞。芒赞已经听到了人们的叫喊，他猛地勒住马，难以置信地看向德吉："你……"

"舅臣！"先前还甜言蜜语的德吉突然变了脸，丢下芒赞赶到石狮子前一刀割断了麻绳。没庐家也是有人的，把绒藏紧紧围在其中。

377

那囊和蔡邦红了眼，抢夺牛羊、掠夺奴隶，祖辈们就是这样一路杀过来的，鲜血染红了山谷，浇灌了青稞的嫩芽，谁的刀子利，谁就能多得一片肥沃的牧场或一个美丽的女人。

"咔嚓"一声轻响，起先没谁留意，直到有人瞟到天边突然弥漫的白雾，他们才放下刀，惊恐地睁大了眼睛："神山崩塌了——"

"天神的诅咒……"意识到在白灾面前，人的双腿根本无法逃脱，绒藏反而镇定了，站在原地喃喃自语，"岭尕的守护神破除内讧与恶魔之法……"

阿普和李灵钧几乎同时朝皇甫南扑过去，可没人抓住她，他们都被一股巨大的气流席卷到空中，像断翅的海鸟跌落在雪地上。

（六）

火把松枝烧得"噼啪"响，有人影在眼前晃，黑色的，像蝙蝠，像乌云。

是洱河边敲傩鼓的毕摩，还是桑烟里吹牛角的巫祝？

"佛告须菩提，凡所有相，皆是虚妄，若见诸相非相，即见如来……尔时世尊而说偈言：若以色见我、以音声求我，是人行邪道，不能见如来……"是长安僧人在夜半的野祠里念金刚经。

皇甫南猛地吸了口气，胸口通畅得让她惶恐。她用尽浑身力气，把盖在身上的氆氇袍踢得微微一动。

诵经的声音停了，一只手放在皇甫南额头上。那手是凉的，因为他很细致地把氆氇袍都盖在了皇甫南身上，自己只穿着单薄的缯布衫和撒腿袴。在乌纛待惯的人不耐冻，他又捡了几根干松枝扔进火里。

皇甫南看清了，认出来了，疑惑地翕动着嘴唇："阿苏拉则？"

"阿姹，你昏了一天啦。"阿苏拉则说。

柴火旺了，皇甫南的脸热得发红了，阿苏拉则把氆氇袍套回身上。

手脚有了力气，皇甫南撑着地坐起来，目光四处打量。她还在赞普墓的经堂里，穹顶的血迹已经干涸发黑了，她不禁一个激灵。

阿苏拉则没有留意，起身去外头又看了一眼。天蓝莹莹的，发怒的白狮子也平静了，安睡了，雪原舒缓地起伏着，辽阔得看不到边，还没有火把找过来。阿苏拉则回到经堂，告诉皇甫南："雪崩了，还好没有太多人遇难。"他对她微笑，有点安慰的意思，"阿普和东阳郡王都被从雪里挖了出来，禁军和娃子把他们背回城了……等他们一醒过来，就会回来找你了。"

阿苏拉则什么也不问，但他有一双洞察人心的眼睛。

他用墓室里的银壶融了雪水，送到皇甫南手上。好些年不见了，他还熟稔得像自家人，但是不轻狎不羁。在皇甫南印象里，阿苏拉则总像个隔了辈的大人，和气中带着点冷淡。

他是特意来守着她的。没有阿苏拉则，她兴许早埋在雪里闷死了，或是冻死了。

皇甫南捧起银壶喝了水，那种空落落的惶恐渐渐退去："阿苏，你是在拉康寺吗？"

他坦然地说："你那天看见我了。你比阿普眼尖啊。"

阿苏拉则总是孑然一身，但双脚好像扎根在了地里那样安稳，无论听到什么，看到什么，他都不慌，也不怕。

皇甫南说："你来西蕃……"

"是随赞普和莲师一起来的，也是为了找阿普。"

可阿普从他身边经过时，他却一言不发。

"阿苏，"皇甫南有些着急，"以前总跟在你身边的那个小沙弥……"

"阿依莫？"阿苏拉则很平淡，对小孤儿的来历不再遮遮掩掩，"我也不知道。"

皇甫南没料到是这个答案，她张着嘴，愣住了。

阿苏拉则照料着篝火，摇曳的火光照得他的眉目也像阿嵯耶那样神秘莫测。

他不愿意多说,皇甫南忙又问:"我阿娘在乌爨吗?她过得好吗?"

"好,"阿苏拉则很直白,"达惹姑姑过得比你好多了。"

"哦……"皇甫南说不上是高兴还是失落。

"你呢,阿姹?"阿苏拉则转向她,眼神专注了,"你会跟阿普回乌爨吗?"

阿苏拉则的目光锐利,让人无法回避。

皇甫南也急于从他身上探究那些秘密,直直地与他对视着:"阿苏,你追随赞普,是想当钵阐布吗?"

阿苏拉则说:"是。"

皇甫南继续道:"我也想当王妃,当皇后,我不要别人随意摆布我的命运,也不要我阿耶为了皇帝的圣名,像只蝼蚁那样丧命。我明明姓段,却只能祭拜一个姓皇甫的、我从未见过的人,我不服。"

阿苏拉则笑了一下,说:"你像达惹姑姑。"想到阿普,他无奈了,"阿普要伤心了,他不喜欢汉人。"

皇甫南把腿收起来,抱着膝盖,靠在冰冷的石墙上,觉得自己的心也一起沉下去了。她茫然地望着阿苏拉则:"阿苏,你也恨汉人吗?"

阿苏拉则摇头:"我不恨汉人。"

"你恨汉人的皇帝吗?"

阿苏拉则沉默着,喝了一口冰冷的雪水。

"你认识崔婕妤吗?"

阿苏拉则有些疑惑:"崔……婕妤?"

"她是十年前从教坊司选进宫的,很受皇帝的宠爱,年龄和你差不多大。"

阿苏拉则不感兴趣了:"不认识。"

"她身上的味道跟你一模一样,"皇甫南挪到了篝火前,和阿苏拉则肩膀挨肩膀,盯着他漠然的脸,"崔婕妤最爱熏麝香,弥鹿川的麝香……听说每次只要她替皇帝揉一揉，皇帝的头疼病就好了。"皇甫南声音轻轻的，"阿苏，你通药理，皇帝的头疼病……是中毒吗？"

阿苏拉则看向皇甫南，眼睛亮得慑人，真像阿普。他眉头微微一扬，很自然地说："可能是毒，也可能是心病啊。"

"什么心病？"

阿苏拉则道："婆罗门为名利故，杀子以证其说。小儿死，婆罗门愍其夭伤以是哭，世人咸皆叹言：真是智者。世人有愚人病，婆罗门杀子惑世，日夜惊恐终将堕入畜生道，这不就是心病？"

皇甫南揣摩着，有些迟疑："阿苏，西蕃很乱，你还打算做钵阐布吗？"

阿苏拉则摇头，很坚定地说："我要去长安。"

皇甫南的心险些跳出嗓子眼，一把攥住他的毡氆袍："那你去投靠蜀王，蜀王会把你举荐给皇帝。你会说汉语，没人知道你是乌爨人。"

阿苏拉则若有所思："东阳郡王很信任你。"

"他生在王府，宁肯信女人也不会信兄弟。"皇甫南说，"我帮过他，他会帮你的。"

"阿姹，你太聪明啦。"阿苏拉则微笑，拾起松枝时，轻声叹息，"我宁愿阿普没到长安，没再遇到你了。"

皇甫南脸靠着膝头，望着摇曳的火苗。阿苏拉则没再说话了，却总有个声音，梦呓似的，不厌其烦地叫着阿普的名字，也好像在叫阿姹。

不，那不是记忆里的声音，而是响亮的、鲜活的。

皇甫南倏地跳起来，阿苏拉则也放下银壶起身。阿普和李灵钧一起冲进来了，后面跟着几个举火把的娃子和侍卫，风风火火的。

见皇甫南好端端地站着，阿普双眸一亮，转眼看见阿苏拉则，他愕然，脚步定住了。当着汉人的面，阿普谨慎地没有开口。

突然的喧哗之后，又是奇异的寂静。

李灵钧毫不迟疑地拉起皇甫南的手，柔声问："你能走吗？"

381

皇甫南点头。被李灵钧一拽,她往经堂外走,余光瞟着阿苏拉则和阿普。

阿苏拉则先往外走的,跟阿普擦肩而过的瞬间,阿普也跟上了。

一群乌爨人沉默地走出地宫,骑上马,和汉人隔着不远不近的距离。找到皇甫南,他们又瞬间变得壁垒分明了。

今夜的逻些城异常萧瑟,连灯火都少得可怜。神山崩塌,有人走散了兄弟,有人被压死了牛羊,大家都怕了倦了,往常在灯下低声密议的,酒桶边高谈阔论的,也都早早地歇了。一路只有马蹄响,阿普一会儿看看被汉人簇拥的皇甫南,一会儿看看形只影单的阿苏拉则,让马慢了下来,落在了队伍最后头。

"你们先走。"阿普叮嘱了一声木呷,跳下马,看见阿苏拉则在路边等他。

队伍走得不见了,阿普这才露出喜色,两步到了阿苏拉则面前,搂住了阿苏拉则的肩膀。他快和阿苏拉则一样高了,那雀跃的样子,还跟乌爨的娃子没两样。

阿苏拉则像父亲一样和阿普抱了一下,拍了拍他的肩膀。

"走吧,去我的帐篷,"论协察死了,但阿普还尽量避开汉人和西蕃人,催阿苏拉则上马,"我有许多话跟你说。"

阿苏拉则没有反对。

两兄弟骑着马,疾驰到圣湖边,阿普领着阿苏拉则钻进拂庐里,一屁股坐在塘火前的毡毯上。

三年没见了,阿苏拉则脸上也有笑容:"阿普,你长大啦。"

阿普疑惑:"你怎么会来西蕃?"

"我来找你,"不等阿普咧嘴笑,阿苏拉则直截了当地说,"阿普,把龙香拨还给我吧。"

阿普的表情凝住了,眼神也在那瞬间变得戒备十足,冷淡地反问:"什么龙香拨?"

"象牙染的红拨片,你从弥鹿川捡走了。"阿苏拉则很平静,不理会阿普的躲闪,"你拿着它也没有什么用,还给我吧。"

阿普抓起酒囊,喝了一口冰冷的青稞酒,固执地摇头。

"你恨我吗?"阿苏拉则的视线定在他脸上。

阿普惊奇道:"你是我兄弟,我怎么会恨你?"

"我在弥鹿川放毒蛇咬你,你差点死了。"阿苏拉则看到阿普的肩膀猛地绷紧,他的声音更温和了,"我知道,你看见了,可你跟谁也没说。"

阿普猛地把脸转到一边,做出不耐烦的样子。

阿苏拉则继续说:"我和阿依莫在林子里说的话,你都听见了吧?你那时候还是个顽皮的孩子,我一时情急了……你该恨我,我为了一个外人,差点把自己的兄弟害死了。"阿苏垂眸,淡淡一哂,"你走之后,阿依莫也不见了。她从小也跟阿姹一样,想去长安,只要有汉人的地方,她就往里闯。可惜她没有阿姹聪明,也许现在已经死了,这是菩萨对我的惩罚。"

阿普终于开口了,脸上是愤怒的神色:"不……"

"你恨我吧,别恨一个没有父母的孤儿。"阿苏拉则太懂他了,把阿普的话堵了回去,"她的出身原本尊贵,和阿姹一样的年纪,却过得跟阿姹没法比……这世道对她太不公平了。"阿苏拉则伸出了手,脸上是兄长不容抗拒的威严,"她母亲唯一的遗物,你也不愿意还给我吗?想想阿姹吧,我的兄弟。"

"不!"阿普笃慕脱口而出,起身往后退,靴子碰到了金呷乌,一脚踢开,"我已经把它扔到山崖底下了。"

阿苏拉则慢条斯理地挽起袖子:"你要让我揍你一顿才肯说实话吗?"不等阿普握拳,阿苏拉则把金呷乌夺了过来,掀开盖子,看到里头不是小佛像,而是阿普的各式"宝贝",有阿姹的青金石项圈、萨萨的顶针、跟各罗苏打猎得的一串狼牙。

阿苏拉则把拨片翻了出来,大盈库的珍藏,几年过去了,依旧艳泽如初。他把拨片握在掌心,转身就走。

阿普飞奔过去,将阿苏拉则拦住:"我不要你跟那个女人,不要跟汉人皇帝有牵扯!"阿普眼圈红了,执拗地摇头,"你别走,我不恨你,你是我的兄弟……"

阿苏拉则也凝视着阿普:"我让你不要跟阿姹再有牵扯,你能做到吗?"

阿普一怔,立即摇头。

"那我们迟早还是会分散。"阿苏拉则忍不住摸了摸阿普的脸,用拇指把阿普的眼泪擦去,"金子一样的心啊,可惜……"他推开阿普,离开了拂庐。

尚绒藏在国书上钤了印。双方很有默契,许婚那事,连带四镇九曲,都不再提了。吕盈贞唏嘘着,视若珍宝地双手接过国书。

侍从走了进来。尚绒藏和论协察不同,从来都是笑面迎人的,但侍从仍是低下了头,不敢看他的眼睛——拉日山崩塌,彻底洗刷了没庐氏的冤屈,也让尚绒藏在蕃人心里成了神一般让人敬畏的存在。

侍从伏在地上磕了头,说:"噶尔家的芒赞握着刀,守在协察的尸身旁,不许人靠近。"

协察是要被剥皮的,那囊和蔡邦都不吭声,汉使们却皱了眉。尚绒藏目光在众人脸上一掠,改了主意。议立新的赞普,和各族还要一番恶斗,有了汉人的帮腔,事情要好办一点。

"剥皮拆骨乃是恶魔之法,可以摒弃了。把协察送到拉康寺,天葬吧。"德吉和芒赞的那些小九九,绒藏心知肚明,他像个和善体贴的舅祖,转向德吉,"噶尔家剩下的人,流放还是处死,卓玛你说吧。"

德吉摩挲着手里的鞭子,长久地沉默着:"我的马棚里还缺奴隶,"她谁也不看,起身要走,只丢下一句冷冷的话语,"叫噶尔家的人祖祖辈辈做没庐氏的奴隶,这是给协察的惩罚。"

回到住处,吕盈贞怕夜长梦多,吩咐侍从们收拾行装,即刻启程回长安。

皇甫南脱下西蕃婢女的氆氇袍,换上了汉人的素褐短裘。她和李灵钧并肩进马车时,翁公孺勒住缰绳,在马上扭头看着,无话可说了。

马车刚一动,李灵钧手指掀起布帘,说:"我们去无忧城。"

要和吕盈贞分道扬镳了。翁公孺意会,驱马靠近车壁:"无忧城现在是韦康元的部将在镇守,自剑川到无忧城有一百多个堡寨,多数还被爨兵占领,没有陛下的旨意,各罗苏不会轻易退兵的。"这又成了一笔糊涂账,日后还要费脑筋,偏偏又是蜀王的领地。

翁公孺低头思索了一会儿:"朝廷原来和乌爨是有和亲之议的,如果殿下上奏再提此事……"

"各罗苏没有那么好打发。"李灵钧言简意赅,"薛厚的人也在无忧城,我要见见韦康元。"他在袖子里把皇甫南的手指抓住了。

翁公孺盘算着:"韦康元和皇甫相公有些交情,不知道相公……"

和皇甫南对视一眼,李灵钧把布帘放下了。

翁公孺把后半句话咽回了肚子里。皇甫家失踪的娘子在东阳郡王的车里,这个关头,蜀王得罪不起皇甫达奚,事情得有个体面的说法啊……真让这小女子算计上了?他不禁伸手揉了揉头顶。

送行的西蕃礼官已经远去,人马出了逻些城,翁公孺回头看了看,还对那场雪崩心有余悸。他刚将脑袋转回来,却见前方浅淡的草色已经破除了残雪,瓦蓝的天上白云滚滚,一片粉蒸霞蔚的密密桃林掩映着清凌凌的河水,雪岭的桃花竟开得比长安还早。

翁公孺脱去外袍,停下来感慨:"秋去春来,时光如梭啊……"

马蹄声响,一群人涉过吉曲大河,赶上了他们。河水溅到了身上,翁公孺牵住马缰往后退了退,眯起眼睛。

是乌爨人,他们看惯了漫山遍野开得热烈的凤凰花、蓝花楹,对这淡如烟的春景没有欣赏的兴致。也没人坐那沉闷的马车,一群放肆的娃子一边打着响亮的呼哨,草叶被吹得时急时缓,一边扬鞭,嘲笑地看向汉人们。

去无忧城,注定要和乌蛮人同路了。李灵钧显然也察觉到了动静,但他没有露面,只淡淡吩咐了一句:"别理会他们。"

两队人马在白云下缓缓移动。还有一个多月的山路要跑,娃子们不撒野了,不紧不慢地赶着马,大声用爨语说笑,并不把汉人放在眼里。

阿普笃慕把木呷叫住了:"你和木吉他们先走,别被汉人追上。"他没有把赞普地宫里的事透露给木呷,只说,"这些人很阴险,小心他们偷袭。"

"你不走?"木呷不解,随即又醒悟了。阿普笃慕早上一翻身起来,跑到红宫,却听说皇甫南跟汉使走了,他那副失望的表情,木呷看得很清楚。

"你又要去找阿妸?"木呷脸色也严肃了,"我们不能留你一个人在后面。"

"走吧。"阿普用鞭子抽了一下他的马屁股,"我跟阿妸说几句话就赶上来。你们跟着,太碍事了。"

碍什么事呀!从小一起在洱河里光身子打架……

木呷拧眉:"阿妸已经变了,你还跟她有什么好说的呀?"

"不,阿妸没变……"阿普倔得像头牛,见木呷不动,他发脾气了,显出未来国主的那种凛然,"叫你走,你就走,不要违逆我的话。"

娃子们像一阵风似的疾驰而去了,把汉人的车队远远抛在了身后。阿普在山岭间孑然独行,桃花瓣落雨似的打在他身上。

抵达驿馆后,翁公孺在附近盘桓了一会儿,发现阿普笃慕在队伍后头跟了一天,这会儿却不见踪影了。

知道李灵钧对这个人很留意,他回到驿馆,说:"那个落单的云南王世子……"

"咱们这么多人，怕什么？"李灵钧语气轻松。几名宫廷禁卫身手都很好，且奉了皇帝的诏令，对东阳郡王忠心耿耿。汉巂联军刚破了蕃南，李灵钧也要有忍让的意思，一转身，解开了锦袍上的玉带："他爱跟，就跟着吧。"

"蜀王殿下有信！"扈从进来禀告。

翁公孺见李灵钧正在更衣，便将信拆开，登时手上一抖，叫房里的众人都退下，反手合上门，满脸笑容道："郡王，天大的喜事！你先猜一猜。"

李灵钧微笑："一定是陛下有赏赐了。"

翁公孺将紧攥的信纸塞给李灵钧："陛下有旨，令蜀王殿下遥领雍州牧，右武侯大将军。郡王，大喜啊！"他克制不住激动，退后一步，拱手对李灵钧深深地弯下腰去。

"哦？"李灵钧不动声色，将皱巴巴的信纸展开。

"陛下当年受封太子时，就领的雍州牧，再加上卫府兵权……恐怕殿下不日就要被召回京，要立东宫了！"

李灵钧已经想到了这点，再往信后段看，才露出点意外的表情："翁师傅，这后面的，你看见了吗？"

"难道还有别的喜讯？"翁公孺没顾得上看完。

始终在阁子里一言不发的皇甫南蓦地走了出来，这半晌了，她还没梳洗完，乌黑如瀑的长发披在肩头，不施脂粉的面容透着新雪般的温柔。在李灵钧手上扫了一眼，她说："殿下说，想请旨册封世子。"

"难道……要封郡王？"

李灵钧颔首："不错。"又是一个意外之喜。

李灵钧落座，手指把信纸按在案上。他很沉得住气，既没有得意狂喜，也没有惶恐不安，只是逐一看过皇甫南和翁公孺："翁师傅，你看呢？"

李灵钧只是蜀王的嫡次子，上头还有一位蜀王妃所出的嫡长兄和一位领上州别驾的庶兄,那位庶兄这几年来官声颇显,早就被加恩封了王爵。"

翁公孺沉吟道:"国家安则先嫡长,国家危则先有功。郡王出使西蕃议和,于国有功,册封世子也是理所当然。"

"二兄也有功,况且现在剑川到蕃南的堡寨还在爨人手里,咱们还算不上功成。"

"郎君也不要对自己太过苛刻了,"翁公孺温声道,"出使西蕃,没有几个皇孙有这样的勇气。殿下被屡次加恩,焉知不是因为你呢?"

皇甫南好像要故意跟他唱反调:"殿下刚被加恩,这个关头突然请立世子,而且还越过嫡长立嫡次,不说朝廷,王府里非议的人恐怕都不少。要是被言官参几本,雍州牧这个位子怕都不保。殿下春秋鼎盛,郡王也才不到二十岁,何必早立名分?再积累一些功绩,更名正言顺一点。"

翁公孺语重心长:"早立名分,有早立名分的好处啊。难道郡王也愿意像殿下那样,白白蹉跎二三十年吗?"

皇甫南看向李灵钧:"陛下和废太子之间的猜忌……殿下恐怕比谁都感受得深。这时候急着封世子,太不合时宜了,不觉得奇怪吗?"她睨一眼翁公孺,"不争为争,以退为进,不是翁师傅亲口说的吗?"

"今时岂同往日?"翁公孺没敢说当初蜀王偏安一隅,根本毫无做嗣君的希望,"是进是退,也要看时机。现在这个时机,不正应该一鼓作气?"他也急了,"反正,我是没见过这天大的好事却要往外推的。"

"我再想一想吧。"李灵钧不置可否,"翁师傅,你一路辛苦,先去歇着吧。"

翁公孺的视线在两人脸上盘旋了一会儿,无奈地起身,又叮嘱了一句:"郡王务必三思。"

房门被翁公孺带上了,李灵钧跳起来把皇甫南紧紧地抱住,还跟孩子似的在地上转了几圈。他笑开了,那双冷傲隽秀的眼睛里,少有这种不加掩饰的兴奋。他眷恋地用脸蹭着皇甫南的鬓发,真心实意地感慨:"有时候,我真猜不透陛下心里在想什么。"

翁公孺大概也猜不透李灵钧心里在想什么。

皇甫南柔顺地靠在他胸前,听着他有些急促的心跳:"你……要写信给殿下谢恩吗?"

李灵钧有一阵没说话,要把唾手可得的世子,或许还是未来太子的位子推开,没哪个男人会甘心。

"不。你和翁师傅说的都有道理。"把皇甫南搂了一会儿,他又低声道,"我只是想,要是现在册封了世子,我要请父亲同意咱们的婚事就没那么容易了。"

皇甫南嫣然一笑,慢慢伸出手,环在了他背后。

"殿下入京,我要请旨留在剑川,辖制韦康元,羁縻诸蛮州。"和皇甫南分开后,李灵钧坐在案前,提起了笔,"乌爨……"

他盯着纸笺,半晌不语。皇甫南以为他要提阿普笃慕,他却若无其事地继续下笔了:"有茶吗?"

皇甫南到外头叫扈从煎茶,回来后在案边看了一会儿李灵钧写奏疏。陷身西蕃半年,他的脸颊瘦了,棱角更显深刻,连兴奋和缠绵都只是短短一瞬。他的眉头又蹙了起来,默然沉思。

皇甫南从扈从手里接过滚茶,放在案边后,悄然回阁子里去了。

她把头发挽起来,托腮坐在榻边,转了转脚踝上的银镯。银镯松松垮垮的,轻易就能取下来。她正在犹豫,听见外面"哐"的一声,忙把裤管放下来,出阁子一看,李灵钧的笔撂在案上,他扶着案,脸色铁青,把茶水打翻了。

"太烫了吗?"皇甫南忙来捡茶瓯。

李灵钧猛地一把将她推开,他也踉跄着起身,一口血喷溅在信纸上。

"有毒……别声张……"他勉力说了一句,就昏死过去了。

皇甫南把煎好的解毒汤药端起来，喂了几勺在李灵钧嘴里。

医官施救得及时，秽物吐了不少，李灵钧那死灰般的脸色恢复了一点血气，眉头也渐渐舒展了些。

几个人目不转睛地看着医官诊脉。半晌，医官把李灵钧的手放回去，说："幸好郡王警觉，只喝进去一点，也都吐出来了，剩下些微余毒在心肺，慢慢将养吧，不妨事。"

大家都松了口气。

医官离去后，榻前只剩翁公孺和皇甫南。见李灵钧挣扎着要起身，皇甫南忙把迎枕垫在他背后。

李灵钧抓住了皇甫南的手，就没有再松开。他的掌心有冷汗，大概是疼的，或是因为后怕。

翁公孺揣摩着李灵钧的脸色，已经明白了几分，叹道："这些人的消息也太灵通了。"

李灵钧道："蜀王府上下近千号人，谁没有几个耳目，谁身边没被安插几个细作？"他那表情很寻常，对这事丝毫也不惊诧。一说话就牵着喉头的腥甜，他闭上了嘴。

翁公孺问道："要把这事禀报蜀王殿下和陛下吗？"

李灵钧微微摇头。

皇甫南也沉吟道："下毒的人没有拿获，禀报了殿下也是徒费口舌，自讨没趣。陛下那里更不能透露了，教子不严，到时获罪的反而是殿下。"

"娘子说得有理。"翁公孺已经不觉对皇甫南换了称呼，"咱们在驿馆，等郡王精神恢复了再走，还是？"

李灵钧闭上了眼睛。

皇甫南说："既然有人要下毒手，在路上怕也不安全，不如早点动身去无忧城。"

李灵钧毫无反应，那意思是默许了。翁公孺便适时起了身："我去叫人备车马，稍后就启程。"回身合上房门时，他又看了一眼榻边的皇甫南，当年蜀王府树上那道精魄似的身影又浮上心头。

"小小年纪，智多近妖，是祸非福……"他低下头，猛地皱起眉。

一行人不敢耽误，等李灵钧稍微能挪动了，便急忙赶路。好在李灵钧年轻，身体底子好，三四天就行动自如了，只是脸色还不怎么好。

他在马车里坐了起来，把信纸展开，还在斟酌，皇甫南却主动把笔拿了起来，说："我替你写吧，是给蜀王府，还是京都？"

李灵钧笑起来，把笔从她手里夺过来，说："别的尚可，这封信，非得我写才行。"他垂眸悬腕，"我要亲自写信给皇甫相公，向他赔罪。"

皇甫南回过味来，脸上泛起红霞，把头扭向了车窗。

外头的翁公孺在马上心事重重，马蹄别进了石缝，一个趔趄，险些把他摔到地上，他忙狼狈地拽住缰绳。

皇甫南忽然说道："既然早知道身边有细作，你却从来不疑心他。"

李灵钧顿了顿："他知道薛厚的许多机要，还有用处。"他狭长的眼尾往外淡淡一瞟，"皇甫佶扮成俘虏混进逻些，又偷袭无忧城，和韦康元里应外合，这些事情薛厚并没有跟陛下事先禀告。只是他这一战有功，陛下暂且不好追究而已。"

涉及皇甫佶，皇甫南不禁替他辩解了一句："事急从权，战情贻误不得呀。"

李灵钧抬眼对她微笑："对协察使离间计，是皇甫佶托你的手办的。他好像一向对你比对我要坦诚点。"他好像不经意地说了一句，"你和他之间，还有什么事是瞒着我的吗？"

皇甫南望向李灵钧："你查细作，查到我身上来了？"

李灵钧挑眉："无稽之谈。"也就把这个话题搁置了。

但对于写给皇甫达奚的这封信要怎么措辞，他很踌躇，半晌，头疼地丢下笔，对皇甫南不怀好意地一笑。

皇甫南还没反应过来，他将她拦腰一拖，困在身下。车里很狭窄，两个人都难动弹,四肢缠在了一起。

李灵钧的眼神变得含情脉脉,手指从皇甫南的脸上划过,笑着说:"雪里温柔,水边明秀,何须借春工?"

皇甫南道:"好听的话也不少,为什么对着伯父就词穷了?"

她看出了他的窘迫。

李灵钧也不在乎,在她下颌不轻不重地捏了一记,说:"泰山岩岩,鲁邦所瞻。当今以仁孝治天下,敢不敬泰山神?"

皇甫南嘴边溢出一丝笑,脸颊到耳畔都染了胭脂色。

李灵钧的手指落到她的衣领上,停了停,又把她腰间挂的那些琳琅物事摆弄了一会儿,说:"那把刀没有了?"

皇甫南反问:"跟你在一起,留着刀还有什么用处吗?"

李灵钧看着她,正色道:"见了六郎,你可以提点提点他。你跟他说话,可能比别人管用。"

皇甫南眸光流转,笑道:"我说过,你想要从我这得到更多,就得给我更多才行。"

李灵钧:"难道郡王妃之位还不够吗?"

皇甫南嗔道:"蜀王殿下还没有点头呀。"

她推他的肩膀,想要起身。

李灵钧没有让开,把她的手按在胸前:"这你不用担心,我自有办法。"他静静地看着她,"有别人碰过你吗?"

皇甫南一怔:"碰过怎么样,没碰过又怎么样?"

"以前不会怎么样,"李灵钧的脸上没有笑,"以后,可就是欺君之罪。"

皇甫南手指不动,感受着他胸口的微微起伏。他还没有完全恢复,但眼里已经有了逼人的锐气。皇甫南挣开,揽住他的脖颈,柔软地依偎在他肩膀上:"那我要郎君以后只有我一个人,不管是做郡王、亲王,还是皇帝,都只有我一个人呢?"

李灵钧不假思索："我说过,绝不会让你居于任何人之下。"

皇甫南不作声了。

李灵钧等了一会儿,无奈地一笑,在她嘴唇上重重地亲了一口:"吝啬的女人。"他放开皇甫南,伸了个懒腰,"我松松筋骨。"说完便下了车,和翁公孺并肩骑上马。两人有一搭没一搭地说话,翁公孺的嘴里又吐出了"乌爨"两个字。

皇甫南起身把鬓发理好,蹙眉望向车窗外。

"快到无忧城了!"翁公孺的声音很振奋。

透进车内的阳光黯淡了,皇甫南把车帘卷起,看见了怒放的蓝花楹,漫山遍野,紫莹莹的。到川西了,山绿了,天高了,热巴和折嘎①们衣袖上绣的花鸟也鲜亮了。

"呜呜嘟嘟——"葫芦笙吹起来了。

皇甫南把车窗整个推开,目光在山坡上、田垄上仔细小心地搜寻,阿普笃慕跟了一路,这会儿却彻底没影了。他准是钻进山脚的堡寨里,跟爨兵们往南面的龙尾关去了。

他一声不吭跟着她干什么呢?难道怕她给老虎吃了?

到了驿馆,皇甫南有点心不在焉。她梳洗过,擦干头发和身子,两个老媪把浴斛抬走。自从李灵钧被人投毒,沿途的戒备就森严了,偌大的驿馆里被赶得不剩几个闲杂人。对面李灵钧的寝房里还亮着灯,是韦康元的部将闻讯来谒见了。

皇甫南坐在榻边,又把袴管卷起来了。银镯衬着雪白的皮肤,像镣铐,温温热热的,挤压着血脉。爨人用它镇魂,也用它定情。

灯花闪了闪,皇甫南一抬眼,惊呆了,有个人影从房梁上跳了下来。她刚突然起身,就被狠狠地一把抱住了,她被撞得跌坐回去,银镯把踝骨磕得生疼:"你……"

---

① 流浪艺人。

阿普几乎是贴着她的嘴轻"嘘"一声,凑身过去把油灯吹灭了。

还没来得及适应突然的黑暗,两人都僵着。

感觉胳膊底下的人没怎么挣扎了,阿普摸上了皇甫南的脸,娟秀的眉毛舒展着,没有皱成一团,但她也没有笑,奇异地安静。阿普忍不住要捏她的脸,虎口立即被她尖利的牙齿咬了一口。

她下嘴没留情,换成别人,得疼得跳起来。阿普没动,皇甫南感觉到他笑得挺开心。

"你们怎么走得这么慢?"他一张嘴,言语更恶劣,"是东阳郡王快死了吗?"

他的手腕还凑在她嘴边,巴不得给她多咬几口似的,没脸没皮。

想到他一直无声无息地伏在梁上,自己还在底下毫不知情地擦洗,皇甫南脸就热了,把他那乱摸乱捏的手推开,冷冷地说:"没死。"她闻到了阿普身上草木和露水的气息,"你这段时间都风餐露宿吗?"

她心里想:傻子。

"我跟着你呢,你们在哪儿落脚,我就在哪儿落脚。"他跟得紧,把皇甫南和李灵钧耳鬓厮磨的情景也一幕不落,此刻心里有气。

眼前皇甫南的轮廓渐渐清晰了,阿普捏住她的脸,使劲一拧:"你不听话。"打又打不得,吵也不是时候,他只好粗暴地用手背擦她的嘴,擦得她嘴皮都发烫了。

"我不用听你的话。"皇甫南躲到一边,要把银镯捋下来。刚才皇甫南在灯下的举动,他看见了,也懂了。

阿普一把将她的手攥住,命令道:"不许摘。"他还把她的袴管拽下来,严严实实地盖住,"都说给你了啊,你骨头太轻了,要压一压,别叫鬼差把你背走。"

皇甫南心一跳,更不肯了:"你还是把自己的小命看好吧。"她不由分说把捋下的银镯塞到阿普手里,不耐烦地推搡着他,"你快走,别叫人看见。"

阿普又把她抱住了,脚下生了根似的:"那你得跟我一起走。"他把她的头发拂到耳后,在她脸颊上摩挲着,"阿姹,你是不是怕李灵钧派人来追杀我?我不怕。我就一直跟着你,直到你乖乖跟我回乌爨。"他胸有成竹,"等回了乌爨,什么汉人、西蕃人,都碰不到咱们了。"

"回乌爨干什么?"她把他挣开,"你就算跟我到长安,都没有用,到时你可别怪我害你。"

阿普一怔:"你不要达惹姑姑了吗?那你为什么跟我去西蕃?"

"我去西蕃不是为了你。"皇甫南有种平静的决绝,"我还会去找我娘,但不是现在,反正跟你没关系。"

"没关系?"阿普又急又气,"你小的时候就已经嫁给我了⋯⋯"

"早不算数了。你不也照样去向德吉求婚了吗?"皇甫南直勾勾地瞪着他,"我要做郡王妃,王妃,皇后。回乌爨,除了给你当女人,你还能给我什么?"

"我把一颗心都给你,还不够吗?"

"你的心?"皇甫南坐回榻边冷笑,"人心是血肉长的,不是金子打的,也会旧,也会冷,我要一颗心有什么用?"

"阿姹,"阿普走到榻前,还想去拉她,"阿苏已经走了,我没有兄弟了,我不准你也离开。"

提到阿苏拉则,皇甫南肩膀一缩,躲开了。话越说越缠不清。

外头有侍卫送韦康元的部将到院子里了,刀剑把铠甲撞得"咔嚓"响。

皇甫南摸到了油灯的底台,冷脸威胁:"你快走,不走我叫人了。他早就想杀你了。"

阿普定定地站着,声音也沉了:"好啊,你叫他来,让他来杀我。"

皇甫南把火折子握在手里,犹豫不决,哀愁地看着他:"我的心不在乌爨,你就算把我绑回去,总有一天我还会走,何必呢?"

"你不愿意要我的心,为什么要他的?就因为他姓李,我只是个南蛮？"

皇甫南低头不语。

阿普沉默了，黑色的眼睛里流露出一丝痛楚："阿姹，如果你不跟我走，我回了乌鬟，以后再也不会去长安了，我们就跟再没遇到过一样，我也当你死了，你不要后悔。"

"我……我不后悔。"

阿普慢慢退后，转身就走。

他跳墙离开驿馆，一口气走到山脚，还没靠近树下，突然停住了脚。

他拴在树下的马不见了，无风无雨的夜晚，枝头怒放的蓝花楹却莫名凋零了，散乱地铺在地上。

阿普转过身，望向来路，树影里有剑光抖动，不留心看，还当是月辉。

他被人埋伏了。

（七）

皇甫南愣怔着，把油灯点亮。

脚镯还在灯台旁闪着淡淡银辉，她忙抓起来追出去，只有灯笼在房檐下轻轻晃动，早没了阿普的身影。

夜深人静，她在回廊上徘徊，瞟见了李灵钧紧闭的房门，那里有一阵没响动了。她疑惑了，脚步越来越轻，到了门口，双手试探着一推，房里没人。

沿着回廊，在隔壁的庑房依次聆听，庑房里的侍卫们也都不见踪影。

就算去送客，这也有一阵了。

皇甫南的心提到了嗓子眼，拔腿就往马厩跑。趁着夜色摸到缰绳，她牵马出了驿馆的门。月亮隐在云层下，路的尽头黑得苍茫。

她果断地骑上马，"驾"一声低斥，冲进了夜色里。

阿普笃慕咬着牙爬了起来。

埋伏的人有七八个,都是好手,有些还是他在京都御前打过交道的,但没人手下留情,他的肩膀上、腿上,都受了刀伤,汩汩的血往外涌。

阿普是受过疼的,被老毕摩慢条斯理地把荆刺往皮肉里扎,被各罗苏疾风骤雨似的鞭子抽,他都没有哼过一声。萨萨说,他皮糙肉厚得不像个贵族,是个贱骨头。和这七八个人周旋,他累得像小时候跟娃子们翻了七八座山,游过七八条河,疯玩过一整天,连根指头都懒得抬起来了。

他已经感觉不到彻骨的疼,每次一挣扎,他就要眩晕半晌。他彻底脱力了,后背靠到树,一屁股坐在地上。

蒙眬的视线里还有火把和刀光在晃。这不是云南王府的青松毛席,或是洱河畔的芦苇丛,可以让他一头栽进去沉酣地睡上一大觉。

阿普甩了甩脑袋,摸到了一把被血浸湿的蓝花楹。他费劲地撑起眼皮,又把刀柄握起来了。

都是年轻的武将,大概是被他的顽抗和倔强震慑了,或是为东阳郡王的痛下杀手而困惑了?是什么样的深仇大恨呢?大家迟疑了。

李灵钧的衣袍摆动着,到了阿普面前。

因为韦康元的人来谒见,他换过了冕服和金冠,衣摆上绣的章纹繁丽得炫目。这代表着无上的权柄,八方万物,照临光明。

阿普抬眼,看见了李灵钧冷淡的脸,空着的两只手。他没有言语,也不需要亲自动手。

"你……"阿普刚艰难地吐出一个字,李灵钧从身边侍卫的手里夺过刀,抵在阿普胸口。刀是乌爨进贡的利刃,可以吹毛断发,阿普稍一挺起脊梁,殷红的血就透出了衣裳。

他不愿阿普开口。

阿普竟然还敢挑衅:"你……没种。"

"我有没有种,不需要你知道。"李灵钧连眉毛都不动一下。体内还有残毒,他的脸色稍显苍白,但手下的力道可以轻易地把阿普像只蚂蚁般掐死,"从逻些到这儿,你多活了一个多月,还不知足,还要来捣乱,"他冷笑,对于赞普地宫的事毫不避讳,"一个死字,你真是不知怎么写。"

阿普一张口,咳出了血,刀握不住了。他扯着嘴角笑,讽刺的话也断断续续的:"我是蛮人,是不知道,死字怎么写……皇甫佶,比你有种多了,起码他敢单打独斗……我看你们汉人的天下,迟早要,改姓……"

"找死。"李灵钧没跟阿普废话,将刀刃刺进了阿普的胸腔,他要一刀结果了阿普。

马蹄声冲过来了,李灵钧转头,看见几支火把靠近,马上的人都披着甲胄,是去而复返的韦康元部将。

看清眼前的情形,对方惊惶的脸色缓和了:"万幸……"他下了马,把刀归鞘,"我刚走出没多远,听说郡王被刺客偷袭,情势危急,赶紧掉头赶过来。"他凑近去看地上昏死过去的阿普笃慕,"就这一个人?哪里来的刺客?胆子不小啊。"

李灵钧没太理他:"没有问出来,可能是想要劫财的蟊贼。"

"他是各罗苏的儿子。"皇甫南突然插话。她也下了马,站在暗处,声音冷静坚定。

是她把韦康元的人引来的。

李灵钧盯了她一瞬,把脸转开:"无凭无据。"

皇甫南往前奔了两步,突然停住了,她的视线从李灵钧的刀尖移到了阿普笃慕的脸上。阿普整个人已经被血染透了。

"他背上有乌蛮人的文身,革袋里还有个金匣子。"

李灵钧的眸光倏地利了,对皇甫南摇头,语气很冷:"你闭上嘴。"

那部将已经起了疑:"郡王请慢。"他走上前,用刀鞘在阿普笃慕衣裳里一翻,革带早已被割断了,刀鞘又到了领口,微微一掀,背上有虎纹。

剑川的汉官对爨人的习俗不陌生，那部将连忙把李灵钧的刀拦住："郡王，这人杀不得。"

"他行刺我，为什么杀不得？"

"爨兵还在剑川未退。"那部将掩饰着错愕，说话很小心，"郡王误伤了云南王的世子，叫韦使君如何跟爨人跟陛下交代啊？"

李灵钧貌似在沉思："他自己一个人，不幸死了，各罗苏怎么会知道？"

对方却很坚持："他既然死在无忧城附近，使君就脱不了干系。"他声音低了，是警告，"光今天在场的就这么多双眼睛，郡王，世上可没有不透风的墙。郡王想让蜀王殿下也惹上嫌隙吗？"

提到蜀王，李灵钧的脸色松动了："有道理。"

那部将松了口气，刚放手的瞬间，刀刃深深刺入了阿普笃慕的胸腔。李灵钧的手腕一旋，还绞了一下。

"事已至此了，让他活着，岂不是更麻烦？"李灵钧拔出刀，又横在了阿普笃慕的脖颈上。

皇甫南把刀尖攥住了，挡住了毫无生气的阿普笃慕。她仰起脸，直直地望向李灵钧："郡王，"她还从没这样敬畏和胆怯地叫过他，看过他，"求你……"她的手在抖，声音也在抖。

这一刀下去，能轻易地取两条人命。李灵钧的刀尖阻滞了，半晌，他说："放手。"

皇甫南摇头。

"他已经死了。"李灵钧瞥了一眼阿普笃慕，语气平淡。

皇甫南颓然地瘫在地上，他撤回刀，一把将她拽了起来。被刀割伤的手掌钻心地疼，李灵钧没留情，还更使劲攥她的手。

皇甫南咬着牙，被他拖得趔趄，她扭头，看了一眼树影里的阿普。

知道了他的身份，没人敢再招惹这个麻烦，他们都把这个将死的人丢下了。

回到驿馆，李灵钧把皇甫南摔开，他的手和袖口也被血染了。

皇甫南已经疼得麻木了，跌坐在榻边愣了半晌，突然醒过来："想要登大位的人，这么睚眦必报可不行呀……"和刚才替阿普笃慕求情时的柔弱不同，她的眼里充满揶揄，"郡王想问我跟别人有没有苟且？你放心，我还是清白的处子身。"她抬起手，把衣领解开了，露出了玉雪般的脖颈，唇边还带着一丝嫣然的笑，"你为什么不自己来试一试？也省得以后疑神疑鬼……"

"够了！"李灵钧"当啷"一声把刀扔开了，他不往皇甫南身上看，一双冷眸定在她脸上，"我想要女人，多少都有，你当我是什么人？"他怒极了，一掌把案上的灯台也给掀翻了，"你以为我不能把他堵在驿馆里，让他死得一点痕迹也没有？我为了给你留面子，叫人把他引到外面才动手，你给我留面子了吗？"灯油倒在地上，他脸部的轮廓在昏暗中显得更冷硬，"如果我不收手，你打算当着韦康元那些人的面陪阿普笃慕一起死吗？"

"那郡王为什么要收手？"皇甫南轻轻地笑起来，"你可以一刀杀了我，保全你的体面呀？我自己跟着你离开京都一路去逻些，早已经不要面子了。"皇甫南的眼里含着泪光，"你当初在佛前发的誓，只要我聪敏、机变、不怕天高地厚、懂你、帮你，可没有说我还要顾着你郡王的面子，连对我有恩的人死在眼前也无动于衷……"

"是有恩，还是有情？"李灵钧淡漠了，"聪敏机变，却为了别的男人背叛我、威胁我，那我宁愿娶个彻彻底底的蠢妇！"他一脚把奄奄一息的灯芯踩灭，"哐"的一声，撞开门出去了。

皇甫南坐在漆黑的夜色里，把冰冷的银镯摸到了手上。

月色照在蓝花楹上，被血染过，成了凤凰花。阿普笃慕醒了，他一边咳着血沫，用刀撑着地，挣扎着爬起来。胸口那深入肺腑的一刀已经让他的血和灵魂都流失了大半，他拖着自幼在山野间狂奔、在丛

林里跳跃的双腿，跌跌撞撞地走进隐匿在月色下的林子里，像游荡的动物回归了巢穴，像飘零的叶片寻觅到了根。他懵懵懂懂的，一切都是天性。刚被山林的气息包围，他就透尽了最后一口气，倒下来了。

月亮在云层下移动，穿过枝叶，银霜似的洒在他身上。有团白光飘到了眼前，像柔软的云朵，也像女人的胸怀。凑到耳畔的气息是温热的。

它将他从头到脚闻了闻，叼起了他的衣领。

阿普竭力睁开眼睛，迷蒙的视线中，依稀认出了那团温柔的白光："阿姹……"

韦康元在无忧城静候东阳郡王的大驾。

这也是个滑不溜手的人物。碰了面，韦康元只字不提汉爨联军破蕃南的功绩，只恭贺蜀王遥领雍州牧。皇帝这诏令突然一下，韦康元还在困惑，见到传闻中蜀王最宠爱的幼子，他便恍然大悟——子肖其父，蜀王蛰伏多年，嗣君的位置是势在必得了。

带兵的人比皇甫达奚爽快，当晚就设了宴，和翁公孺等人把酒言欢了。他倒没有厚此薄彼，也把皇甫佶请了来，就坐在李灵钧的下首。

韦康元显然跟皇甫佶要熟络点，他拍了拍皇甫佶的肩膀："你们都是少年人，不要拘束嘛。"话里话外地提点着，"听说你和三郎在京都时，大棒子打也分不开，蜀王有喜，你怎么不敬酒？"

皇甫佶话不多，人也颇干脆，当即添了酒，双手端着敬向李灵钧："三郎，请。"他夜里不用守城，换了素色袍，不佩刀剑，浑身上下没有一点骄狂之气，完全看不出是皇甫达奚的爱子、薛厚的心腹。

在外人面前，李灵钧略显矜持："同喜，请。"

韦康元不露声色地打量着座上的人，殷勤地劝着："吃菜，喝酒，杯不要停。"

皇甫佶目光又瞟向僮仆打扮的皇甫南，一群人围上去向东阳郡王敬酒了，见皇甫南离席，他立即放下牙箸，起身跟出去。

战事刚消弭的无忧城，空气里还透着血腥气，韦康元的行辕外头也有持槊的士兵林立。皇甫佶站住脚，余光望见两个人在正堂的廊下探头探脑，那是李灵钧身边的北衙禁卫。

他们是在盯谁？皇甫南，还是他？

皇甫佶眉头微微一皱，背对着正堂门口，审视皇甫南："你瘦了。"

不只瘦了，而且脸上没什么血色，眼圈乌青。他在席上就留意到了，这会儿斟酌着没有追问。自从京都一别，他俩就好像隔了一层，生分了。

"阿兄。"皇甫南却有点急切，凑近皇甫佶，那是种茫然无助的姿态，"我……做梦。"她不由自主打个寒战，"噩梦。"

皇甫佶心里一震："你梦见……舅父、舅母？"

皇甫南点头，声音低了："我在西岭立了冢，你如果经过，替我拜一拜。"

这话说得有种诀别的意思。皇甫佶察觉到了不对劲，说了声"好"，心里揣摩起来。皇甫南也像忌惮什么人似的，说完这话就匆匆走了。

这场宴也算宾主尽欢。

李灵钧被韦康元亲自送到寝房外头，灯火一照，他素来白净的脸上也染了一丝薄红。刚踏进房，他踉跄的脚步就稳了，叫人煎茶。两个宽大的袖管里，被他不着痕迹地倒进去几瓯酒，已经湿漉漉的了，他把换下来的锦袍甩在地上。

翁公孺跟了进来，反手把门合上了。

"这个韦康元真是滑头，"翁公孺坐在案边摇头，"你看他好像喝得醉醺醺的。我提了几次无忧城和老翁城要划到哪个州治下，他都装作没听到。"

李灵钧道："见风使舵，和皇甫达奚一路人。"

"郎君今晚可看清楚了？"翁公孺上身往前探去，双眼里含着犀

402

利的光,"薛厚有意于剑川,无忧城是皇甫佶的地盘,益州长史薛昶是他兄弟。"仆从把滚茶用托盘送了上来,翁公孺也不怕烫手,用指头沾了茶水,在案上画了几道,"郎君看,西北西南成犄角之势,京都被夹在中间,成了孤城,一旦薛厚有异心,陛下和蜀王殿下只有往东一条路。"

李灵钧看得清楚:"河北到山东都是藩镇,山西有晋王……陛下和父亲无异于羊入虎口了,太原郡公也不堪大用。"

"蜀王殿下这些年偏安一隅,到底还是吃亏了。郎君,你要把韦康元笼络过来,对殿下可助益匪浅啊。"

李灵钧想到刚才韦康元故意对皇甫佶做出的那副热络样子,脸色一沉:"要把薛厚的人从剑川调走才行。"

"薛昶胆小如鼠,他好说,难就难在皇甫佶,这种少年人,初生牛犊不怕虎,又对薛厚死心塌地,劝是劝不走的。"

"向陛下请旨,把他调走?"

"他现在只是个微末小将,连个名头都没有呢,特意下旨把他调走,别人不会觉得奇怪吗?若说调,也只能薛厚自己调他走。"翁公孺笑着捋须,"郎君,薛厚会使离间计,咱们也可以照葫芦画瓢嘛。"

看他那样子,早已经成竹在胸了,但这个人总改不了爱卖弄的毛病。

李灵钧忍着不快:"快讲。"

翁公孺只好说:"蕃南这一战,因为涉及爨人,要赏谁,怎么赏,陛下迟迟还没有定下来,何不请蜀王殿下上疏,亲自为剑川将士们请功?殿下镇守西南,这本来也是分内之事,只是之前碍于亲王的身份,又怕陛下猜忌,不好太参与军情要事。如今嗣君之位已定,就不需要太过避讳了。替韦康元请功,这是肯定的,殿下到时候可以捎带上一笔,把皇甫佶也加进去,请陛下在剑川之外赐他一个无关紧要的武职,一来把这人调开了,二来薛厚看到,还以为是皇甫佶献媚于殿下,毕竟如今殿下身份不同以往,皇甫佶又和郎君有私交。"

李灵钧也不得不佩服了："翁师傅，此计甚妙。"见皇甫南走进来，他脸上的兴奋敛去了，"这封信，就劳烦你的笔墨了。"

翁公孺满口答应，见皇甫南从地上拾起李灵钧的外袍，把革袋里的铜印、水苍玉都取出来，放在案头，李灵钧则目不斜视。

之前还如胶似漆的两个年轻人，突然就相见如仇了。翁公孺玩味的笑容只在脸上停了一瞬，起身时，指向案头，意有所指："郎君，无忧城可不是蜀王府，印信之物，还是要仔细收好啊。"

李灵钧颔首，翁公孺退下后，他坐在案边不动，目光落在那一盘黄澄澄的枇杷上。身后水声潺潺的，打湿的热手巾送到了面前，他没有接，而是把皇甫南的手握住了。

皇甫南吃了一惊，但没有退避。自从阿普笃慕那事后，她面对他，总有种怯生生的味道。

李灵钧心烦，有什么东西憋在胸口，想要狠狠地发泄一场。忽然，他把她的手放开了，像孩子赌气似的说："我要吃枇杷，口干。"

皇甫南默然地放下手巾，替他剥枇杷。她的手指是很灵巧的，眸光低垂，显出尖尖的下颔。

李灵钧绷不住了："小时候你到蜀王府时，也是吃枇杷的季节。"

皇甫南飞快瞥了他一眼，抿了抿嘴唇："还好你现在不爱舞刀弄枪了，不然这盘枇杷也要遭殃。"语气里是有点嗔怨的。

枇杷剥好了，李灵钧摇头，用热手巾替皇甫南擦手。他没干过这种伺候人的事，但是很细致，把她一个个指头都揩干净，嘴唇在她额头上温柔地碰了碰："这一路辛苦你了。"他笑了，笑得粲然，被下毒的阴霾早烟消云散，他眼里又焕发了神采。

今晚韦康元的逢迎让他难免有些得意，他把皇甫南纤瘦的腰身搂住，难得地说起了孩子气的话："小时候，他们看见你坐在枇杷树上，说你是枇杷精变的，我不信。"

皇甫南脸贴在他胸口，眨了眨眼睛："你不信鬼神？"

"不信，"李灵钧很笃定，"我和陛下不一样。"他怀里这个人是真的，手指间的馨香、肩背的玲珑，是真的，还有那小心翼翼的呼吸、低低切切的私语，也是真的。城外的事，李灵钧忍了。

他的肩膀比她宽厚，气息也比她沉稳，既然拉下脸先求和了，他也没有再矜持："我要请韦康元替我们主婚，就在无忧城办。"

"……这么快？"皇甫南惊呼，说不上是激动还是惶恐。

"快吗？"李灵钧不以为然，"等到了京都，就不是我能自作主张的了。"

这事李灵钧早盘算好了，不假思索地说："和德吉假意联姻的事，朝廷里是有人知道的，陛下也怕闲言碎语，索性快刀斩乱麻，在剑川就把婚事定了，到时候只说事急从权，陛下不会怪罪。封郡王妃的礼仪，可以回京后再补。"他凑到皇甫南的耳边，"韦康元就在剑川，如果这事他置之不理，也说不过去。正好请他主婚，由他去和皇甫相公说和，到时候他和蜀王府这层关系也难撇清。"

原来如此。

皇甫南微笑着把李灵钧推开："你把谁都想到了，却唯独没有问我愿不愿意。"

她的反应在李灵钧的预料之中，他并没有作色："难道你不愿意？"

皇甫南笑着摇头，坐在榻边。她穿着僮仆的黄衫，发髻里也只有一根银簪，但狡黠起来，眉梢眼角都是无比的俏丽，真像琵琶盘里蹦出来的精怪。

"关系女儿家一辈子的大事，要我愿意，可没有那么容易。"

李灵钧道："你说出来。"

皇甫南却从榻边跳了起来，端起托盘："这枇杷你不吃，我就拿走了。"

李灵钧抓住她的手腕："别急，我还有话问你。皇甫佶今晚跟着你，都和你说了什么?"

皇甫南面露诧异,犹豫着。

"薛厚有预谋剑川之意,这个表兄,你也要护着吗?"李灵钧这话里有别的意味。

见皇甫南的脸色微微发白,李灵钧目光一凝——是为了阿普笃慕?

谁知皇甫南苦笑了一声,说:"我请六兄替我祭拜亡父亡母。"

"哦?"李灵钧半信半疑,"你父母葬在哪里?"

"谋逆之人,早就身首异处了,哪有坟冢?"皇甫南忧伤的双目望着李灵钧,嘴角渐渐含了一抹笑,"我要你设灵位,以李氏子孙的名义下跪祭拜我父母,否则我宁愿嫁个贩夫走卒,也不做这个郡王妃。你能做到吗?"

李灵钧沉默不语。

皇甫南逼近他一步:"我能在陛下面前下跪,你不能在我父母面前下跪?"她睨了他一眼,抬脚要走。

"我能做到。"李灵钧忽然说道。

皇甫南还在发怔,李灵钧当即开门,叫廊下的禁卫:"设香案。"

仆从麻利地将香案设好,问李灵钧:"郡王是要谢恩?谢陛下还是祖宗天地?"

"你们退下。"李灵钧自己捻了香,在条案前双膝跪地,剑川的月光洒在他身上。没有了沉重烦琐的冕服和金冠,他的背挺得格外直,一如当初在崇敬寺立誓那样郑重其事。

叩首之后,李灵钧道:"皇天在上,段使君和段夫人有灵,我……"

一只柔软的手把他的嘴捂住了。

"嘘……"皇甫南眼里盈满月光,人也全心依赖地靠了上来,"隔墙有耳。"她对他露出微笑,"我答应你。"

替东阳郡王主婚这事,韦康元感到很为难。他是个带兵打仗的人,对这种婆娘热衷的事没耐心,也没兴致:"再说,蜀王和皇甫相公愿不愿意还是二话,万一去撮合却不成,那不是惹得一身骚?"

他那幕僚笑道:"使君此言差矣,这事你去撮合,是百利而无一害,而且我敢说,准能成。"

韦康元皱眉:"没有陛下的旨意,郡王私自结亲,原本就于礼不合,利在哪里?"

"这个旨意,不正是要使君去求吗?我看东阳郡王不是那种沉溺女色罔顾礼法的人,何以这事要仓促地办呢?东阳郡王陷身西蕃,借联姻的由头脱身,朝廷里知情的人不少,等他回京后,难说没有那些有心的、无心的人,非要逼着他践约联姻的,他不想被赶鸭子上架,必定要抢先把婚事定了。使君这里一提,陛下准也就顺水推舟地答应了。你保这一桩大媒,蜀王府和皇甫府都要承你的情,岂不是有百利而无一害吗?"

韦康元想了想:"却有一害,我替蜀王府奔走,在鄂国公那里可怎么交代?当初薛昶那桩婚事被拒,蜀王府对鄂国公估计还有嫌隙,而且姓薛的还有个眼线在咱们身边哪。"

幕僚摇着头一哂:"蜀王是君,鄂国公是臣,难道臣敢与君争?至于皇甫家的六郎,我也略懂相面之术,我看此人表面忠厚,实则生有一副反骨,恐怕迟早酿成祸患。使君虽然惜才,还是要小心,勿和他太亲近为好。"

"哦?"韦康元迟疑了,"皇甫达奚谨慎了一辈子,难道这回要祸发萧墙了?"

"上了年纪的人,对幼子溺爱,也是难免。"

主婚这事韦康元应承了下来,他也不含糊,当即着手就去办。李灵钧索性把那些繁文缛节全部推给了他,自己每天只在驿馆里看书写字,又请了名医来根除体内残毒。到底还是年轻,不过静心养了半月,他脸上就恢复了容光。

皇甫南把汤药放在案边，见李灵钧竟在默默地抄写一卷《杂阿含经》，惊奇道："你这也太清闲了吧？"

李灵钧趁皇甫南看经，把药碗往茶注子里一倾，倒了个干净，然后作势用绢帕擦了擦嘴角："陛下最近新得了一部《杂阿含经》，如获至宝，我也只能投其所好了。"

蜀王引荐了莲师的弟子给皇帝，越发受到了皇帝的嘉奖。李灵钧这个人越是得意，越要装得若无其事，皱起了眉头说："余毒清了，这药以后不用煎了。"

皇甫南笑着倒了一大瓯茶送到他手上："药苦，喝茶漱漱口。"

李灵钧垂眸望着那褐色的"茶水"，语塞了一会儿才苦笑道："你非得这么为难我吗？"再糊弄下去，就会脸上无光了，他硬着头皮把药汤一饮而尽。

皇甫南把托盘拿起来，明眸里含嗔："不是我要为难你，你未免也太清闲了。"

李灵钧想了一下，笑了："还不到喜日子，我就要忙起来了吗？"

皇甫南白他一眼，轻声道："毕竟是婚姻大事，全推给韦使君，好像跟你一点干系都没有，难道那只雁也要韦使君替你去猎吗？"

李灵钧从善如流："是我不对。"放下笔，他松了松筋骨，把弓箭从墙上取下来。

自从封了郡王，这弓箭基本成了摆设，玉鞡也不知道扔到哪里去了。李灵钧徒手把弓拉开，箭尖对着庭院，随便一指。

皇甫南忙躲到一旁，笑道："你这弓马的功夫不济，叫上六兄替你代劳，别人也不敢说什么。"

这话似乎有嘲笑的意思，李灵钧也不怒，只淡淡道："在你心里，恐怕以为六郎样样都是最强了吧？我小时候不如他，不见得现在也不如他，不过这种武夫的伎俩，不必和他争。"

皇甫南一怔，听见轻微的嗡鸣，箭羽离弦而去，"叮"一声，把檐下的惊鸟铃给射落了。

皇甫南顿了一下，拍起手来，笑盈盈道："这回有个雁儿肯定插翅难逃了。"

李灵钧原本有点懒懒的，被她一催促，也只能换了窄袖缺胯袍，叫人去牵马。接过马缰，李灵钧垂首沉吟了一会儿，转头对皇甫南说道："这是最后一桩事了吧？"

皇甫南不解："什么？"

李灵钧挑眉："说了拜过父母就可以，又三天两头地为难人，一会儿要爬树，一会儿要下河，现在又要捉雁，你就算是要猴，也够了吧？"

当着四五个禁卫的面，皇甫南也脸红了，她将脚一跺："够了够了，你还不快去？要是晚了，哼，可就不作数了。"

李灵钧率众去打猎，只剩两个人在廊下无所事事地站着。皇甫南望着西斜的日影，捧着托盘，到了庑房，见翁公孺在窗下，正提笔思索。

察觉到人声，翁公孺回过神来，发现皇甫南正盯着他手边的那方郡王之印。自从在韦康元面前揭破了身份，皇甫南就恢复了女装，但也只是简素的青衫白裙，双髻上系着青色的发带，十分清秀安静。

奈何她一安静，翁公孺就有种不妙的预感。他没有接茶："岂敢劳烦娘子？"

皇甫南却显得魂不守舍，被他一推拒，瓷瓯脱了手，打翻在案上。她忙去收拾，有一张折起的黄纸不慎从袖口露了出来。

是过所……皇甫南此刻的身份是东阳郡王府的僮仆，没有李灵钧在过所上钤印，她插了翅膀也没法穿越剑川关津。

翁公孺忖度了一瞬，瞥向皇甫南。

皇甫南是掩饰不住的慌张："翁师傅，我再替你去倒新的。"

翁公孺叹气，她被东阳郡王的手段给震慑住了，没有了以前的精明劲儿，毕竟只是个十七八岁的小女子。他摇头道："不必了，娘子，劳你把案上收拾收拾。"他把信件书卷都移到一旁，咳嗽一声，负着手晃悠到了屏风后头，把溅了茶水的袍子换下来。

磨蹭了好一会儿，翁公孺绕出屏风。皇甫南已经把案头清理了，神色也镇定多了，竟罕见地对翁公孺屈了屈膝："多谢翁师傅大恩。"

"不敢，我对娘子哪有什么恩？"

"谢翁师傅当初把我从乌蠻带到剑川。"

"也未见得是恩，只盼娘子心里不要记仇才是。"翁公孺语气温和。

等皇甫南离开庑房，他自得地一笑，慢条斯理地把信封口，交给驿差："这是郡王给蜀王殿下的密信，千万小心。"

一场激战后，无忧城损毁的城墙还没来得及修补，城头上只有忽明忽暗的零星灯火。和无忧城遥相对峙的，是依山而建的堡寨，蠻人平静祥和得不像死了人。

皇甫南骑着青海骢到了城门下，把过所递给守兵。

守兵只将灯火在过所上随意地一晃："郡王府的。"他瞄向皇甫南身后的青海骢，"好马。"

皇甫南谨慎地牵起马缰，正要抬脚，手里的过所被人抽走了。她转头，看见了皇甫佶。

皇甫佶不该在这里，他是薛厚的爱将，是韦康元的座上宾。他穿着守将的戎服，配了刀剑，一言不发地看完过所，目光落在皇甫南脸上。

"一边说话。"他没有把过所还给皇甫南，径自去了城墙另一头。

皇甫南望了一眼刚打开的城门，一步步跟上去，在城墙的阴影里站住。不等皇甫佶质问，她突然双膝跪了下去，仰头望着他，城头的火光被风吹得一晃，她的眸子里含着泪水："阿兄，你放我走吧。"

皇甫佶定定地看着她："我早说过，不管你是要替舅父、舅母报仇，还是不想跟谁成婚，我都能帮你，你不信我？"

皇甫南咬着牙摇头。

皇甫佶忽然想到她托他去祭拜西岭的衣冠冢，那就是诀别的意思：

"你要去哪里？乌蛮？是为了阿普笃慕吗？"他脸色有些难看，把皇甫南一把拽到面前，"你信他，不信我？"

"不是……"皇甫南依旧摇头，她站立不稳，投进了皇甫佶的怀抱，哽咽着，像个受尽了委屈的孩子，眼泪把他的衣襟都打湿了，"阿兄，我想我阿耶和阿娘了……"

"你要回姚州的段家？"皇甫佶冷静下来，"从这里到姚州，一路上要翻山越岭，还要经过诸蛮州，你一个女人……"

"我一个女人，西蕃、乌蛮都去过。"皇甫南流着泪对他微笑，"你以为我翻不了山，越不过河，杀不了人吗？阿兄，你太小瞧我了，从离开乌蛮的那一天我就知道，我谁也靠不了，只有我自己。"

"我是小瞧你了。"皇甫佶的心也冷了，他向来果断，把皇甫南的肩膀扶正，风帽也扯好，"你走吧。"

皇甫南松了口气，擦去眼泪，从怀里取出一封信交给皇甫佶："你看这个。"昏暗的灯光下没法细看，况且急着出城，皇甫南便直言不讳："翁公孺想要离间你和薛相公，借蜀王的名义贬你到外地去，我趁他不留意，把信换了，他只当我为了过所偷印。"她幸灾乐祸，"扑哧"一笑，"蜀王的奏疏一呈上去，却是连篇累牍地替翁公孺邀功，薛相公会看到，李灵钧也会看到，这个成天假公济私的人，叫他尴尬去吧。"

皇甫佶微微一笑，把信收进袖子里，看着皇甫南："你把这信准备好了，是打算如果今天不成功，就拿着它来找我，换我送你出城吗？"

皇甫南躲避着他的眼神："阿兄，我走了。"

皇甫佶没有阻拦，看着她上了马，忽然说："岭南诸蛮州原本就是朝廷失土，迟早要再回到汉人的手里。"

皇甫南扭头，斜他一眼："你们有这个本事和胆量来，再说吧。"

城门开启又关闭，皇甫佶捏着袖子里的信，正在沉思，两个北衙禁卫气喘吁吁地追了过来。他们认识皇甫佶，也不怎么客气："皇甫佶，快开城门！郡王府的逃奴出城了。"

皇甫佶在城墙下对两人招手:"过来听我细说。"

"快说,快说。"两人不见皇甫南,正满脑门冷汗,急着催促他。

皇甫佶却无话,一剑刺中面前那人的胸口。另外一个人撒腿就跑,被他迅速搭弓,射中了后心。

把北衙禁卫的腰牌拾进袖子里,皇甫佶面对闻声而来的守兵们平静地说:"没有令牌,这两个细作想要混出城。"

回到行辕,夜色已经浓重得化不开了,皇甫佶被召到东阳郡王的驿馆。还没等他进房,李灵钧就已经快步到了廊下,脸色比夜色还晦暗,劈头就问:"今夜是你守城的?看见皇甫南了吗?"

皇甫佶摇头:"只有两个细作,已经处置了。听说你在来无忧城的路上遇袭,恐怕和这两个人有关系。"

耀目的寒光一晃,剑尖抵在了皇甫佶的胸前。他眸光一凝,落在冰冷的剑刃上。廊檐下昏暗,他根本没看到李灵钧手里拿着剑。

皇甫佶平稳着呼吸,试探着叫了一声:"三郎?"

"皇甫佶,"见皇甫佶浑身都僵了,李灵钧手腕一抖,冷笑着收起无情的剑,"你该叫我郡王。"

皇甫佶抬头,沉沉的目光盯着李灵钧傲然离去的背影。

卷四·姹女妆成

（一）

阿普笃慕睁开眼，眼里倒映着洱河的水光，金灿灿的。

河边的芦苇早就抽芽了，正在拼命地拔节，婆娑细长的草叶搔着人的脚心。

阿普身上的伤口刚长出新肉，被太阳照着，麻酥酥地发痒。

木吉才不管那么多，粗手粗脚地抓在他初愈的伤口上："喂，醒醒！你做梦了。"

"梦见女人了。"木呷不怀好意地瞄阿普的裤裆。

阿普的裤裆被芦苇挡着，其实什么也看不见。

阿普先是蒙了一会儿："阿苏拉则……"他呢喃了一句，忙问木呷和木吉，"看见阿苏拉则了吗？"

两人都摇头。

曾经的桑堪比迈节，阿苏拉则都要在三个寺庙里轮流讲经。这两年他没有露面，有贩茶的爨商说在天竺看见了一个留头发的僧人，很像阿苏拉则，也有人说逻些出现了一位钵阐布，很受尚绒藏的宠幸，那一定是阿苏拉则了。总之，没人说得准，但大家又坚信阿苏有一天会出现在桑堪比迈的讲经台上——乌爨大鬼主的位子，除了他，没人有资格去坐。

阿普失望了，他一骨碌坐起身，看见洱河的水静静流淌着。从城外校场溜过来的一群罗苴子"扑通扑通"跳进河里撒了一阵欢，他们的脚上长着厚厚一层老茧，把带嫩刺的芡实叶踩得东倒西歪后又跑得没影了，只把阿普丢在芦苇荡里。

这几天没谁有心思练兵，都跑去绕三灵了。

笑声越来越近了，是一群阿米子，她们发辫上盖着鲜亮的绣花头帕，衣襟上别着火红的马缨花,手腕和脖子上挂满了雪亮的银叶子、银流苏,一走路来,下雨似的"哗哗"脆响。阿米子们不像汉女那样扭捏,走起路来麻溜利索,两条胳膊灵活舒展,更显出丰腴的胸脯和柔韧的腰身,像一群披了彩羽的雀儿,呼朋引伴地往山上去了。

娃子们长大了,对昆川的孔雀、崇圣寺的白象,还有会演参军戏的猴子都失去了兴致,他们的眼睛一沾在那群"彩雀儿"身上就移不开了。

"咱们也去绕三灵。"木呷迫不及待地扭动手臂,叫娃子们看他的新步子,"这回打歌我准能赢。"

"去吧。"木吉也回味着阿米子火辣辣的眼神,"你们瞧见了吗?刚才有一个,脸红红的,头发黑黑的,阿普,她看了你好几眼,准是想跟你滚草堆!"

阿普提不起精神:"胡说八道……"

"兴许能看见施浪家的女儿。"突然有人说。

大家好像被什么新奇的东西吸引了,立马齐声说:"赶快,看施浪家的女儿去!"

施浪家今年在坝子上很遭人议论。爨兵打无忧城时,施浪诏主也率领着自己的罗苴子抢占了十来个堡寨。怪他太贪心,还要往逻些的方向打,结果被蕃兵的长矛刺穿背心,当场就死了。也有人说他是给底下的娃子暗算的,因为他勾结论协察,得罪了各罗苏。

达惹又当了一回寡妇,但这回她显得不怎么在乎。施浪诏主下葬没几天,她就满脸笑容地出现在桑堪比迈节上,身边多了个穿绸缎梳双鬟的女儿。说她女儿的脸像羊奶一样白,嘴唇像马缨花一样红,眼睛比洱河的水还清亮。节会上的人还没有见过这样漂亮的女子,好像才一夕之间,寡妇达惹和施浪家漂亮女儿的名头就在坝子上传开了。

各罗苏家的娃子远远看过施浪家的女儿,他们说:"她长得有点像阿姹。"

"别做梦了。"木呷悻悻地从嘴里吐出草叶子,虽然阿普嘴巴死紧,但他还是能猜出阿普一身的伤从哪里来,"阿姹看不起咱们,她好好的汉人不当,跑来乌蛮干什么?"

"去看看就知道了啊。"木吉怂恿阿普。

"不去。"阿普本来还在犹豫,一听这话,转身就往城里走。

阿普独自回到云南王府时,看到红雉在黄杨树下捡嫩絮吃。阿普离开乌蛮三年,红雉也变得懒懒散散。阿普没留意那些红的绿的鸟儿,来到议事厅,见各罗苏和尹节在说话。阿普大刺刺地闯进去,给自己倒了一碗茶喝。

各罗苏瞥他一眼,不吱声。和萨萨不一样,各罗苏已经完全放弃了阿苏拉则,和佐官们议事时,也不怎么避着阿普了。

阿普从重伤中醒来的那一天,各罗苏跟阿普说:"等我死了,骠信和乌蛮大鬼主的位子都是你的,你可不准再受伤了。"

当时阿普没有说话。

尹节跟各罗苏说:"咱们派过去的人挨了达惹一个大嘴巴,又给赶回来了。"

各罗苏有点尴尬,达惹一点面子也没给他留。

达惹变成寡妇后,施浪诏主这个位子就成了各个家族眼里的大肥肉,一拨拨人挤进矣苴和城跟达惹献殷勤。萨萨一天晚上在枕头上跟各罗苏说:"不晓得下一个又是谁要被她克死了。"各罗苏叫她闭嘴,她就乖乖闭了嘴,隔了一会儿又说:"肥水也不要便宜了外人的田,把达惹接回来吧,以后矣苴和城也就成了各罗苏家的地盘。"

各罗苏跟尹节抱怨:"一个女人,守得住矣苴和城吗?"

尹节笑呵呵的:"达惹可不是普通的女人,听说她去见过云南太守了。"

各罗苏皱眉:"难道她又想嫁给姓张的?"

"她那个年纪,难吧?"尹节说,"骠信没听说施浪家的女儿吗?

达惹现在算得上是奇货可居吧！"

"不会，"各罗苏很肯定，"她跟汉人有仇。"

"达惹整天往汉人的衙门里跑，谁知道她安的什么心思。"

各罗苏若有所思："韦康元这个人……"

"他可比薛厚滑头多了，没那么好战，最会粉饰太平，这个我都料理好了，骠信不用担心。"尹节把折起来的礼单给各罗苏看。

各罗苏也略识汉文，看了几眼，说："这比进贡皇帝的还多啦。"

"天高皇帝远，姓韦的和姓薛的，哪一个又不是土皇帝？"尹节把礼单收回袖子里，脸上表情很狡诈，"他的派头越大，咱们就过得越安稳。"

"不错。"各罗苏露出了笑容。西蕃一场内讧，又天灾频发，到现在尚绒藏迟迟不肯议立新赞普，朝纲已经一蹶不振，他占了一百零八个堡寨，正是春风得意的时候，"可惜，没庐氏终究没有生一个儿子，女人不能主政，西蕃注定要王脉断绝了。"

"阿达高兴什么？汉人比西蕃人难对付多了。"阿普不满地插了一句话。他一双眼睛炯炯有神，轮廓彻底褪去了青涩，长成大人了。

各罗苏不置可否，掉头看阿普："你去劝劝你姑姑。"

"我不去。"阿普才不想挨嘴巴子。他又犟起来了，现在简直不把各罗苏放在眼里，把茶碗放下，拔腿就走了。

到了崇圣寺外，眼前男女老少的脸在晃，阿普心不在焉地挤过打歌的人群。人群突然发出一声赞叹的惊呼，他那双机警的眼睛立马望过去，结果只是一个天竺僧人在故弄玄虚，根本没有施浪家的人影。他漫无目的地在人群里晃悠，那张格外英俊却显得心事重重的脸，让许多摇铃踏歌的阿米子注目，然后她们又看见了他手上和脖子上的伤痕——那是他在汉人手里吃了大亏，险些丢了一条命，阿米子们却以为是他与猛兽英勇搏斗的后果，眼神越发脉脉含情了。

阿普谁也没有理会，挤出了打歌场，解下马缰，往矣苴和城疾驰。

施浪家的矣苴和城在白嶷，白嶷离剑川更近，人们穿绸缎衣裳，用汉人奴隶。阿普这个生面孔进城，没有人拦，城里的人在沿着青石板路踏歌，把芦笙吹得满天飘荡。这样的月夜里，没人愿意去想报仇的事，所有的人都急着寻觅含情的眼神和暧昧的触摸。

施浪家的房子是碧鸡山上的一座堡寨。嶷人都爱住高处，好观察敌情，山下林子密，岗哨多，敌人一时半会儿也冲不上来。

阿普拴好马，悄悄摸上碧鸡山。刚进林子，他就看见两个叠在一起的人影，上头是个椎髻赤脚的娃子，正急躁地把屁股一耸一耸。阿普在娃子的屁股上抽了一鞭，那两个人被吓了一跳，瑟缩着抱在一起。

阿普没有细看两个男女的脸，问："寨子里有人吗？"

阿普的耳朵上是珊瑚串儿，剑柄上包着银子，眼神严肃，英俊中显得有点凶。娃子知道他是有身份的人，赶紧说："浪穹家的人来了，在喝酒。"

阿普手脚并用往碧鸡山上爬。今晚所有人都失去了警惕，月亮周围绕着一圈绚丽的云彩，简直亮得像白天。阿普又经过了一个喝得醉醺醺、在林子里撒尿的浪穹家人，然后看到了施浪家的堡寨像一只展翅的鹰，黑色的，盘踞在山间。有山风的声音，很细微，被人的大声说笑给遮过去了。

堡寨前也有踏歌场，燃着篝火。阿普看见了达惹，也就是他那脾气骄纵、六亲不认的姑姑。达惹比各罗苏他们想象的还要放肆，她面前也摆着酒，被浪穹家或老或少的男人们围着。有个年轻的男人起来了，脚踩着拍子，舒展了手臂，一会儿往达惹背后凑，一会儿往她胸前贴。达惹不搭理男人，把头扭到一边，跟浪穹诏主说话。

阿普看得皱了眉。忽然，达惹侧了身，阿普才看见达惹的身后是施浪家的女儿，刚才被挡住了——踏歌的人根本就不是在对达惹献殷勤。男人扭腰摆胯地跳完，摸出来一朵红艳艳的马缨花，也被笑纳了。

施浪家的女儿转过脸，一双眼睛笑盈盈的，被炙热的火苗和清冷的月色一起照着，晶莹得像洱河水。

阿普肩膀上被人拍了一把，是刚才进林子撒尿的人，向阿普斜着一双醉眼。阿普一胳膊肘把他揉了个趔趄，走到踏歌场，靴底把火星子踩得乱飞："姑姑！"

达惹快四十岁了，还是很俏丽。她穿着绣满了马缨花的衣裳，黑发高高堆在头顶，脖子和胳膊都很纤长，显得人颇高傲。乌蛮人绝想不到，她在姚州是怎样一副雍容典雅的姿态，正如姚州的汉人也想不到，段都督夫人会像男人一样豪迈地盘腿坐着，把酒像水一样往喉咙里倒。

达惹天生有两副面孔。按照萨萨的说法，她对外人的脸是热的，对自家人的脸永远是冷的，是个窝里横，养不熟的白眼狼。

阿普一闯进踏歌场，达惹的眉梢就吊了起来，她早预料到了各罗苏不会善罢甘休。

"阿普，"面对侄子，达惹连身都没起，说话更是不客气，"你也想挨耳光了吗？"达惹要甩耳光，那是真的会动手，她这些年在施浪家作威作福惯了。

阿普把那股勃发的怒气忍下了，对达惹咧着嘴笑："姑姑，阿达叫我接你回去。"

达惹说："回哪儿去？我姓施，你阿达是在做梦吗？"

阿普知道，不管他说什么，都会被达惹毫不留情地顶回来，那就让浪穹家的人看笑话了。他闭上嘴，站在原地左右看了看，见达惹没有要立马轰人的打算，就凑过去挤到达惹身边坐。他是达惹的侄子，各罗苏的儿子，没人能说什么，只好给他挪开位置。

阿普的侧脸被跳动的篝火烘烤着，他认真地看着人们在场上打歌。他知道施浪家的漂亮女儿在盯着他看，用一双晶莹的、说不上是炙热还是冷淡的眼睛盯着他。阿普很吝啬，没有向她瞟一眼。

浪穹家的人回过味来了，各罗苏也看中了施浪这块肥肉，故意打发儿子来捣乱。他们不甘示弱，踏歌的人跳得更起劲了，把屁股摆得

419

像发情的孔雀。浪穹诏主的儿子跳出了汗,索性把绸缎衣裳也扯下来了,只穿着白缯布裈子,还特地把弯起的光胳膊伸到阿普眼皮底下,给阿普看那隆起的肌肉轮廓:"结不结实?也看看你的。"

阿普没搭理浪穹诏主那骚孔雀似的儿子,对方又凑到施浪家女儿的跟前:"瞧呀,一拳能打死一头老虎。"

一个清甜的声音响起来,带着赞叹:"你真厉害⋯⋯"

阿普那倔强的嘴巴绷了起来。

"砰"一声,一碗酒摆在了跟前,是浪穹家的,要跟他拼酒量。

阿普刚把碗抓起来,达惹就劈手夺走了:"喝醉了,我这儿可不招呼,你赶紧回去吧。"她像打发孩子似的不耐烦。

阿普望了望天,彩云散了,火星在夜幕中乱飞,夜已经很深了。他跟达惹说:"姑姑,等我回去,天都要亮了。"

达惹听懂了,眯起眼睛看阿普。

阿普显得若无其事,他会拐弯抹角地耍赖了,不像小时候那么愣。

达惹亲昵地在他脸上拍了拍:"馋嘴猫儿一样围着姑姑,你想干啥?"她的一双笑眸威胁地看着阿普,"趁早走,寡妇家里不留客,别真叫我扇你。"她把对各罗苏的怨气都撒在阿普身上了。

阿普觉得自己真倒霉。他乖乖把屁股往后挪了挪,耳朵听着达惹母女和浪穹家的人打情骂俏。

篝火越来越矮小了,踏月打歌的人乏了,浪穹家的人也没能得到达惹的挽留,垂头丧气地骑上马背,离开了碧鸡山。

寡妇的夜是漫长的,达惹被施浪家的奴隶伺候着,用火盆烧了一大把晒干的云香草,她把镶黄铜嘴的烟管伸过去,一口一口地吸着烟。

淡白的烟气,味道甜得醉人。达惹打瞌睡了。

奴隶见阿普坐着不动,又问施浪家的女儿:"留客吗?"

她答得干脆:"不留。"

阿普把一满碗酒倒进喉咙,擦了把嘴,起身走了。

阿普披着露水回到太和城时，天已经蒙蒙亮了。他倒在榻上，望着青纱帐顶，"咻咻"的气息又到耳畔了，不用看也知道是白虎阿姹。

自从白虎把他拖到爨人的堡寨，大家就把它当成了神兽，白天它在山上撒够了欢，晚上大摇大摆地回王府，没人敢拦。有了专人伺候的白虎，皮肉光滑得像缎子，阿普琢磨着心事，手抓了几下，没捞到一根毛。

天亮了，鹧鸪在外头叫，白虎往后一缩，想溜走。阿普猛然翻起身来，紧紧箍住白虎的脖子，恶狠狠地说："过来吧你！"

一人一虎打起滚，把泥金屏风给踢翻了。

萨萨进来时，阿普和老虎阿姹还在睡大觉。老虎先惊醒了，打了个微小的喷嚏——因为萨萨身上浓烈的香气，它焦躁地在地上兜了个圈，追着鹧鸪跑了。

萨萨把阿普摇起来。瞥见他肩膀上结的痂，她的脸色又暗了一些，跟阿普说："有贵客上门了。"

阿普没睡好，浓眉蹙着："谁？"

"还能有谁，施浪家的呀……"萨萨挂着笑，施施然起身，阿普这才发现她今天打扮得格外丰艳。

阿普疑心自己听错了，闷头坐了一会儿，见外头太阳都偏西了，忙穿戴整齐，一口气赶来议事厅。才踏进厅，他就愣住了，六部的人都在，浪穹、越析、施浪、白爨的坐一边，乌爨的坐一边。施浪只来了达蒀，身后带着两个背刀的娃子。她今天把绣花的绸衣裳换下来了，穿着黑缯布衫袴，眼皮肿着，冷艳肃穆，像个合格的寡妇了。

她有多年没有登过云南王府的门，现在这个架势，不像亲戚，更像仇敌。

是各罗苏把人召起来的。施浪家没有男丁，诏主得有人做，任由达蒀闹下去，丢脸的是他。各罗苏沉着气，先开口了："达蒀，叫阿普去帮你守矣苴和城,你看怎么样?"

这话一提,连阿普都意外。他站在乌饔和白饔中间,达惹犀利的目光刺在他脸上。

果然,达惹冷笑了:"我为什么要阿普帮我守城?"

各罗苏耐心地解释这并非他的私心:"矣苴和城离西蕃最近,蕃人一来,施浪先遭殃。"

"施浪的罗苴子也会打仗,不要你操心了。"

"唉,寨子里没有个男人,到底不行……"

"非得要男人才能活吗?"达惹"哐"一声把茶碗放下,直截了当地说,"施浪诏主我自己做,你们谁都不用惦记。"见男人们脸上都是一副见了鬼的表情,她索性当场宣布了,"今天开始,谁也别欺负我是寡妇,我不姓段,也不姓施,我姓各,我叫阿各达惹。"

"你怎么能姓各?"各罗苏震惊了,"各"是上一任骠信的名,只有继位的长子才能用"各"来冠姓①。

达惹似笑非笑:"你能姓各,我凭什么不能?"她还嫌语不惊人,"阿苏拉则死了,乌饔大鬼主也该轮到我做了。"

"你少做梦!"各罗苏脸色都变了。

各罗苏越愤怒,达惹就越高兴,花朵似的笑开了:"阿哥,你老了,没几年好活了。"她冲阿普一撇嘴,"你看看阿普,毛都没长齐的小孩一个,大鬼主不给我做,难道给他做?大家评评理。"

各族首领们目光在两人身上盘旋,往后一靠,端起茶碗,那是看热闹的姿态。

各罗苏冷静下来。没捉到狐狸,反倒惹得一身骚!他瞪了达惹一眼,带着一种兄长的威严,但语气还是软了:"阿苏还会回来的。他也是你侄子,你不要咒他。"

达惹的目的已经达到,款款起身:"咱们走着瞧。"

---

① 彝族习俗,父子的名字首尾相连,例如皮罗阁、阁罗凤、凤伽异、异牟寻等。

两个雄赳赳的娃子跟着她往外走,和阿普当面撞上了。阿普抿着嘴看她,是生气,也是无奈。这样的眼神,叫哪个女人不心软?

达惹"扑哧"一笑,语气意味深长:"傻孩子,惦记施浪的人和东西,你还得长点本事才行。"

其他几家的首领也被送走了,各罗苏坐在屏风前,脚下是斑斓的波罗皮。案上同时摆着汉皇赐的云南王金印和西蕃赐的赞普钟印,各罗苏并不以为耻辱,但刚才达惹的戏弄让他的脸彻底拉了下来。

尹节有些担忧:"达惹不会去汉人那里使坏吧?"

各罗苏说:"各部选大鬼主是我们乌蛮自己的事,别说云南太守,就是皇帝都管不了。"

阿普在旁边听着,说:"我去跟姑姑说,她想做大鬼主,就让给她好了。"

"你又想挨我的鞭子了吧?"

阿普撇下各罗苏,在院子里徘徊。萨萨的房檐下有只绿孔雀在踱步,这让阿普想起了碧鸡山堡寨那个骚气的浪穹人。

阿苏拉则……

阿普瞒着各罗苏和萨萨,派了两个娃子去长安,快两个月了,还没有阿苏的消息。一个乌蛮僧人应该是很醒目的,阿苏准是改头换面了。

阿普的眼睛暗沉沉的。

娃子们突然欢呼起来。最近,能在年轻人中引起这样的骚动,只有一件事。阿普回过神来,果然见他们成群地撒腿往外跑:"去看施浪家的女儿了!"

达惹是带着家人一起离开碧鸡山的,但施浪的女儿没有在云南王府露面,而是在外头闲逛。她也跟达惹一样,蛮装绾髻,坐在洱河畔,好奇地看一群小朴哨捞青苔。施浪没有摆夷女奴,碧鸡山上也没有太和城这样热闹。浓绿的青苔又凉又滑,像鱼儿,被灵巧的手接连不断地捞起来,摊开晒在太阳下。

小朴哨们戴斗笠，施浪家的女儿有着比别人都洁白的脸和手，却不怕晒，坦然地露在外头，任娃子们瞪大眼睛看。她把裤管也卷起来了，赤脚蹚过水，手里端着沉甸甸的竹篾箩，脚踝上的银镯闪着水光。

稀奇，连青苔她都比别人捞得快。

"真是阿姥啊。"木呷嘟囔了一句，瞟一眼阿普，知道阿普又要跟着她跑了。

小朴哨们叽叽喳喳，连看完傩戏的阿米子们也凑过去了。眼看河畔炸了锅，蝴蝶蜻蜓乱飞，阿普捅了一下木呷："你去把她们都引开。"

"有十几号人啊……"木呷头一回为要应付的女人太多而烦恼。

她还没说完，阿姥把竹篾箩放下了，湿淋淋的脚踩着草茎，拨开藤蔓，走进了林子里。

阿普跟了上去。

坝子里的山泽都有邪瘴，外头的人进不来，里头的人出不去，越往深处钻，就越容易迷路。

外头还艳阳高照，一进林子，天就暗了，枝叶上的露水滴滴答答。这里的绿植像贪婪的婴儿，吸吮着红壤里涌出的乳汁，蓬勃得吓人。

阿姥脚步越来越慢，最后停下来，转头看着阿普。

阿普像个追踪母鹿的猎人，对她的一举一动都非常警惕，好像一眨眼，这美丽狡猾的猎物就会从眼前逃走："你又去哪儿？"

阿姥无辜地扇了扇睫毛，奇怪地说："我要方便。"

"方便？"阿普顿了一瞬，反应过来了，"哦，你要拉尿？"

这直白粗鲁的说法让阿姥脸红了。她瞪了他一眼："我要方便，"她强调说，"你还不走？"

阿普半信半疑，抬了抬下颌："深处有蛇，你别走远了，"他知道阿姥怕蛇，"也别想跑，我什么声音都听得见。"

阿姥撇了一下嘴，被那后半句弄得为难起来了，犹豫着往树后走。

阿普身子转过去了，视线却还跟着阿姥，见她拨开丝丝缕缕的藤蔓，白脚踩在湿滑的地里,树下的水洼积满了浓绿的水藻,那是成年累月的枯枝和虫尸。

"等等。"他把自己的靴子脱了下来,丢过去。以前阿姹坚持不肯打赤脚,他嫌弃她麻烦,这会儿自己倒啰唆起来了,"草里有蚂蟥,你别蹲着,要像男人一样站着拉,"他叮嘱着,表情不是开玩笑的,"小心蚂蟥顺着腿爬上去,爬到你那里。"

阿姹小时候见识过被蚂蟥钻到腿里的娃子,感到毛骨悚然,忙把阿普的靴子套上,也没心思方便了,绕过阿普往林外走:"别跟着我。"

"你又不急了?"阿普跟上去。

"我……本来就不急。"阿姹觉这人说话真讨厌,走得更快了。

阿普两步追上去,和阿姹并肩,扭过头,光明正大地看着她噘起的嘴巴,还有衣襟上别的马缨花。他是质问的语气:"那晚在寨子外头,你为什么不跟我说话?"

阿姹站住脚,嘴角弯起来了:"叫你别跟着我,你聋啦?"她眼波也斜过来,将他上下一看,"跟着我,可能害得你命都没了,你不怕?"

"我没跟着你,是你为了我跑来乌纂了。"

"谁为你?"阿姹啐他,"我回来找阿娘。"

"你敢说不是为我?"

阿姹嘴很硬:"不是……"

眼见阿普脸上一冷,上来要捉她的手臂,阿姹忙抬腿走,却被他一把搂进了怀里。阿姹轻微地一挣,衣襟上的马缨花掉了,银流苏也甩乱了。两人跌跌撞撞的,一起跌坐在地上。阿普手没松劲,两条长腿盘住阿姹的胯骨,像藤缠树。他在她耳边说:"你为了我,连人都敢杀,我怕什么?死了也值得。"

阿姹不挣扎了,背抵着阿普的胸膛,瞥见阿普手臂上一道浅浅的伤痕,那是被刀割开的,血把川西的地都浸透了。她不禁用手指在上头摸了摸,嫌弃地说:"真难看。"

"我不用好看,你好看就够了。"阿姹的犟,让阿普恨得咬牙,"你就承认吧!"

"承认什么?"

"承认你舍不得我,那天晚上说的话,都是为了气我。"

"什么话?"阿姹却装起糊涂,"我不记得了……"她听到林子外头的动静从山路上盘旋着到云里去了,人离得老远,声音却好像就在头顶,是唱傩戏的人往神祠里去了,"你身体里还有邪祟,要去找毕摩驱邪。连命都不要,太傻了……"

"我是中邪了,"阿普转过阿姹的脸,阿姹看见了一双苦恼的黑眼睛,"都是你害的。你就是我身体的邪祟,害人精。"

阿姹轻蔑地看他一眼:"自己鬼迷心窍,别往我身上推。"

阿普不爱听这话,一低头,将她的唇舌叼住了。他太懂这张嘴了,吐出的话语是冷硬的,舌头却软得不像话。地里的红泥也是湿的、热的,蒸腾着花果熟透糜烂的甜香。有灰鸽子扑棱着翅膀,好奇地凑过来了,阿普不耐烦地用脚把它踢开:"走开!"一转眼,他看到了阿姹脚腕上的银镯,胸口猛地炸开,浑身燥热起来,抓起阿姹的绣花腰带,贴住她的耳根,"给我吧,好阿姹。我天天做梦都是你,木呷他们笑话我。"

阿姹摇头:"不行,我阿娘不肯。"

和所有怕麻烦的男人一样,一提到那个刁钻的姑姑,阿普就想蒙混过去:"你别告诉她……"他又露出那种很坏很野的笑容,"等咱们有了阿妞阿宝,姑姑就没话说了……"

"你想得美。"阿姹使劲推开他的手,懊恼地拍着身上的草叶和泥渍,"我阿娘要来找我了。"都怪他,她现在就像个野人。

"我天天去碧鸡山缠着姑姑,非得让她答应不可。"阿普赤着脚跳起身,蛮横地说,"下回别叫我看见浪穹家的儿子围着你转,不然我把他扔到河里去。"

"这就是你的本事吗?"阿姹"哼"了一声,不许他再靠近,她就那样挂着草叶，沾着泥浆，摆着腰肢往林子外去了。

达惹没给各罗苏情面，各罗苏也没留客，太阳还高高挂在天上，施浪家的人就往回赶了。达惹和阿姹坐在竹舆上，被娃子们抬着，走在太和城的青石板路上。

达惹对人们露出了雍容的微笑，嘴上却说："你给他的太容易了。"她把阿姹那副狼狈相看在眼里，心里对阿普不满意："男人得来得太容易，一转身就把你忘了。"

阿普差点命都没了……可阿姹没有犟嘴，红着脸说："我什么都没给他呀。"

达惹带着怨气："各罗苏仗着他是阿哥，从来都是骑在我头上，这会儿你可不许自作主张，我非得压他一头不可。"

达惹要"非得"，阿普也要"非得"，阿姹犯了愁。

达惹放话要做大鬼主，更不把各罗苏这个骠信放在眼里了，她张罗着在碧鸡山下练兵，还要在矣苴和筑起比太和城还坚固的城防。

毕摩在堡寨的高处看了周围的地势，跟达惹说："往西是西蕃，中间隔着长虫山，鸡吃长虫，正好镇压它；往东隔着盘龙江，是汉人的地盘，鸡可镇不住龙，你得有虎才行。"

达惹不以为然："有金子就够了。"

出了坝子，再往东拓，戎、巂一带，都是云南太守治下的羁縻州。达惹带着施浪家人去了一趟云南太守府后回到堡寨，跟阿姹说："姓张的老头也听说了你，想要娶你当妾呢。"

阿姹记起云南太守好像真的被阿普扔进过洱河，偷偷地笑了："你没答应他吧？"她有点担心，这事达惹也未必做不出来。

"急什么？先吊着他。"达惹把头发里的金簪拔下来，"当大鬼主的事，还得他出力呢。"见阿姹在捋着头发想心事，一副春心萌动的样子，达惹立马警惕起来，"阿普那小子没来招你吧？"

阿姹忙说："没有。"

达惹不动声色地瞟她一眼:"皇帝加封东阳郡王为姚州都督了。他们一个个都得意得很哪……你也别急着就把一颗心拴在阿普身上。"

阿姹头枕在达惹膝头:"我知道,阿娘,我阿耶的仇还没报呢。"

达惹带着微笑,用手指揩去眼角的泪:"各罗苏一家也不是好东西,当初要不是他贪生怕死,咱们一家都可以回到乌爨好好地过日子,怎么会三个人三个地方,就连活着的人也几年见不到一面……"

阿姹回屋去睡,达惹还在外头看月亮。云香草是甜的,钩藤酒是苦的,漫长的夜里,这两样滋味伴着达惹,达惹总是越夜越精神。阿米子来回走着,把竹楼梯踩得咯吱响。

第二天早上,大家都没精打采地打哈欠,阿姹一出屋,看见了阿普。

凤尾竹上滴着水,凌晨山里下了雨,阿普被淋了个正着。达惹把他晾在外头,没有招呼他换衣裳的意思,他就用那濡湿的眼睫往阿姹身上一瞟,做出规矩的样子。达惹面前摆着菱角、荸荠和鲜藕,还有坨坨肉和烤青苔,她没什么胃口:"阿普,你又来干吗呀?"她把那个"又"字拖得长长的。

阿普不管达惹的冷眼,热心地说:"姑姑,我接你去太和城。"

今天六诏要议选大鬼主,达惹用钩藤酒漱了口就起身了,还不忘嘲笑阿普:"你的腿脚倒勤快。在你阿达跟前,你也这么孝顺吗?"

阿普说:"阿达是男人,不用我接。"

"怎么,你也觉得男人比女人强吗?"

"不,姑姑你比男人强。"

两个阿米子围着达惹梳头,阿普余光一瞟,看见阿姹跑回屋里,再出来时,头发也盘起来了,绣花衣裙也穿上了,是要下山的打扮。他有些得意地笑了。

这笑容落在了达惹的眼里,她问道:"那你是愿意把大鬼主让给姑姑做啦?"

阿普倒是愿意,可惜各罗苏不愿意,阿普勉为其难地说:"龙鹰选了谁，谁就是大鬼主，我说了也不算啊。"

达惹呵笑了一声，揶揄地看了一眼阿姹，那意思是说：瞧瞧，他嘴上说得好听，心还是向着阿达，你呢？

达惹故意要泼她的凉水："阿姹就不去了吧。"

"去吧。"阿普看着阿姹。

"她跟大鬼主有什么关系呢？难道龙鹰会选她？"

"阿母想阿姹了……"

达惹没憋住，"扑哧"一声："你阿母还认她吗？"懒得管两人的眉来眼去，她捏着额角，被娃子们请出了寨子。

到了碧鸡山下，施浪家的罗苴子在练兵了，竹箭飞得满地，剑麻也劈得七零八落。阿普悄悄打量着筑到一半的城墙，达惹这是要把坝子外的汉人都挡在城墙外了。阿普听说过毕摩的预言，问道："姑姑，你给城防起名字了吗？"

见达惹摇头，阿普说："你应该叫拓东。"

六族的首领在哀牢山下碰头。

这是乌蛮先人发迹的地方。山里雾气重，显得阴沉沉的，长了几百年的老树伸展着虬枝。老毕摩在等着了，比起当年替阿普笃慕驱邪时，他更干枯皱巴了，像老藤成了精。

祭完山神，六族盟誓——大鬼主的人选，交给神鹰了，事后谁也不许反悔。大家都没有意见，做出肃穆的样子，看着老毕摩给一头成年的公牛抹脖子，娃子们把牛尸架在浸了桐油的木桩子上，血滴进六个排列整齐的鹰爪杯里，然后大家都一仰脖子，痛快地喝了。

要跟着毕摩进山了，果然，有人发难了。向达惹献殷勤时遭了冷脸，浪穹家主憋着一口气，说："女人不能进山，得罪了山神，大家都要倒霉。"

各罗苏是六诏之首，要彰显公平："这样施浪家就吃亏了。"

"没办法，谁让他家没有男人呢？咱们说好了，今天除了山神，谁说了也不算。"浪穹家主这话是冲着各罗苏说的。达惹毕竟是各罗苏的亲阿妹，谁知道他们兄妹是不是在玩欲迎还拒的把戏呢？

老毕摩那双混浊的眼睛半闭半睁，聋了似的，也不说话。

达惹早料到了，只说了句："把人带上来。"

一个罗苴子被施浪家的娃子们五花大绑地推上来。罗苴子胸前绑着犀皮，脚上穿着麻鞋，腰里挂着沉甸甸的牦牛尾巴，是个再精悍不过的爨兵。可达惹问他："说，谁派你混进碧鸡山的？是西蕃人还是汉人？"

罗苴子早挨了一顿鞭子，身上已经皮开肉绽了，但他骨头很硬，把牙咬紧了不张嘴，大概是怕给人辨认出口音。

达惹没跟他废话，对浪穹家主一抬下巴："你是男人，你把这个细作杀了。"

浪穹家主手上不是没沾过血，不驯服的娃子或弥臣的俘虏，他随手就是一顿鞭子，可面前这个来历不明的罗苴子让他迟疑了，他怕是达惹的诡计，有意要让他得罪西蕃人或汉人。

"真是细作？先查清楚再说。"

"一听说汉人和西蕃人，就把你吓破胆了？"达惹"咯咯"笑起来。

她后面背着刀的施浪娃子走了出来——那是在无忧城与西蕃人打过仗的娃子，他的瓦罐里藏着十来对西蕃人的耳朵。娃子一刀就把假的罗苴子捅死了，然后利落地从尸首上割下耳朵，塞进怀里，嘴里嘟囔道："十一个。"

达惹傲然地看向浪穹家主："你把山神请出来问问，是软骨头不能进山，还是女人不能进山？"

浪穹家主被她逼问住了，冷着脸"哼"了一声。

一伙人正在僵着，各罗苏的羽卫来禀报："云南太守来了。"

眼前刚捅死了人，大家面不改色，听了这话，脸上都露出了不满。达惹是把汉人请来替她撑腰的。施浪家公然破坏了六部的规矩，先是一个女人要进山,又是让汉人掺和了进来。

他们都看向各罗苏。

当初乌蛮先祖被神鹰认主的传说,已经没有人当真了。乌蛮人穿上了绸缎,住起了瓦房,虔诚的心早被俗尘给遮盖了。云南太守官不大,但各罗苏不想得罪他。看出各个首领都不安分了,各罗苏威严地说:"汉臣进了山,可以旁观,不能开口,今天谁都别想要把戏。"

汉官悄无声息地到了。他晓得乌蛮的习俗,没有大张旗鼓地用起罗伞雉尾那些仪仗,也没有带女眷,只有几个健壮的汉兵跟着,像是真来看热闹的。

他听说了各罗苏的意思,忙说:"在下是奉旨来的,只旁观,绝不开口,请骠信放心。"刚说完,他一眼看到被捅死的罗苴子,脸色变得惊疑不定,"这是……"

"这是混进太和城的西蕃细作。"达惹答得飞快。

各罗苏睨她一眼,对汉官抬手:"请。"

进了山,毕摩昏花的双眼突然变得精光四射,像个猿猴爬得飞快。大家还在弥漫的雾气中辨认方向,毕摩用怪哑的嗓音"咕咕咕"地叫了几声。山风扇到脸上,他们才看见藤蔓掩映的山洞里,一团黑影掠了出来,静静地停在铁柱上。

没人敢说话了,都望着神鹰,露出了渴望的眼神。

"咿咿呃呃……"毕摩又作起法了,绕着铁柱,把黑袍子甩得飒飒作响。他尖利的十指勾着,往地上俯冲,又腾跃而起,是在模仿苍鹰捕猎。铁柱上的神鹰却显得懒洋洋的——它并不是野鹰,而是只血统高贵的金雕,被毕摩每天用牛羊肉供养着,所以它并没有狩猎的兴趣。毕摩的声音急促了,它被催赶着扇起翅膀,在人们头顶盘旋。

虽然被各罗苏告诫了,但各个诏主还是提前动了番心思。没人敢公然掏出弓箭和藤网,那是亵渎山神,可大家都悄悄从袖子掏出了半死不活的野兔、野鸽子,踢到自己脚前,想要把神鹰引下来。

"咯咯咯。"还有人学起了毕摩,用喉音模仿金雕求偶。

只有各罗苏屹立不动,带着六诏首领的那种威严和虔诚。

林子里暗得不见天日,每个人的脸上都显得灰蒙蒙的,大家一起抬着头,看到神鹰盘旋到了各罗苏的头顶,直直坠了下来——众人都松了口气,失望,但也在情理之中。

各罗苏被沉重的金雕压在怀里,不敢动,嘴里不禁发出惊叹:"的确是神灵……"

"天这么暗,神鹰没看清楚吧?"达惹冷冷地说了一句,翻出一柄匕首。

各罗苏瞳孔一缩,立即起身,怀里的金雕已经挣脱,猛然飞了出去,停在了达惹的手臂上。

达惹把袖子挽了起来,用匕首在手臂上划了一道,新鲜的血腥气把挑剔的神鹰勾住了,两只利爪深入皮肉。

被神鹰衔了一口手臂上的皮肉,达惹疼得打战,却笑了,那是一种得逞的、狡猾的笑容。她端着胳膊站起身,睥睨着在场的男人:"神鹰选的是我。"

浪穹家主急了:"大家有言在先,不能耍把戏!"

"谁没耍把戏?"达惹反问,"你们哪个没耍把戏?哼,你们的把戏,神鹰都看不上!"

金雕振翅飞回了山洞,任毕摩怎么呼唤,也不肯出来了。汉官被惊醒了般,由衷地说:"真是神迹!"他转向各罗苏,"骠信,我向陛下请旨封大鬼主。骠信不反对吧?"

各罗苏微笑:"不必劳烦,我自会上疏。"

"骠信不会看不起女人了吧?施夫人真是巾帼不让须眉啊。"

"岂敢。"各罗苏忍着愤怒,虚应其事。

汉官在这鬼气森森的山林里待不习惯,看完了热闹就要告辞。

阿妫扯下一块裙布,低着头,帮达惹包裹手臂上的伤口。

汉官没有留意她，垂涎的目光盘桓在达惹脸上，笑眯眯道："夫人，要是令爱嫌我老，换成是你，那我也愿意得很啊。"

达惹似笑非笑："你倒不挑。"

目送汉官离去后，各罗苏的脸陡然沉了下来，一转头，对达惹说："达惹，你真要勾结外人，对付你的亲阿哥吗？"

达惹脸色苍白："阿哥，我盼着你帮我报仇盼了多少年？你靠不住，我只好靠自己了。"

"你心太急了……"各罗苏声音低了，"去太和城说。"见其他家主凑了过来，他戛然而止，大步往山下走。

阿姹紧紧跟着达惹，出了哀牢山。她的百褶裙被撕坏了，衣襟上也沾了血，萨萨见了，准得吓一跳。她刚要上竹舆，被人拽了一把。阿姹扭头，看见了阿普。刚刚他在哀牢山上一句话也没说，脸色很严肃。

阿普沉默着把阿姹拖到一旁，推她上马。

两人一起出了山道，进了坝子。蜿蜒的红河水闪着波光，茶叶正绿，稻田泛黄，马缨花、凤凰花也开得正艳。

阿普心里不是滋味，但不是为了被达惹夺走的大鬼主位子："立大鬼主的事情，姑姑不该把汉人扯进来。"

阿姹不愿意别人责怪达惹，哂了一声："你说了不跟阿娘争，为什么要帮舅舅用弹弓把神鹰打下来？"

阿普沉默了一下："我不想跟姑姑争，但我不能为了帮姑姑背叛阿达。"

"为了我也不行吗？"

"为了你也不行，阿姹。"

阿姹推开他的手，要下马："我要回去。"

"别急，我话没说完。"阿普反而搂得更紧了，声音有些沉，"姓张的走之前说的话，是什么意思？"

阿姹道:"你没长耳朵,听不懂汉语吗?"

"姑姑为了当大鬼主,当骠信,把你嫁给姓张的,你也愿意吗?"

"谁要嫁给他了?"阿姹微微侧过脸,不屑地说,"不给点好处,他怎么会帮我们?反正你和舅舅又不帮。"

阿普顿住,胸膛急剧起伏。

他忽然跳下了马,望着阿姹:"你下来。"

一看他那蛮横的表情,阿姹心觉不妙,悄悄抓起了缰绳:"我不,我要……"

阿普二话不说,夺过缰绳,胳膊从阿姹腰上一横,把她拖了下来,然后一抬手,把她丢进了河里。河水不深,但这一下来得太突然,阿姹呛了几口水,挣扎着摸到石头,石头滑,没站稳,又整个人跌进了水里。

阿普冷眼看了一会儿,跳下河。阿姹死死箍住阿普的脖子,脚刚着地,就狠狠搡了他一把。她浑身湿透,狼狈极了:"你又要把我淹死了!"

"我让你泡泡冷水,清醒清醒脑子。"

阿姹红着眼圈,瞪了他一下,转身就走。

阿普又跟上去,把自己的衣裳解下来,披在她肩膀上。他把她湿漉漉的鬓发捋开,两手摸着她的脸,说:"阿达要打弥臣国,让我跟着罗苴子去,说不定我真的会死,你为什么还要这样对我?"

阿姹眼珠转动着,觉得他在扮可怜,她不信:"你们男人嘴里没一句真话。"

"我说的是真的。"阿普额头贴着她的额头,嘴唇碰到她的嘴唇,她是凉沁沁的,他是热乎乎的,眼里带着困惑,"阿姹,你为什么要这样对我?看我难过,你就高兴吗?"

阿姹咬着嘴唇,不说话了,眼睛也闭上了。

阿普的嘴唇在她额头碰了碰,说:"你总是不听话。"他能感觉到她的颤抖,不知是冷的,还是怕的。他忽然把她打横抱起来,走到了没人的河岸,把她放在踩断的芦苇上。

(二)

野鸭子在红河里凫水。

娃子们摸过来了,鬼鬼祟祟的,伏在草丛里,往河对岸的芦苇荡里张望。

芦苇有一人高了,还不到抽穗的季节,被红河水滋养着,一簇簇绿得喜人,在风里摆得妖娆。一片芦苇被踩倒了,露出了阿普的上身,他的湿衣裳脱下来了。

长大后,阿普多少有点跟娃子们有隔阂,他是有身份的人,不会轻易在娃子面前脱精光,可他背后那只老虎好认得很。

木呷和木吉互相挤了挤眼睛,他们知道阿普怀里准搂着一个女人,这事在乌鬃太寻常了。

芦苇荡里发出一声短促的惊叫,带着痛楚,把蜻蜓都给吓飞了。

木吉认出了那个声音,跟木呷咬耳朵:"是阿姹。"

两人露出不怀好意的笑容,一齐竖起耳朵。他们都觉得阿普在阿姹面前多少有点软骨头,刚才那鲁莽的一下,两人准打得不可开交。可是,阿姹居然没有闹起来,她的声音小了,轻轻地哼哼,黏糊糊娇滴滴的,有埋怨的意思,可芦苇荡还是簌簌地摇动起来,急促猛烈得像被风鞭打着。

两个野鸭子也察觉到了异常,停在岸边,茫然地转着眼珠。

隔着河,听不清楚两人都说了什么。这事情木呷和木吉早经历过了,但他们也开始不好意思,叫娃子们把脸转开,然后一屁股坐在草丛里。

木呷说:"阿普是第一回睡女人。"

木呷和木吉都不肯承认,但是第一回嘛,总是很潦草、很慌乱的,事情办得不好,还会被老辣的阿米子嘲笑是单薄的"狗尿苔"——刚冒出头，就枯了。木呷和木吉当然不愿意阿普被阿姹嫌弃，但是能在心里偷偷嘲笑一下阿普，也能得意好一阵。

他们嘴里叼着草叶，笑嘻嘻地等着。

有一会儿没动静了，木吉按捺不住好奇，又拨开草丛望了过去。还是看不清底下的人，只有阿普的肩膀和背在芦苇丛中晃动，有只白白的脚丫放肆地踩在他胸口，脚指头上染了凤仙花，像马缨花的花瓣，从肩膀滑到了胳膊上，懒洋洋地蹭着，脚踝上还挂着晃眼的银镯。

阿普浑身都攒着劲，胸膛上不知挂着汗珠还是水珠，被太阳照得亮晶晶的。他又俯下身，一双白胳膊也伸出来了，搂着他的脖子，两人一起倒下去，在芦苇荡里打起滚来。细微的风吹着，绿浪缓缓起伏。

"阿普真能折腾啊。"木呷终于忍不住，抬头望了望太阳。

"咱们走吧。"木吉说，"一会儿阿姹出来，肯定得生气了。"他很自然地觉得，这种事被撞破，翻脸的准是阿姹，阿普是不会在乎的。男人嘛，炫耀还来不及。

一伙娃子们从草丛里爬出来，悄没声地跑远了。

阿普把阿姹抱起来。阿姹骄纵得更理所当然了，软得像没骨头似的靠着他，连根指头也懒得动。阿普的视线往芦苇荡里搜寻了一圈，阿姹的红绫衣和绿绢裤早就顺着水流漂走了，他把半干的缯布衫替她穿上，自己只套了件揉得皱巴巴的袍子。

阿普没干过这种伺候人的活，但他很认真，把阿姹头发上的一片草叶子摘掉，目光落到她的脸上。刚才浑身光溜的时候，两人都带着点好奇，说了很多不害臊的傻话，穿上衣服了，难免就多了矜持。但阿姹到底变了，他把她弄得那么疼，她也没瞪眼，反而把睫毛都垂下去，脸上红红的，像个夜里出嫁的阿米子。

他又有种想把她剥光的冲动，可他忍住了，时候不早了，娃子们可能会找过来。他把阿姹扶起来："你能走动吗？"

"走不动，腿酸。"阿姹跟所有的女人一样，用嗔怪掩饰着欢喜，

"都怪你……"

话音未落,阿普把她打横抱了起来,在她脸上亲了亲,说:"你搂着我。"芦苇荡已经被糟蹋得不像样了,阿普过河,石头滑,但他走得很稳。到了对岸,他看见木呷的小竹笛落在草丛里,他没吱声,悄悄用脚把竹笛踢开,然后冲着在远处吃草的马打了个呼哨。

这呼哨被误解了,林子里枝叶一晃,一群乌爨娃子从四面八方跑了过来。他们没好意思去看阿姹,只对着阿普挤眉弄眼。

阿姹脸色变了,还是红,但不是害羞,而是气恼。她立即跳下地,一把将阿普推开,抓起缰绳自己上了马。

双腿跨过马背的时候,她动作没那么敏捷了,有些不舒服地扭了扭腰。

刚才他让她受了伤,有些出血了。

阿普也上了马,搂住阿姹的腰,让她靠在自己胸前,没有理会木吉和木呷嬉笑的眼神。他和他们早不一样了,不再是娃子们可以毫无顾忌地开玩笑的朋友。他威严起来,没人敢笑了。

他揽起缰绳时在阿姹耳边带着歉意说:"下回肯定不在外边了,你别生气。"

阿姹在他大腿上狠狠掐了一把。

马走得不快,娃子们老实地跟在后头。可坝子天气这样好,没人能受得了这沉闷,有人扯着嗓子唱起歌来:"花花阿妹爱风光,吃阿哥推倒后船舱,撑篙把舵,两情正忙,风颠浪急,一番似狂……"

太和城的两姑嫂已经等得不耐烦了。

萨萨见到阿姹,也不意外。她除了在云南王府,就是去寺里拜佛,消息却比谁都灵通。各罗苏有别的女人,但他所有的心事都牢牢掌握在萨萨手里。萨萨客气地问阿姹:"又跟娃子们出去玩了?阿普没欺负你吧?"

萨萨比达惹笑得和蔼，但是没有以前那样亲昵了。阿姹小时候，萨萨常逗弄她，有时还会教训她几句。

阿姹知道达惹的精明，她没敢看达惹，只对着萨萨摇头，若无其事的样子。

阿普找到萨萨房里来时，达惹和阿姹已经回施浪家了。

晚上，他头枕着双臂，躺在榻上。娃子们又在外头招惹白虎了，他置若罔闻，从榻上跳下来，去见各罗苏，张嘴就说："我要去施浪，替姑姑守矣苴和城。"

各罗苏觉得好笑："你愿意去，达惹愿意要你吗？"

"我上回去，姑姑也没有赶我走啊。"

"我可不爱拿热脸贴冷屁股，你要去就自己去吧。"

见阿普当即就要回房里去收拾行李，各罗苏把他叫住了。

各罗苏对这个儿子没有萨萨看得那样紧，但阿普小时候常说出不知天高地厚的话，也让他惊出几次冷汗。后来阿普不再乱说话了，从长安到逻些都没给乌蛮惹出什么岔子，看着阿普日渐强壮的胸膛，庆幸这个儿子比阿苏拉则心地宽厚，性子沉稳。他放心了。

想到达惹的一意孤行，各罗苏就头疼，对阿普说："在你姑姑跟前多说两句好话，打弥臣的时候，让她把施浪的罗苴子都派给你，施浪家没有男人，以后这个大鬼主迟早还是你的。"

阿普瞥了各罗苏一眼，他不是这个意思，但他没有反驳。

阿普没有跟上回一样趁夜色闯上碧鸡山。他已经把达惹的性子摸透了，他越急，达惹就越要刁难他。他索性躺在榻上等天亮。他这时满心里都是阿姹，已经快要把阿苏拉则忘到脑后了，这让他对阿苏拉则有点内疚。

第二天，阿普带着自己的娃子们，精神抖擞地来了矣苴和城。

城墙已经垒起来了，外头筑了箭楼，挖了壕沟，背靠碧鸡山，面冲盘龙江。达惹听进去了毕摩的话,把山石凿得斑驳不平,像盖了一层波罗皮。阿普还在城外查看地形,一群罗苴子冲出城,把他和娃子们五花大绑,赶奴隶似的拽上了碧鸡山。

他被推到了达惹面前。

达惹照例是早上起来要抽烟喝酒。她盘腿坐在芦席上,斜着眼睛看阿普:"阿普,你这一早上又在唱啥戏呢?"

阿普被捆了个结实,也不挣扎,睁着一双晶亮的眼睛笑道:"姑姑,你先给我解绑啊。"

达惹冷冷地"哼"了一声:"城里最近抓细作,你鬼鬼祟祟,谁知道是不是你阿达派来的探子,图谋我这寡妇的家产,还是绑着老实。"

达惹不客气,几个罗苴子就围上来了。阿普认出来了,其中有一个就是达惹身后背刀的娃子,攒了十来对西蕃人耳朵。他那长矛照着阿普的肩膀就刺,阿普往后一仰,滚进了剑麻丛,一脚把个藤牌踢过去,被长矛扎了个正着。见短刀又来了,阿普跳起身,两手夺过短刀,把绳子割断了。拿长矛的娃子也被摔在了地上,阿普人不粗壮,但手很有劲,一拳就把娃子打得鼻血直流,那是报复刚才他对自己的冒犯。

阿普从娃子腰里夺过藤鞭,走到达惹面前,往她手里一递,正色道:"姑姑,你要打我,就亲手打吧。"

达惹把藤鞭扔到一边:"别耍猴了。"她没好气,见阿普脸也被剑麻割破了,语气软了点,"我好好的,打你干什么?"

阿普语塞。

达惹越看他那表情越觉得可疑,冷冷地叫阿普等着,把烟管一撂,去了阿妮的房里。

日头红了,阿妮还没醒,她平常很少睡得这么死,而且还在做美梦呢,嘴巴翘着,眉头蹙着。

达惹掀起被子往里看了看,又往帐里帐外一找,把阿普的缯布衫拾起来了,看到上头还沾着绿色的草渍。

达惹忍着没有发作,这个女儿鬼精,她怕一发作,阿姹反而跟着男人跑得更快了。

"冤家……"她把缯布衫丢下,返回正房,阿普还在乖乖地等着。

一对上阿普,达惹的脸色就没那么好看了,她叫娃子们都下去,然后抬手给了阿普一个巴掌:"阿普,你干的好事!"

阿普咧着嘴笑了,那是一副男人得了好处,开始死皮赖脸的样子:"姑姑,我和阿姹是你早就定下的亲事,正好现在可以办了。"

"你想得美。"达惹翻脸不认人,"你去弥臣,说不定叫人打死了,难道阿姹也要跟我一样做寡妇吗?"

阿普严肃了,不是为达惹的诅咒,他知道这事自己做得不对:"姑姑,你放心……"

达惹不听他说了,也不许他趁机摸进阿姹房里:"你别以为自己有几分聪明劲,看刚才那个娃子,跟西蕃人打起来比狼还狠。你真打过仗吗?不要想施浪家的人会服你。"她踢了阿普一脚,"去山下跟娃子们住吧。"

见阿普失望了,达惹更板起了脸,还把娃子们叫进来,叮嘱道:"看着他,可别叫施浪家又进贼。"

阿姹跟着达惹下山,视线在寨栅外的空地上搜寻。

最近的矣苴和城人多眼杂。从铁桥城掳回来的奴隶在修城墙,练兵的罗苴子们退回了寨栅外,扎着堆乘凉歇脚。这些爨兵不比奴隶体面,天气一热,把沉重的皮甲和兜鍪都脱下来了,腰上只围一截麻布,袒露着结实的胸膛和腿,一个个手脚粗大,皮肤黝黑。

竹林子里"轰"的一声,又炸开了,是一头豪猪掉进了陷阱,被爨兵们用长矛一通乱扎,拖着腿拽了上来。豪猪叫破了喉咙,爨兵们张罗着拾柴点火,要烧野猪肉吃。

地上滚过来一个青皮毛桃,阿姹在竹舆上被狠狠颠了一下,她忙

440

扶稳了。她一抬眼睛，瞧见了好几个赤条精光的黑屁股，不由得撇起嘴："野人……"

阿普从竹林里钻出来了。大家忙着捆猪，肩膀撞来撞去，热突突的肉贴着。才不到两天，阿普和矣苴和城的罗苴子就混熟了，但他比别人要矜持，还穿着对襟衫子和黑布裤，没有包头。

对烧猪肉没兴趣，阿普走到一边，薅了一把翠绿的芭蕉叶，专心地擦着箭镞上的泥。

阿姹一直追着他看，听到达惹淡淡一句"脖子拧断了"，赶紧坐直了身子，把芭蕉叶当扇子摇着。

"各罗苏家的人不低头，这事你别想，你们两个都别想。"达惹说。

阿姹跟着达惹到了越析家。越析的家里已经纯粹像汉人王公的府邸了，有亭台楼阁，燕子绕梁，奴隶们说的是汉语，诏佐①们戴着珥簪，穿着绫裙，端起茶浅啜时，一点儿声响也没有。

对着她们，达惹换上另一副面孔，变得很文雅了。

越析的诏佐们不敢相信达惹一个女人竟然敢和各罗苏争大鬼主。

"家里总得有个男人吧，"她们说着老一套的话，"不然以后大鬼主的位子传给谁呢？还是要落到阿普笃慕的手上。"

达惹想也不想："我女儿好端端的，为什么会落在各罗苏儿子的手上？"

人们都眼馋施浪家的漂亮女儿，但是这话一传出去，大概没几个人愿意上碧鸡山去献殷勤了。爨人和汉人没两样，觉得女人天生该被男人驯服，像达惹一样泼辣的女儿，会让男人们害怕。

阿姹瞟了一眼达惹，没有说话。

诏佐们的心思转到了各罗苏的头上。阿普笃慕这个年纪了，还没有女人，在乌爨是件很稀罕的事，乌爨贵族家里有女儿的，眼睛都巴巴地盯着呢，可听说各罗苏跟谁家都没提过亲。

---

①国君的妻妾。

"准是要娶汉地的公主了,只是皇帝还没有选好人……"

汉人的公主嫁过来,就算是萨萨,也无话可说。

阿姹把一颗青梅放在嘴里,酸得掉牙。

百无聊赖地在越析家待了大半天,达惹领着阿姹告辞了。出了寨子,达惹跟阿姹说:"今天的话你都听见了?各罗苏和阿普笃慕打的什么主意,你也别装傻。"

阿姹忍不住分辨:"那是舅舅的主意,不是阿普的。"

达惹弯着嘴角对阿姹冷笑:"各罗苏是汉人的狗,阿普的婚事只有皇帝说了算。到时候什么代王、太原郡公的女儿要嫁过来,你看他敢不敢说个不字。"

阿姹板着脸:"他敢不敢又怎么样?我也不见得愿意嫁给他。"

"别嘴硬啦。"达惹心软了,"把一颗心都放在男人身上,你迟早要吃亏的……"她叹了口气,骑上马,要去哀牢山见老毕摩。

罗苴子们肚子里装了一整头野猪,生槟榔嚼得脸通红,在寨栅外比画矛刀。

有个阿米子从碧鸡山下来了,拉住阿普,告诉他:"达惹今天不在寨子里。"

这是阿姹身边的阿米子。阿普眼睛瞬时亮了,丢下矛刀,跟阿米子上了碧鸡山。山上到处燃起了火把,到朵扐吉①了,施浪家的男女老幼都在篝火前快活地搂肩勾腰,吃坨坨肉,喝杆杆酒。

阿普上了楼,摸到后廊,看见阿姹正两手托腮,趴在窗前望月亮。今夜篝火旺,月色淡,萤火虫停在她的鬓边。

听到脚步声,阿姹跳了起来,萤火虫吓得飞走了。她伸出手,阿普等不及,从竹窗翻了进来,一把将阿姹抱住了。

阿姹拽住他的耳朵:"喂,有门不走,你做贼吗?"

"嘘……"阿普热热的气息喷在她脸上,"门声一响,旁边屋里

①火把节。

的人都听见了。"

达惹的几个看门狗早让阿妲打发了,但她还是不高兴:"阿娘在,你就不敢来了吗?"

"敢,"阿普满不在乎,"大不了让姑姑多打几个巴掌。"

阿妲知道阿普挨了达惹的巴掌,看他毫不犹豫的样子,她有点高兴,双手也搂住他的腰。阿普的腰还是少年时那样劲瘦,阿妲想起白天那些黝黑的腿和屁股,"扑哧"一声笑了,把发热的脸靠在他胸口。

阿普的嘴唇从阿妲的发鬓到了脸颊,一下下地啄着,带了点试探和热切。

阿妲的手把他的脸捧住了,在他的嘴里闻了闻,没有槟榔的味道:"你不吃槟榔了?"

"你不喜欢,我就不吃了。"

两人脸贴着脸,阿妲喃喃道:"你真好。"

阿普没那么急了,手在她的背上抚摸着,很温柔:"不,阿妲,你最好。"

阿妲推开他,把竹窗放下来,灯光渐渐把屋里照亮了。她还用手笼着火,嫣然地笑道:"你瞧,好不好看?"

阿妲擦胭脂了,眉毛黑漆漆的,脸颊染着红晕,头发里别着一把蓝花楹。阿普起先以为是为了朵扔吉,可他看见绣花的青纱帐、横沿上垂的同心结、油灯也换成了红蜡烛,心里猛地一跳,兴高采烈地走上前:"阿妲,咱们今天就……"

阿妲不好意思了,哪有女人自己给自己布置洞房的呢?不等阿普把"成亲"两个字说出来,她忙辩解:"不是,不是真的,就是闹着玩。"

阿普知道,那天让阿妲觉得她被草率地对待了,可她没有抱怨他。

阿普脸上露出了愧色:"都是我不好。"他转身就要出门,"我去外面等姑姑回来,就算她要打我杀我……"

"不要。"阿妲把他的嘴捂住了,她不爱听他嘴里说出"死"这个字她放下烛台,拉着阿普坐在了榻边:"咱们别管她了。"她把藏在枕头下的团扇拿出来,兴致勃勃的,真像玩过家家的孩子,将一张花儿似的脸躲在扇子后面,"别人都要这样,用扇子挡着脸……"

阿普好奇道:"一晚上不见面吗?"

"不,你要作诗,作得好了,才能把扇子拿下来。"

阿普皱眉:"我不会作诗。"

"不行,"阿姹刁难起他了,把扇子稍稍往下移,露出一双乌溜溜、狡黠的眼,"你作不出,就只得一晚上这么傻坐着。"

阿普绞尽脑汁地想了一会儿后,握住扇柄上阿姹的手:"那你听着啊,"他憋着笑,"花花阿妹爱风光,阿哥推倒后船舱,撑篙把舵,两情正忙,风颠浪急,一番似狂……"

阿姹推了他一把,扇子也摔到榻上,瞪眼:"叫你作诗,不是叫你唱……这种不正经的歌。"

"我是蛮人,我不会啊。"阿普还很理直气壮,无奈地看着阿姹,下了决心似的,"姑姑不在,我还是出去吧……别让她觉得我欺负你。"

"不许走。"阿姹在榻上跪坐起来,搂住他的肩膀不肯撒手。隔壁竹门"嘎吱"地响,她扭过身,把榻边的红蜡烛吹灭了。

月光从窗缝里透进来了,阿普摸到阿姹的脸,是热的,滑手,胭脂的香气淡淡的。今晚的阿姹,让他心都酥了。

"你怎么这么急?"他在她脸上亲昵地捏了一把,逗她,"你是不是也觉得……那天很好……"

"不好!"阿姹用扇子拍在阿普的嘴上,又矜持起来了,一只细细的手指抵着他的胸膛,把他往后推,"作不出诗,你就不许上来,在那儿傻站着吧……"

阿普猛地把阿姹扑倒了,两张嘴撞在了一起。阿姹发出一声娇嗔,用扇子在阿普肩膀上乱打,最后,扇子也被他夺走了。

夜深了,月色亮了,阿普对着阿姹的脸,又笑得很坏了。每天跟娃子们混在一起,他肚子里不正经的话能说上一整夜:"还有呢,你别急呀……阿哥将手抱,阿妹将脚擎,抱住腰间脚便开……"

阿姹用手捂着耳朵:"你去外头给她们唱吧。"

"她们是谁?"阿普的嘴贴在阿姹耳边,翕动一下,让人心尖颤抖,"我只要你一个。"

阿姹转过身来,看着阿普。她的眼里有柔波,有月光,引人沉醉地荡漾着。阿普把她的蓝花楹摘下来了,看着她的头发像水一样倾泻在枕头上。他看着她,坐起身,把对襟衫子脱了下来。

阿姹在白天就看到了,他的黑裤是宽腿的,露着两个脚踝,脖子上的银镯没有了,换成了老毕摩给的神牌,牌子上射日的支格阿鲁被他小时候刻了女人的两条辫子。

阿姹忍不住笑,手指搔痒似的在他脊背上有一下没一下地划着。

阿普捉住了她的手指:"你这样摸,我受不了。"

阿姹说:"你把支格阿鲁刻成女人了。"

"姑姑能当大鬼主,支格阿鲁是女人,也不稀奇啊。"

阿姹仔细看着他:"我当大鬼主,你觉得怎么样?"

阿普不在乎,咬住阿姹的嘴:"那你得每天给我驱邪才行。"

阿姹抬起头,她的头发里都是蓝花楹的香气,凉凉地搭在阿普的胳膊上:"如果我去长安,当了郡王妃,你会怎么样?"

阿普不笑了,黑眼睛盯着她,不怎么高兴:"没有如果,我不爱听,你不许说这个,也不许想。"

阿姹很执拗:"又不是真的,说嘛。"

"那我也跟到长安去,晚上溜进郡王府,把你偷出来,再把你的手脚捆起来,扔上马,一直驼回乌爨。"

阿姹"哼"了一声:"不是说再也不见我了吗?"

"骗你的。"阿普眨了下眼睛,"我知道,只要别人砍我两下,流点血,你肯定就心软了,会乖乖跟着我走了。"

"呸，"阿姹把脸埋在阿普的颈窝，"为了女人，命都不要吗？"

"你不是什么随便的女人啊。"阿普语气理所当然，"再说，我命大着呢，不管走到哪儿，都有阿姹来救我。阿姹舍不得我。"

"想得真美……"阿姹撇嘴，胳膊却把他搂得更紧。

两人身上都汗湿了，滑溜溜的，像两条鱼。阿姹不得劲地动了动，阿普懂了，准备起身："我给你找水去。"

"别去，"阿姹变得很黏人了，"三更半夜哪有水？"她像只狗，在他颈窝里闻了闻，"你整天跟娃子们在一起，怎么也不臭？"

"我干净着呢，我天天晚上在河里洗。"阿普是泡在洱河里长大的。为了把白虎洗干净，他还不顾死活地把它按进水里好几回，然而一和娃子们凑在一起，它瞬间又成了泥猴脏狗。

阿普想起上回阿姹险些呛水，皱了眉："你在长安几年，还没学会游水吗？"

阿姹嗔道："你以为长安是乌爨，女人都脱光了往河里跳？"

阿普灵机一动："这会儿河里没人，咱们去吧。"

"不去……"阿姹眼皮打架了，往枕头上倒。

"去吧，阿姹。"阿普像抱孩子似的，把她搂起来，"咦，你身上真臭啊……"自封了世子后，就没有哪个娃子跟他一起在河里扑腾了，他兴致勃勃地把阿姹拽下地，胡乱给她套上衣裳。

两人出了寨子，举着松枝火把，手拉手往山下去。

山下的河水浅，火把灭了，月光照得水面像鱼鳞。

阿普把衫子一脱就跳下去了，朝阿姹伸手："来吧，没人。"

阿姹忸怩起来了，犹豫地左右望着。她看见了挂在凤尾竹上的头帕，知道有别的男女也在这里幽会。

阿普却大剌剌地露着两条腿："放心吧，准没人。"他两手叉着腰，作势要上来抱她，"要是有人来，我挡着你。"

阿姹穿着里衣，慢慢下进了河。河水凉，她缩起肩膀。阿普大方地展开胸膛,把她抱在怀里:"这下不冷了吧?"

他身上的皮肤火热光滑,绷得紧紧的,阿姹忍不住摸了又摸。她低头瞟了一眼,说:"你真不要脸。"

阿普理直气壮:"一看到你就这样,我有什么办法?"

"反正不能在外面。"

"知道啦……"阿普懒洋洋地放开阿姹,倒退回水里,像条银鱼似的扑腾了两下,然后用胳膊划着水,得意扬扬地看着阿姹。

阿姹还在往林子里张望,被他往屁股上踹了一脚,扑倒在水里。她慌忙爬到石头上坐好,生气地瞪他。

阿普游到阿姹跟前,捉住她的脚:"别走,你陪着我。"

阿姹轻轻踢了一下水,水珠溅到他脸上:"你总使坏。"

阿普把她的腿分开,整个人拖过来贴在他身上:"我以前在荷塘里看见你,就想把你的船掀翻,让你假装不认识我。"

阿姹微微变了脸色:"你就是想淹死我。"

"有我在呢,淹不死你。"阿普把水撩在她肩膀上,说要替她洗一洗,手却顺着衣领摸了进去。她的里衣早湿透了,他的手是热的,摸到哪里,哪里就泛起一层细密的鸡皮疙瘩。

"阿姹,你真像阿揩耶菩萨……"阿普的眼睛定在阿姹的脸上,月光把她的身体和脸庞都照得皎洁如玉。

阿姹红了脸,乌爨的细腰观音都是袒胸露乳,腰间缠着花结和璎珞。他在拜佛的时候,准胡思乱想了。

"你敢脱菩萨的衣裳?"

"敢啊。"阿普一挑眉,把她的里衣也扯下来了,露出的胸口像马缨花一样。

阿姹搂住了他的脖子,湿漉漉的睫毛也闭上了,不忘提醒:"说了别在这里啊……"

"知道啦。"阿普把她的衣襟合上,将她搂进怀里,两人脸贴脸,

"你看那儿。"

阿姹扭头,顺着他的目光看过去。刚刚成年的白虎从竹林里走出来,盯着河水里飘曳的水草,耳朵微微地抖动着。

"那是另外一个阿姹,"阿普说,"我走到哪儿,它就跟到哪儿。有它在,没人敢过来。"

阿姹认出了这只白虎,这是阿苏拉则给他的白虎:"它怎么也叫阿姹?"

"它是一头母老虎啊。"阿普笑嘻嘻的,"小时候你跑了,我就天天搂着它睡觉,所以它就叫阿姹啰。"

阿姹气得掐他:"不行,它不能叫阿姹。"

"你的酷劲真大。"阿普对着白虎摇头,"真可怜,我已经有阿姹了,你还没有伴。"

白虎"咕噜咕噜"地喝水,不理会他。

"走吧,你快睡着了。"阿普把阿姹推上岸,叫白虎驮上阿姹,自己跟在旁边,回到了碧鸡山的堡寨。

见阿姹眼皮都快睁不开了,阿普在她耳旁说:"白虎通灵,救过我的命,叫它守着你。"

阿姹拽住他的袖子:"阿娘没回来,再待会儿。"

"天快亮啦。"阿普不想让达惹撞见,他把衣领系好,还叮嘱阿姹,"但你别给它熏香,它不喜欢,要咬人的。"

晨雾没散,凤尾竹上挂着露珠,阿普从楼梯上跳了下来,刚要溜出寨子,和达惹撞了个正着。

达惹是刚从哀牢山回来的。她看一眼静谧的寨楼,又打量着侄子:"阿普,你真想和阿姹好?"

阿普站住了脚,不嬉皮笑脸了,跟在达惹身后:"姑姑,我跟阿姹好,阿姹也跟我好。"

"好，我不难为你了。"达惹竟然很干脆，"回去叫你阿达来提亲，我答应。"她坐在芦席上，从娃子手里把烟管接过来，"别的我都不要，就一个条件，你以后跟阿姹姓段。"

阿普愣住了："姑姑，你说真的？"

"我姓各了，以后段家就没人了。"达惹笑了，往阿普脸上喷了一口云香草的白烟，"你本来就没有姓，给段家当后人不好吗？"

云香草的香气瞬间令阿普清醒了："不行。"

"你就犟吧，等回来，阿姹就嫁给别人喽。"达惹幸灾乐祸。

阿普一跺脚，扭头走了。

（三）

"你没看到什么吗？"

李灵钧勒住马，望着迷障幻境一样的山林。

翁公孺顺着李灵钧的目光，疑惑地摇头："郎君看见什么了吗？"

梦里的情景又在脑海中浮现了，是一个穿绣花衣裳戴银镯的女人，伴着白虎，在雾气里独行，枝叶把她丝丝缕缕的头发牵扯住了，她挽起头发，漫不经心地看了他一眼。

披发跣足，不是中原人。

这是从剑南回蜀王府的途中，山高林密，蛮獠横行。当地人传得很神，说半死不活的阿普笃慕是被一只白虎拖回了爨人的堡寨。

李灵钧问道："此地真的有山鬼吗？"

"山鬼？"翁公孺是不信怪力乱神的，无所谓地笑了，"山石草木幻化精怪，我是没见过。当初剑南留后、辅国将军在山里走马射猎，看见一赤豹驮着窈窕女子，以为是看见了山魈。依我看，多半是被烟瘴迷了心智，否则，为什么看见的偏偏是美女，不是五大三粗的男人？"

"是赤豹，不是白虎吗？"

还对白虎耿耿于怀啊……

翁公孺目光在李灵钧脸上盘旋,语气意味深长:"郎君,日有所思,夜有所梦啊。"

李灵钧狭长的眼尾将他淡淡一瞟:"你知道我梦见什么?"

翁公孺心头一凛,知道自己失言了。自从那封请功的奏表递到御前,有多嘴多舌的人把他在薛厚跟前的旧账翻了出来,打了一通口水仗,连蜀王也碰了一鼻子灰后,李灵钧看他的眼神就不对劲了——李灵钧眼里揉不进一点沙子。他忙刹住话头,举目一望,用鞭梢指着山头上盘旋的鹞鹰:"郎君看,人说'鸢跕方知瘴,蛇苏不待春',这种地方,光要从中原调兵过来,怕都没人肯听令,也不怪陛下和韦使君姑息乌蛮人了。"

李灵钧抬起胳膊将缰绳一振,马蹄越过藤蔓,继续往前走着。到了驿站,李灵钧接过邸报,"咦"了一声:"陛下果真封了施浪家的女人做大鬼主,还赐了她一个括苍夫人的名号。各罗苏没有奏疏。"

翁公孺道:"既然是金雕选中的阿各达惹,各罗苏也没有话说。这两人虽然是兄妹,却势同水火,郎君没听说吗?乌蛮内讧,达惹投靠剑川,对朝廷来说,是件好事。"

李灵钧摇头,叫人把舆图展开,说:"各罗苏先后筑龙口、邓川、太和、阳苴咩,这是为抵御西蕃人。现在西蕃人无暇南顾了,阿各达惹却还在筑城,绕着洱河南北九重城池。拓东、拓东,这是抵御西蕃,还是觊觎汉地?"

"郎君是说,阿各达惹和各罗苏在一唱一和,都意图中原?"

李灵钧"哼"了一声:"达惹是从姚州逃到乌蛮的,她和朝廷之间还隔着段平的仇呢。"

翁公孺正在思忖,李灵钧把邸报看完,却狠狠拍在案上,冷笑道:"看吧,这就是陛下姑息各罗苏的后果!"

翁公孺忙把邸报接过来看,也吃了一惊。月前,弥臣国向朝廷求援,称乌爨有吞并之心,皇帝只聊做赏赐,算是抚慰,政事堂也就睁一只眼闭一只眼了。这还不到一个月的工夫，战报传来，弥臣国已经被爨兵攻占了，堂堂国君、皇帝亲封的藩王被发配到丽水为奴。

翁公孺道："弹丸小国，占也就占了，只是这样一来，朝廷的面子可不好看。"

李灵钧道："你以为各罗苏是个贪图蝇头小利的莽夫吗？他是拿弥臣在试探陛下。陛下的纵容，要助长他的野心了。"

翁公孺翻看邸报："韦康元倒是有上书请罪。"

这个时候主动揽罪，也不过是挽回一点皇帝的面子。李灵钧断然道："文过饰非而已。这个人也是个钻营之徒。"急躁的情绪在胸口闷着，他皱紧了眉，"陛下……"

皇帝年纪大了，精力不济，太昏聩了。

翁公孺揣摩着李灵钧的脸色："郡王遥领姚州都督，奉旨羁縻诸蛮州，如果被爨人得寸进尺，略失汉土，怕迟早要被陛下迁怒……"

李灵钧睨他一眼："你有话直说。"

翁公孺悻悻地说："达惹敢以血饲鹰，未必没有称霸乌蛮的野心，各罗苏也未必不忌惮她。郎君想知道达惹跟各罗苏是真不睦还是假不睦吗？达惹带着自己的女儿到处使美人计，为什么不索性叫韦康元的儿子娶了达惹的女儿？她一个女人，如果心怀不轨，大概是不敢把女儿送到汉人手上的。"

李灵钧一怔："你也说了，达惹敢以血饲鹰，不是普通的女人。如果她真的心怀不轨，敢把女儿送给韦康元，那又怎么样？"

翁公孺拈着唇边的短髯，微笑道："不怎么样，要是乌爨敢妄动，不过少一条人命而已。"他忍不住露出了尖刻的本性，"郎君明知乌蛮人的野心，为什么又瞻前顾后起来了？难道是顾忌什么人吗？"

李灵钧坐在案边，冷眼看着翁公孺："我所顾忌的，也不过陛下和殿下两个人而已。你千方百计想要把达惹的女儿送到韦康元手上，是为了离间，还是为了报私仇？"

翁公孺脸色剧变:"郎君难道是这样看我的吗?"

李灵钧没有和他争辩:"我要更衣了。"

翁公孺只得起身。

这时,王府的内侍来驿馆相迎了,并带来了蜀王的钧旨——韦康元撮合保媒,蜀王府和皇甫家的亲事议定了,皇甫达奚不肯担上见风使舵的臭名声,蜀王倒很体谅,说婚事不必大张旗鼓,但六礼聘娶绝不能省俭。

李灵钧对这事不怎么感兴趣,还是耐心听着内侍细述六礼的仪程。

内侍说完了婚仪,还想讨个好:"听说皇甫家的娘子……"

"知道了。"李灵钧猝然打断他,转而对翁公孺道,"你写信给韦康元,看看他的意思。"

"是说……达奚的女儿?"翁公孺还在发蒙,过了一会儿才反应过来。

李灵钧颔首。

他回心转意了,翁公孺说不上是欣慰还是忌惮,复杂的神情凝结在脸上。

李灵钧仿佛看透了他的心思,略显嘲弄地说:"离间计使不好,小心反而被别人离间。封大鬼主的事张芒查很出力,难保达奚没许诺他什么好处。要是这事弄巧成拙……"他被内侍伺候着解开革带,一张清隽的脸泰然得看不出端倪,"你一条命,不够请罪的。"

"是。"翁公孺忙低头退出来。

在廊下一转过身,他面灰如土。外头暮色正苍茫,六年前,他由剑川入蜀时,望着卧龙般的苍山十九峰是何等的踌躇满志!他哀叹一声,投奔东阳郡王这一步怕是走错了。

回到寝房,翁公孺有些魂不守舍。喝完一杯冷茶,他倒在榻上,望着帐顶发呆。

有隆隆声从远处传来,像城楼上的夜鼓,也像寺庙里的晚钟。翁公孺还琢磨着李灵钧那隐含威胁的一句话，爨人作乱，对东阳郡王来说兴许正中下怀，到时候，他这个薛厚的旧人怕会成替罪羊。

翁公孺骤然出了一身冷汗，忙爬起身来，随便卷了两件行李就趁着夜色出了门。

在驿站门口，翁公孺和一队疾行的骑士撞上了，险些被马蹄踩到胸前，踉跄着后退。

又是蜀王府的信使，举着火把，官府的役人也簇拥着、吆喝着。

前脚才报喜事，后脚又来。翁公孺瞟到役人背后黑色的旗帜，心里生了疑，听到钟鼓的声音闷雷般连成了一片，下意识惊呼："是爨兵攻入剑川了？"

"陛下驾崩了！"信使跳下马，将翁公孺揉到一旁，抓住驿臣的衣领就吼道，"陛下驾崩了！蜀王殿下有令，请郡王即刻进京！"

那驿臣白天得知了东阳郡王的婚讯，才叫人把红绸子、红灯笼都挂出来，听到这话，恍惚地往回走："陛下驾崩了……"他突然惊醒了似的，"把这些红绸子红灯笼都撤了！"

蜀王要继位了……翁公孺浑身一个激灵，当机立断，将包袱丢在马厩里，拔腿冲进李灵钧的院子。

李灵钧听到响动，已经起来了。他夜里是和衣睡的，乌靴和锦袍都在，不显得慌乱，坐在案边，一言不发地听完噩耗。他先发问："陛下驾崩时，殿下、代王、皇甫相公、太原郡公，这些人都在？"

"都在。"

"鄂国公在鄀州？"

"是，殿下……"那信使忙又改口，"不，陛下已命人八百里加急，往各州县，还有晋王、齐王等封地去报丧了。陛下还有旨，鄂国公、各位藩王，以及各镇的节度使们都不要擅离驻地，等丧仪议定后再奉诏进京。"

"大兄和二兄那里，也有人去报讯了？"

"自然也有朝廷的驿递到两位郡王的衙署。"信使意会,"我是陛下单独嘱咐的,"他声音低了,"陛下请郡王赶快回京,不要耽误。"

"知道了。"李灵钧紧握的拳头放开了,脸上有种异样的平静,随即叫人去取素服来换。

翁公孺大步走进来,伏地叩首:"郡王,节哀。"他把头抬起来,眼里却洋溢着喜气。

李灵钧这会儿温和多了:"三更半夜的,原来翁师傅也没睡吗?"

翁公孺不敢说话,听到李灵钧若无其事地说了声"启程吧",他忙起身,微微松了口气。

李灵钧正了衣冠,被人簇拥着上了马,他这才想起问信使:"先帝是……"

信使喝退了役人们,和李灵钧错开半个马身,在夜色里缓缓并行。他左右看了看,说:"宫里的人传说……先帝的魂魄是随韦妃去了。"

像黑夜的一道闪电,李灵钧清冷的目光落在他脸上:"什么?"

信使侧过头,声音更低了:"先帝是受了惊吓驾崩的。"

李灵钧推开厢板,转身落座,信使也跟着挤进来了。夜鼓的声响,把梦震碎了。

李灵钧道:"你说。"

信使定了定神:"当初蜀王府引荐给先帝的番僧苏尼,郎君还记得吗?"

李灵钧有了不妙的预感:"是他?"

"这番僧奉旨住在南内时,常在御苑里对着狮虎诵经,那些猛兽就乖乖地跪伏在他的脚下,听到高兴的地方还会摇头晃脑,宫人们都以为是异相。先帝知道他精通佛理,善于调伏百兽,也叫他去讲过几回经。那一天,先帝在听《贤愚经》……"

李灵钧对佛经也略有涉猎,立即反应过来:"摩诃萨埵舍身饲虎?"

"正是。听到这一节,苏尼请先帝到御苑去看他伏虎。皇甫相公说,滇虎凶猛,以前在碧鸡山就闯过祸,请先帝止步。"

碧鸡山那一幕,李灵钧记得很清楚。他似乎猜到了什么,唇边溢出一丝冷笑:"乌蛮人进贡的老虎,果然……之后呢?"

信使道:"皇甫相公请先帝不要涉险,苏尼却说老虎是至阳之物,能够噬食鬼魅。先帝斥责了皇甫相公,携群臣前往御苑。苏尼讲完《贤愚经》,又念了一段……"在摇晃的灯影里,信使瞟着李灵钧晦暗的脸色,"佛陀杀子的偈语。先帝不悦,要将苏尼问罪,那只乖顺的老虎就突然发了狂。"

李灵钧的手在袖子里攥紧了:"先帝是被……"

信使忙道:"只是腿上受了一点轻伤,但当晚回去后,先帝心情烦躁,寝食难安,挨到下半夜,突然犯了头疼病,太医和相公们赶到时,已经驾崩了。"

"先帝犯病时,是哪些宫人在侍奉?"

"是婕妤崔氏。这个女人满嘴胡言乱语,现在还被幽禁在掖庭里。"

李灵钧对崔氏是深刻的厌恶:"传信给陛下,她的命,不必留了。"

"是。"

"还有那个番僧苏尼……"李灵钧皱眉。苏尼是蜀王府引荐给先帝的,这件事追究起来,难保齐王和薛厚这些人不会借机发作。

想到几十万大军都在藩镇虎视眈眈,他当机立断,命令道:"换一批快马,火速回京。那个僧人苏尼,先不要治他的罪,问清楚是不是乌蛮人指使……"

"苏尼已经死了。"信使说,比起先帝的离奇驾崩,一个番僧的生死简直不值一提,因此,他的表情很平淡,"老虎发狂伤人时,是他挡在了前头。"

一个善于调伏百兽的人,却被自己养的老虎咬死了?李灵钧一怔。

"所以宫里传得更玄了,有人说他是效仿佛陀以身施虎。"信使的脸上露出疑惑,"还有……先帝驾崩后,陛下命人去搜苏尼的禅房,在他的枕头下搜到了一件韦妃的旧拨子。郎君不觉得那个番僧长得有几分女相吗?所以宫人们又说他是韦妃转世,虎口下救人是为了报答先帝昔日的恩情。"

李灵钧久久沉默着,忽而一笑:"韦氏和先帝真是……情深义重。"

信使摸不透:"郎君也觉得他是韦妃转世?"

"兴许吧。"李灵钧脸上的神情,似讥诮,又似感慨,"既然已经报恩随先帝去了,以后谁都不用再提'韦妃'这两个字了。"他推开厢板,轻轻吸了一口夜里清凉的空气。

信使要退下,李灵钧提醒他:"内苑的滇虎性情狂暴,要尽数捕杀。还有,乌戮进贡的香、茶、药,还有一应器具,都不要再进呈御前,先封存在库房,留待查看。"

翁公孺在马上竖起耳朵。信使疾驰进了漆黑的夜色里,他扭头去看李灵钧的侧脸。这半天工夫,翁公孺乍喜乍忧,心潮澎湃,李灵钧却比他冷静。

"皇甫达奚有召皇甫佶回京吗?"

"现在回京,不等于踏进龙潭虎穴?"翁公孺道,"他跟随韦康元在守剑川。"

西岭横亘在月色中,这里没有长安的笙箫,只有静谧的山影,西蕃和乌蛮在山的背后窥伺。李灵钧道:"我们这趟回京也不会久待。"

翁公孺小心凑近车壁,说话听音,他知道先帝驾崩这事,乌戮是脱不了干系了:"正好可以借着弥臣国这件事召各罗苏父子进京问罪。云南王世子宿卫,本来就是惯例……"

"你觉得他还会自投罗网吗?"李灵钧挥手放下车帘。

他的脑海里又浮现出那个伴白虎而行的女人。

皇甫南。

阿妊从寨子下了山。她看见罗苴子回城了，耀武扬威的。汉地正在举国丧，各罗苏也递了告祭的国书，但乌蛮六部没人把它当回事，绣花衣裳照样穿，转转酒照样喝。弥臣亡国了，被掳回来的一批安南奴隶是要发配到丽水去淘金的。

阿普笃慕高高地骑在马上，用鞭子把一个乞求的安南奴隶赶开。这一仗打得很轻松，他没怎么挂彩，但脸上很木然。

石城筑起来了，包围着碧鸡山。达惹对阿普笃慕的提议嗤之以鼻，但她在城下立了碑，用汉字镌刻了"拓东"两个字。阿普没有留意那两个字，把奴隶赶进了寨子，他就回太和城了，身后跟着的娃子们也裹着皮甲，举着弓刀。他们不嬉皮笑脸了，有了肃杀的味道。

达惹把金雕从哀牢山请了下来，供奉在神祠里。阿妊看着达惹把肉干丢给金雕，在一旁不说话。金雕守在铁杆上，把铁链拽得"哐啷"响。

达惹脸上带笑："好阿普，出息了，两个月不见，连声姑姑也不叫，拍拍屁股就回各罗苏家了。"她斜了阿妊一眼，"别拉着脸了，人家可没看你一眼呢。"

阿妊的睫毛不安地抖了抖，低下头："阿苏拉则死了。"

"嘘……"达惹的手指按在阿妊娇嫩的嘴唇上，"死的是苏尼，不是阿苏拉则，各罗苏自己都不敢承认，你叫喊什么？"达惹显得无动于衷，"阿苏拉则心里是没有乌蛮的。你舅舅不提，我们不提，阿普才从弥臣回来，哪里知道那么多？"

阿妊有点烦："你别再打着我的名头跟汉人虚情假意了。"

达惹嗔道："连名头都不能打，要你这个女儿还有什么用？"达惹抛下肉干，把一只割了喉咙的鸡丢过去，金雕这才懒洋洋地振翅飞下了铁柱。

达惹嗤道："畜生，非要见血才行。"她脸色严肃了，"只死了老皇帝一个，姚州还在汉人的手里，咱们的仇还没报完呢。"

阿妳跟着达惹回到了寨子里。白虎从葱茏的竹林里钻出来了，这半响，它撒够了欢，毛乱了，眼亮了，浑身挂着苍耳子。

达惹不喜欢白虎，因为它总是突然从寨栅里窜进来，扑在阿米子们的胸前："鬼鬼祟祟的，像各罗苏家那个儿子。"

阿妳瞟了一眼，看见白虎脖子上拴着支格阿鲁的木牌。趁达惹不留意，她把木牌摘下来，握在手里。

来到竹林深处的河畔，阿妳解下头帕，在水里荡了荡，然后晾在竹枝上。她躺在地上，草木清苦的味道在蒸腾。

阿普颠倒的脸在眼前出现了。他眼睛很明亮，映着青绿的竹影，嘴唇带着年轻人才有的色泽。他低下头，在阿妳的嘴上使劲亲了一下。

没等阿妳跳起来，他解开皮甲，把她抱住了，两人在草地上打了个滚。阿妳把阿普的衣领掀开，看见他的颈窝到胸口都是紧绷的皮肉，没有新添的伤疤。他好像又结实了一点，脸上带着漫不经心的笑。

阿普摊开手脚，任阿妳在他身上来回摸索。他有定力了，不像以前，稍微一碰就急躁得火烧火燎。

阿普把阿妳乌黑的头发捋到耳后："天还没黑，你怎么就来了？"

阿妳想到达惹的话，心里有些不痛快："为什么要等天黑，见不得人吗？"

"唉，白天不方便啊……"阿普放开阿妳，安心地躺在草地上，黑睫毛盖住眼睛。从弥臣一路赶回来，他没好好睡过觉，刚合眼，鼻息就变缓了。

阿妳静静地坐在阿普身边，把一片竹叶含在嘴里，叶子被她吹得像云雀儿响。阿妳也有很多娃子们都赶不上的本事，比如爬树、射竹箭、驯鹰，可她从不肯在外人面前显露本性。她继承了达惹的精明狡猾。

阿普把她的手拉下来，放在胸前。

阿妳望着他英俊的脸出了一会儿神，想到了寨子里涌进来的男女奴隶，那里头也有年轻温顺、面孔漂亮的。她催促阿普："你还没说弥臣是什么样呢？"

阿普不愿意吹嘘打过的胜仗，也不肯抱怨吃过的苦头："就是那样啰，没什么好看的，不像坝子上。"顿了顿，他说，"弥臣的人像羊羔一样，没有西蕃人那样凶恶。"

阿姹把神牌挂回了阿普的脖子上，嗔道："刀剑不长眼，不要说得那么轻松啊。"

阿普睁开乌黑的眼睛看着她："打汉人的时候，不会那么轻松的。到时候我兴许还会受伤，你会心疼吧？"

阿姹修长的眉拧起来。

阿普嘴上那么说，神情却显得很无所谓："汉人换皇帝了。"

阿姹的反应很冷酷："皇帝那么老，早该死了。"

"我听说，姑姑又张罗着要和韦康元结亲？"阿普悻悻的。

阿姹眼睛往旁边望："韦康元和张芒查有旧仇……张芒查的外甥当初触犯军法，是在韦康元帐下被砍头的。这亲结不了，让汉人自己闹一闹不好吗？"

阿普把她躲闪的脸转过来："阿姹，我不能姓段。姑姑不要我，你跟我回太和城吧？"

阿姹扭了扭腰，她的固执不比达惹少："施浪家很好，我就在这里，哪儿也不去。"

"那……"阿普搂着阿姹，开始蠢蠢欲动了，往她耳朵里吹气，热乎乎的，亲昵得不像话，"咱们回寨子？姑姑不在？"他想起阿姹那个罩着绣花帐的竹榻，上头铺着雪白细密的芦席，动起来"吱呀"响。

"阿娘在。"阿姹"咯咯"地笑，"她说，谁敢再趁黑摸进寨子里，就叫白虎咬断他的腿。"

"小阿姹现在吃里扒外了？"

阿姹扯着阿普的耳朵，悄悄地揶揄他："小阿姹比你识相，它现在姓段了。"

阿普很近地看着她，她的眼里也像河水揉碎了金子，潋滟着波光。阿普脸上的笑容渐渐褪去，忽然说："阿苏拉则死了，你知道吗？"

阿姹整个人愣住了。

阿普的拇指还落在她的嘴唇上，下意识地揉了揉："是你把阿苏引荐给蜀王府的吗？你知道他进京是去送死的吧？"阿普的目光定在她脸上，相当平静，带着点探究的味道。

阿姹没躲闪，但她的回答还是显得勉强了些："阿苏……他去送死吗？"

"阿姹，你那么聪明，应该想到了啊。"阿普笃定了，眼神也深了，"阿苏比我恨汉人。"

阿姹合着衣领坐起身，静了一会儿："你怪我了？"

"不怪你。"阿普没有失魂落魄，也没有怒气冲天。他在从弥臣回来的途中得知了阿苏的消息，那股劲头已经过了。

他把阿姹放开，还替她拾起头帕："他不该把那个女人看得太重。"对阿姹微微一笑，"有的女人比男人还要无情和心狠。"话里有话。

阿姹垂下睫毛。白虎凑过来了，她轻揉着它厚密的皮毛："阿苏说，阿依莫死了……"

"没有死。"

阿姹惊愕地抬起眼睛。

阿普只说了这一句，就不肯透露别的了。两人安静地面对着潺潺的流水和飒飒的山风，沉默之中，阿米子们的笑声传过来了，是达惹回来了。阿普主动推了阿姹一把："你回去吧，被姑姑看见，她该生气了。"

阿姹系上头帕，但脚下没有动，蹙眉盯着阿普："你那话是什么意思？"和他在一起后，她人也泼辣了，说话从不拐弯。

"就那个意思啊，有的女人心狠得要命。"阿普眼里还有笑，带着揶揄，随即脸色就淡了，"但我不会像他那样自己去找死。"他只

460

说了这一句，就绝口不再提阿苏了。无忧城外浴血的悲怆在他身上没有踪迹了。

阿姹回到寨子里，看见达惹已经坐在堂屋里拿起了烟管。达惹见她孤零零地回来，也惊讶地把眉梢挑起来了。

"早说了男人靠不住。"达惹奚落她，"你等着看吧，新皇帝继位，要怀柔，要联姻，各罗苏一家巴望着娶公主，所以连阿苏的仇都不提了。"

过了收成的季节，到库施①了，加上灭弥臣的喜事，坝子上欢腾起来了，预备着拜神祭祖。到正日子，娃子们扛着用竹篾编的金龙，老毕摩摇着手铃，六姓的家主们聚集在哀牢山下，扎起了帐篷，烧起了猪肉，大把雪白的盐粒被毫不吝啬地洒在篝火里。

这种难得能在全族人前露脸的日子，男人们都不肯老实坐着。伴随着一声声吆喝，他们在篝火前的空地上摔跤，把松枝都给踹翻了，那上头拴着一个红润饱满的猪尿泡，预示着来年粮食丰收，人畜兴旺。

白爨和乌爨向来有点隔阂，连帐篷都不往一处搭。跟着阿姹的阿米子出去时，把帐帘掀起来了。阿姹说："别遮，就这么掀着吧。"她坐在帐篷里，手托下巴，望着外头热闹的人群出神。

周围的树枝上挂着歪脖子的雉鸡、獐子，像黑压压的天兵，那是要等着祭祖用的，树影里是跳动的火苗。阿普喘着气，一屁股坐在篝火前，额头上挂着晶亮的汗珠。

这种尽情放肆的日子里，他没法矜持，总有人不服气，想要上来跟他摔一跤。阿米子们热切的眼神看着，阿普没留情，把木呷摔到河里去了。在木呷死搂着阿普脖子的时候，观战的各罗苏皱了眉，咳嗽了一声。

这欢喜的日子里，各罗苏的脸色是灰败的，被篝火映着，他突然显露了老态。

---

① 彝族年节。

萨萨没有来。

达惹是会往伤口上撒盐的,她倒了一杯苦得吓人的钩藤酒,递给各罗苏,笑道:"阿哥,你没种。"

各罗苏阴沉地看着她:"男人有没有种,豁开肚子才能看到,不是挂在嘴上的。"他接过酒,一口气喝干净。烈酒把各罗苏的眼睛烧红了,他想到了萨萨在枕头上哭诉的那些话,有些后悔叫阿普笃慕去矣茞和城了。他软了语气,对达惹说:"你阿哥就剩一个儿子了,你不要害他啊。"

"阿哥你说的什么话啊?"达惹"咯咯"笑,很得意,"我倒想让他听我的。"

男女们都坐下来了,围着篝火吃火草烟。这也是爨人的习俗,伴着歌谣,把一根烟管传递下去,谁对不上歌词就抽一口,下一个轮到的人嘴里沾了异性的唾沫,比吃了石蜜还要甜。

快活的歌声里,老毕摩盘腿坐下来了,从怀里掏出一截骨头——那是羊的肩胛骨,他要做羊骨卜了,卜收成好不好,人畜旺不旺,是不是宜嫁娶,忌举丧。

达惹把老毕摩摩挲羊骨的手按住了,她那双常年浸在酒里的眼瞳很亮:"你卜战事。"

各罗苏笑着被酒呛了:"仗已经打完了,还卜什么?"

老毕摩举着羊骨,面无表情:"西,还是东?"

"东。"

毕摩低下头,用满是皱纹的老手把艾绒捻着揉着,吐了口口水,细致地铺在了羊骨上——那上头的肉早被他剔得干干净净,骨头雪白溜滑的,像玉。

"羊眼明,羊心诚,吃百草,会显灵……"老毕摩嘴里念念有词,把艾绒点燃,徐徐烤着羊胛骨。

羊骨上出现了细微的裂痕。达惹和各罗苏一起凑上去,看见笔直的十字纹像交错的剑戟,那是吉兆。

"阿哥,怎么样?"达惹脸上迸射出凛然的杀气。

各罗苏摇晃着碗里的钩藤酒,不说话——达惹留在六部太刺手了,让她去探一探汉人的虚实也好。

阿姹走出帐篷,系着银流苏的腰带,坐在乌氎的男女中。传递的山歌停了,烟杆落在阿普手上,他看着阿姹,吸了一口浓浓的烟,喷在阿姹脸上。

阿姹没扭捏,把烟嘴也含在嘴里,吸了一口。这是她第一次吸云香草,没料到它的味道那样苦涩,她的脸都皱起来了。

想到每晚用烟杆和酒葫芦消磨时光的达惹,阿姹失了一会儿神。

坐在她右手边的是浪穹家的儿子,他迫不及待地接过烟杆,然后装模作样地翻了一会儿眼睛,说:"我对不上来了……"话音未落,烟杆就被阿普劈手抢过去了。

浪穹家的儿子气红了脸:"你也想把我摔到河里吗?来啊,比一比啊!"

人群开始起哄。坝子上青年男女争风吃醋是常事,但阿普公然为了女人打架,还是头一回。

浪穹家的儿子把袖子卷了起来,他也有一副健壮的身躯,胳膊上鼓起的肌肉金子一样发亮。阿普把烟杆别在腰后,没理会摩拳擦掌的浪穹人,而是对着阿姹展开了双臂。

阿姹愣了,阿普居然也会跳弦舞。他抖起肩膀扭起了腰,动作一点也不生涩,还很舒展灵活,也不是女人那样婀娜,而像振翅的鹰,像筑巢的燕——那几年肯定常和阿米子跳了。

阿姹脸色不好了,阿普来拉她的手,被她一把甩开。阿普揽她的腰,她腰一扭,躲开了。他还不气馁,贴在她身旁,衔着竹叶,踩着节拍,把脸俯了下去——这是模仿喜燕,邀她一起筑巢的意思。

阿姹瞪了阿普一眼,被他趁势亲在嘴巴上,竹叶被他塞在了嘴里,舌尖的苦涩变成了甜味——是阿普吐给她的石蜜。

在大家的哄笑中,阿普一把将阿姹抱了起来,跟阿姹咬耳朵:"这回不苦,也不酸吧?"

阿姹在他肩膀上捏了一把。

达惹笑吟吟地转过头对各罗苏说:"阿哥,我说阿普迟早要姓段,你信不信?"

各罗苏"哼"了一声:"萨萨不会高兴的。"他终于喝醉了,在星光迷乱的坝子上,"女人真是麻烦哪……"

阿普和阿姹搂抱在一起后,就没再分开。两人坐在场外,看着人们跳弦舞。阿姹勾住了阿普的手指,声音很轻:"去我帐子里吧。"

阿普笑着摇头:"姑姑盯着我呢。"

"阿娘才不管……"

见阿姹钻进林子里,阿普也忙起身,跟了上去。

帐篷里铺了厚厚的青松毛,两人手拉手坐在芦席上,阿姹开始兴师问罪了:"那舞,你跟别人也跳过?"

阿普吸了吸鼻子:"怎么还有酸味?"

一个冰凉的东西被塞到了手里,阿普笑道:"哪来的橘子?"

阿姹一转身,双臂把阿普的脖子勾住了,翘着嘴角:"浪穹家的人送的,他们会摇橹,船稳得很……"

阿普猛地把她掀翻了,浪穹家献殷勤的橘子被压烂,挤出了一摊汁水,黏糊糊的,被阿普抹在了她的脸上和脖子上。

阿普含住阿姹的嘴:"舌头。"他要求道,阿姹吝啬地伸出了舌尖,被他热切地缠住了,"真甜啊!"石蜜那点余味融化在了两人热乎乎的唇齿间,他咬了她一口,"可惜你的嘴巴太坏了。"

阿姹摸到了他腰背后的烟杆,她这会儿又嫌弃了,要把烟杆扔掉:"你还把它当宝贝,不知道多少人咬过。"

"没谁咬过。"阿普拽着她的腰带,银流苏一阵"哗啦"轻响,"要不是你来，我对一晚上歌都不用喘气。"

"我一来，你就哑巴了吗？"

阿普直白起来让人脸红："不是，我就想让你吃我的口水。"他笑得很坏，"你嘴巴上嫌弃，还不是乖乖地吃……"

阿姹对他的嘴巴里"呸"了一声："都还给你。"

阿普把她搂住了，沉重地压在她身上："你快说，我不在的时候，你想没想我？"

阿姹干脆地说："没想。"

阿普捏住她的嘴："嘴上没想，心里想了吧？"

"心里也没想。"

阿普不信，把她的对襟绣花衣裳掀开了。帐篷里没有灯光，但阿普知道，那里是粉腴雪艳的，他的呼吸急促了。头顶的帐子被掀得一动一动的，有个黑影绕了个来回，又"呼哧呼哧"地去了，不知道是麋鹿还是野狼，两人屏气敛息。

阿普忽然"扑哧"笑了："你的心跳得好快啊。"他的手按在阿姹的胸口，"这里想了。"不等阿姹犟嘴，他把她宽大的百褶裙掀起来，头钻了进去，"这里肯定也想了。"

他太野了！阿姹一把捂住脸，用脚胡乱踩了一通他的肩膀。

萨萨上碧鸡山了，身边只跟着两个小朴哨。

生就是摆夷的贵族女子，又做了云南王的诏佐许多年，萨萨已经不习惯翻山越岭了。她慢慢地走山道，织锦的婆罗笼抖动着，像艳丽的孔雀。

正如同白夔的人嫌弃乌蛮野蛮，萨萨也看不起施浪人，因为他们骨头轻，轻易接纳了汉人的血。在太和城时，红雉常在夜里摸进仓舍，把家养的公鸡赶跑，和母鸡孵出一窝劣性难驯的野鸡崽子。萨萨厌恶地骂它们"杂种"。

进了寨栅外,萨萨看见一群娃子岔开腿,坐在凤尾竹下吃坨坨肉配苦荞粑,把短刀长枪横七竖八地插在地上,简直没有体统。达惹从来不管他们,高兴起来也跟男人似的,穿着撒脚裤,叼着烟杆,端着酒碗。

知道萨萨要来,达惹却没有露面,阿米子说,她早起就坐着竹舆去哀牢山了。

萨萨知道,达惹整天跟老毕摩嘀嘀咕咕,在筹划着一件要让乌曩灭族的祸事。

萨萨擦了把汗,望着眼前黑鹰一般盘踞的堡寨,出了神。

身为一个乌曩贵族女人,达惹过得够自在了⋯⋯

如果当年摆夷最美丽的女儿没有嫁给各罗苏,而是选中一个本族的小家主,她也能够旁若无人地在金麦穗里徜徉,身后跟着几个平庸但体贴的儿子和女儿。只要她一颦一笑,那个幸运的男人就会发了傻,像条狗一样听话。

阿苏拉则的死,让她怨恨起各罗苏了。

萨萨被领进堂屋,见到了芦席上的阿姹。萨萨把阿姹从头打量到脚,实在是找不到能挑剔的地方。她是喜欢聪明女人的,可这聪明女人把她的儿子当狗一样使唤,这就让人不高兴了。她留意到了,阿姹脚上戴着阿普的银镯,堂而皇之的,她觉得有点刺心。

她脸上挤出笑:"阿姹,你跟阿普结亲吧?"

阿姹那表情说不上很欢喜,反而还有点警惕:"舅母,你在说什么啊?"她和达惹一样,很会装腔作势。

萨萨说:"你和阿普好,大家都看见了,还不结亲,是要所有乌曩人看骠信的笑话吗?"

阿姹推诿起来了:"我阿娘不愿意。"

"我们又不是汉人,只要你愿意,阿普也愿意,那就够了。"萨萨拉起阿姹的手,心里却想:我以前是真心对她好过的,她却叫我失望了,如果不是为了阿普,我何必要忍气吞声地来求这个忘恩负义的小女子?

"你舅舅老了,等一结婚,就让阿普做骠信,你做诏佐。"萨萨矜持地微笑,"到时候你是乌蛮最有权势的女人,我呢,连你一个手指头都比不上。难道达惹还有什么不满意的吗?"

阿妳想了想:"到时还会有别的诏佐吗?"

"他是国君,难道只能有你一个女人吗?"萨萨不以为然,"你别傻啦。"

"那我怎么能算最有权势的女人?"阿妳轻蔑地笑了,"在施浪,我阿娘的一切,都是我的,去了太和城,我就什么都没有了,只有一个诏佐的名头。"她反过来质问萨萨,"舅母,你喜欢做诏佐吗?把自己的一辈子都交给舅舅,而他明明还有别的女人。"

萨萨瞪着她,哑口无言。

阿妳摇头:"我不愿意。"

"你如果心里真有这个男人,那什么都愿意的。"

"不管心里有没有,我都不愿意。"

"阿普为了你,命都可以不要,你就是这么对他的?"萨萨发了怒,"你和达惹跟汉人有仇,自己去报仇,去和汉人作对,为什么要把阿普也拖进来?"

离得近了,阿妳突然发现萨萨脸色发灰,坝子上有名的摆夷美人像花一样枯萎了。

"阿妳,你不能懂得一个做母亲的心吗?"萨萨疲惫地说。

阿妳无动于衷:"我不会为了阿普死,阿普也不会为了我死。我跟汉人有仇,我自己会报,不用靠别人。如果阿普要跟汉人作对,那也是他的事,是为了阿苏和各罗苏家,不能怪到我身上来。"

"你和达惹真是一样的。"萨萨恨恨地放开了阿妳的手。突然,一阵温热的气息钻进了娑罗笼,萨萨猛地一回头,看见了波罗密两只蜡黄的眼珠，这养不熟的畜生冲她龇起了尖牙。

到了年纪却不结婚的女人，死后会变成白虎精，是不祥的东西。阿苏拉则的命就是叫它夺去了。

萨萨的眉毛立了起来，轻斥一声"滚开"，头也不回地离开了施浪家。

天黑了，达惹还没有回来。过完库施了，人们该懒洋洋地躺在席子上吃烟喝酒，可整个矣苴和城一反常态，静悄悄的。阿米子们还点着灯，在廊檐下利落地熬鱼胶、鞣牛筋，这些都是造弓箭的好材料。

外头有鹞子"咕咕"地叫，阿姹推开窗，看见木呷窝在草丛里，身后跟着几个劲瘦敏捷的娃子，脸黑黢黢的，眼睛灼灼地发光。

达惹被叫去了云南太守所驻扎的弄栋城，她攀上了韦康元，把张芒查给得罪了。弄栋离矣苴和城三百多里，要骑两天的马。

木呷从树上把缰绳取下来，跟阿姹说："阿普跟着达惹去弄栋了。"他一边上马，一边瞟着阿姹，"他是为了你去的。"

阿姹听懂了木呷的暗示，纠正道："是为了阿苏和乌爨。"

"也是为了你。"

"当初把张芒查扔进河里去，可不是我叫你们干的呀。"

木呷歪嘴笑了。想到马上要跟汉人狠狠打一架，他在马上炫耀地耍起了短刀。阿姹轻快地骑着马，很快就把木呷甩到后头了。

"你的刀太亮了，一反光，别人就看见了。"她丢过来一句话。

木呷被提醒，把短刀收起来："你放哨了，你也把姓张的得罪了。"

他还想跟阿姹说：你记不记得，小时候常让我给你送信？或者说，我和阿普因为你打过架，你不知道吧？

可木呷望着月光下阿姹的背影，把那些叙旧的话又咽下去了。

张芒查弯着腰下了轿子，倨傲地站在河畔，被他的随扈们簇拥着。

这里是弄栋城外的关口，自乌爨去京城的船队被铁锁拦住了，庆贺新皇帝登基的贡物，把船压得吃水很深。张芒查板着脸说："爨部送进宫的老虎,疏于调教,惊了先帝,本府奉韦使君之名,要严查所有的贡船,免得有什么猛禽野兽再混进京,或者有刺客,那也说不准!"

入贡使赔着笑,叫人把船板放了下来。张芒查只点了几名亲信,跟随扈们说道:"等着。"然后就大摇大摆地上了贡船。

达惹已经在船舱里等着了。昨天被张芒查自太守府轰了出去,这回她着意打扮过了,把发髻高挽,穿着汉人典雅的襦裙,浑身挂满了丽水奴隶打的金饰,连京城的命妇也没有她这般张扬。

张芒查玩味地瞥了达惹几眼,嗤一声笑了:"拓枝夫人,你这是亲自来使美人计?我可嫌你……太老了点。"

达惹没把这挖苦的话放在心上,请张芒查在酒案前落座:"明府,我来赔罪。"

张芒查冷了脸,背负起手,打量着船舱里一箱箱满载的金银,用一种公事公办的语气说道:"来人,开箱仔细地查看。"

这一支船队被一箱箱查起来,也得几天工夫,其间不知道多少金铤要被差役塞进自己的怀里。达惹含着笑,按住了张芒查的手:"不急,这一船是给你的,等抬进了宅子里,你再慢慢看。"

张芒查定住了,灿灿的金银刺着他的眼:"你认真的?"

达惹当场就叫娃子们:"把这些箱子抬下船。"

她掀起卷帘,看着随扈们把箱子抬进轿子,往城里运去。

达惹没阻拦,张芒查的笑容浮到脸上来了。他往酒案前一坐,达惹已经把瓯子斟满了,是要献给皇帝的玉液。张芒查接过来,说:"你别以为有了韦康元撑腰,就不把我放在眼里了。"

"明府,我怎么敢?"

"各罗苏占弥臣,朝廷里不高兴了。姚州都督上奏,要施浪家的罗苴子当前锋,带汉兵进击乌蛮。没有我发话,这十几个羁縻州的将领,谁听你的?"张芒查幸灾乐祸,"一个不留神,你和你女儿的命就要断送在韦康元手里了。"

达惹僵住了。她身后是乌蠜娃子，这些没有见过世面的蛮人，在上船时，依照达惹的嘱咐，把弓箭和刀都卸下了，缯布衫外露着手和脚，生机勃勃，又惶惶然地站着。

达惹低声下气："那我怎么办？"

"韦康元是东阳郡王的人，当初打无忧城，蠜人抢堡寨，把他得罪了。"张芒查借接酒的机会，暧昧地抚摸着达惹的手，寡妇抹了胭脂的嘴唇一张一合，让他心痒了，不禁又透了几句风，"投靠韦康元，你是眼瞎了。东阳郡王也只是陛下第三个儿子，上头还有两个皇子，比他受宠，比他有权势……"

"原来如此……"达惹挑眉，"太守能替我引见吗？"

张芒查握着她的手不放，话也很直率："除了刚才那些，还得有别的好处才行。"

达惹笑得嫣然："不是嫌我老吗？"

"不老，不老。"张芒查心醉神迷地望着达惹，"奇怪，你一个蛮女，汉人的规矩倒很懂。"

"你想娶我吗？"达惹把他的手推开，"咱们俩，一个是人，一个是鬼，不同路呀。"

张芒查愕然地变了脸："你……你咒我？"

"不，我是说，你是人，我是鬼。"达惹凑到他耳畔，神秘地压低了声，"你抄的段家，埋的段平，我早是你手下的鬼了，你也不怕？"

张芒查跌坐在地上，往后爬了几步。他的侍卫被制住了，达惹身后的娃子们赤手空拳，但敏捷勇猛得像虎狼。

张芒查怒道："谁派你们来的？韦康元，还是各罗苏？"

达惹没理会，提着张芒查的领子来到了船舱外。张芒查刚张开嘴呼救，就被死死按着脖子，扎进了冰冷的水里。

他呛了水，又被拽了起来，脸上挨了粗暴的一巴掌。他拼命扭过头，想要看清这胆大包天的乌蠜人——他的脑子里突然跳出当年洱河边那

470

个少年的脸:"你……"

"龙王招女婿,龙宫里做梦去吧。"阿普恶声恶气地说。

达惹走出来,让阿普把张芒查的手剁了。阿普从腰里摸出双耳刀,在张芒查手腕上比了比,突然一刀插在他后心口,然后一脚把人踢进了水里。

达惹追到船边,河面已经平静了,殷红的血洇染开,达惹脸色不好看了:"阿普,你怎么不听我的话?"

原来只想往张芒查头上扣一个私扣贡物的罪名,这下人也死了,在韦康元那里怎么说得清?达惹瞪了阿普一眼。

阿普笑道:"怎么,姑姑你还真打算给韦康元当前锋?"他把匕首在袖子上擦干净,别回腰里,目光投向弄栋城。

(四)

木呷绑好了绊马索,窝回到阿姹身边。

林子里隐隐绰绰的,他穿着粗布衫袴,包布把头发束得紧紧的,像一团沉默的黑影。等得无聊,木呷扭头往南看,那里的天透着点亮光,像是被松枝火把烧着了。

弄栋城周围十有八九都是蛮洞土人,打起仗来,零零散散的几个汉兵比瘸脚的鸡鸭都好对付。

"阿普准把姓张的狗官给杀了。"

阿姹不信,想到弄栋城,她总有点忐忑:"他有那么大胆子吗?"

"他早就想那么干了。"木呷笃定地说,"上回神鹰选大鬼主,回去的路上,他让人把姓张的轿子掀翻到山崖下去了。这狗官专跟骠信作对。"

听他那语气,对于达惹一个女人做了大鬼主,是很不以为然的。阿姹脸拉下来了,望着漆黑的来路。

弄栋城外有两条驰道,往东是剑川节度使所在的戎州,往西是蜀

471

王府，要是被弄栋城逃出来的汉人走漏了消息，引来援军，阿普笃慕和达惹就要被围了。木呷埋伏在林子里，嚼着嘴里的草叶，随口说："你不会偷偷传信给蜀王府吧？"

阿姹恼怒地横他一眼："我干什么传信给他们？"

"那可说不准，你以前跟那个人好过……"忽然，木呷的嗓音紧了，"来了！"

马蹄声如疾雨一样近了，是弄栋城的汉人守兵，背上有赤色小旗，那是十万火急的标识。大家把脑袋缩回去，不一会儿就听见马的嘶鸣，汉兵从马背上滚了下来，一群爨人生龙活虎地奔了出来，把汉兵按倒，从怀里搜出了塘报。

天快亮了，木呷叫人把俘虏拖走，然后叫几个娃子继续守着。他现在也颇有些将领风范了："后面兴许还有，盯紧了，别合眼！"然后和阿姹换了衣裳，两人骑着马，像一对汉人僮仆，若无其事地踏上了驰道。

两人一路东张西望地溜达过去，到了南溪郡外，看到三两个持槊的守兵懒洋洋地在望楼上徘徊，挑担拉车的商贩在城门里自由出入。

木呷抛给阿姹一个得意的眼神："他们还蒙在鼓里呢。"他从马上跳下来，手里轻松地甩着鞭子，"咱们进城去探探吗？"

"不去，别打草惊蛇。"

两个放哨的人伸长了腿，安然地坐在河畔，不时扭头望一眼城头上的动静。

木呷说："你猜，要是韦康元知道弄栋被咱们的人占了，会不会气炸了，立马发兵攻打太和城？"

阿姹道："要是昨夜得到消息，他肯定会发援兵，这会儿恐怕已经晚了。都知道韦康元和张芒查有仇，别人没准还觉得昨夜是韦康元隐瞒战情，故意不发，不管他现在怎么补救都有嫌隙。况且新皇帝刚登基，最忌讳将领擅自动兵。汉人可是很多疑的。"

"都像你一样吗?"

阿妱"哼"一声,没理木呷,跑到阴凉的桥洞下,托腮望着对岸漠漠的林烟,柔和的金辉洒在小石桥上,让她想起了长安的皇甫宅,还有那棵被皇甫佶爬过的柿子树。

半晌过去,木呷忍不住跳起来:"闷死啦!"他从林子里砍了一根青竹,削尖了握在手里,"扑通"一声跳进河里,低头找鱼。他轻易地叉中了一条鱼,欢呼起来,索性把袖子和裤腿都卷了起来。

欢呼声戛然而止,阿妱瞬间睁开眼。

木呷的表情不对了,怀里乱蹦的鱼跌回了水里,他紧紧攥着竹枪,戒备地望着石桥上。

有几个汉兵悄无声息地靠了过来,把木呷围住了。不是南溪郡那些懒洋洋的守兵,他们身形矫健得多,穿着戎服,背着行囊。

"是乌蛮人。"有人留意到了木呷脚踝上的藤蔓刺青,声音明显冷了。

是皇甫佶。

自各罗苏违抗诏令,发兵攻打弥臣后,剑南西川的汉爨两军就有了剑拔弩张的架势。

木呷眼珠转了转,把竹枪丢开了,爬上岸掉头就走,更没有往桥洞底下看一眼。

阿妱屏住呼吸,自怀里摸出匕首,从草地上慢慢地爬起来。蹑手蹑脚地绕到桥头,她看见了背对自己的皇甫佶。

显然,木呷的样子让皇甫佶起了疑心,他从马上跳下来,把刀尖抵在了木呷的脖子上:"太和城到这里三四天的路,你来干什么?"

木呷满不在乎:"来看猴戏!"

皇甫佶摇头:"你是阿普笃慕的人,我在长安见过你。"他目光不动声色地在周围搜寻,"阿普笃慕在附近?"

阿妱看见了另一个骑在马上的人,远远地在河畔等着。也是不起眼的短衣打扮，头发挽了个简单的发髻，瘦削的腰身，纤细的脖颈高傲地扬起。她的女扮男装太拙劣了，脚上还穿着缀了明珠的丝履——这样的鞋子，赶半天的路就要走烂了。

阿姹盯紧了那张秀美的侧脸。

阿依莫没有死……她想起了阿普没头没脑的一句话。

"鬼鬼祟祟。"对于木呷的胡说八道，皇甫佶没有发怒，把刀自木呷脖子上收了回来，下颌略微一抬，示意侍卫们把木呷绑起来，"送他到南溪郡守的行辕去。"

马上的阿依莫早等得不耐烦了。

皇甫佶并不打算插手南溪郡的事，他刚一转身，看见阿依莫身形一晃，被拽住衣领摔到地上。

阿依莫惊叫一声，满脸怒容地抬头，威严的呵斥脱口而出："你大胆！"

皇甫佶的脚步倏地定住了——和木呷在一起的是皇甫南。

他的惊愕只是一瞬间，随即就平静下来。对这一幕，他似乎早有预料："放开她。"

阿依莫没敢动，背后的身体柔韧苗条，是个乌蛮女人，但她手里有刀。

皇甫佶往前一步："放开她，"他的语气里有了点威逼的意思，"你知道她的身份。"

"皇甫佶，你先放木呷走。"阿姹的眼里也冷冷的，自从剑川一别，她就不再叫他阿兄。

皇甫佶毫不犹豫，叫人把木呷松绑。

木呷利落地跳起来，奔到阿姹身边："阿姹，别放手。"他跟汉人是有仇的，眼里迸射出杀气，"小心他们出尔反尔。"

"我去过西岭了。"皇甫佶忽然说。他祭拜过了段平，亲手植了几株松柏，也看见了墓碑上段遗南的名字。

474

阿依莫在西岭找到了回长安的路，段遗南却把自己属于汉人的那一半跟段平一起埋葬了，头也不回地奔向了乌蛮。

刺耳的一声，皇甫佶率先把刀归了鞘，望着阿姹："你们走吧。"他是沉静内敛的人，柔和的斜晖把他的睫毛和头发都染成了金色，像一尊年轻的神将，"我说话算话。"

剑川以南，苍山洱海之间，总有一天，汉人会收复故土。

阿姹的手松了一霎，阿依莫散落的头发被她立即揪在了手里。雪亮的锋刃在余光里一闪，阿依莫的眉头拧了起来："不要！"好像当初在神祠外被汉兵驱赶得无路可去一样，她瑟缩着哀求，"我的头发。"

她长出丰密美丽的头发了，不再是头皮发青的小沙弥。

阿姹瞟向阿依莫的脸，这张脸，大约才是最肖似韦妃和先帝的，也是段家所有灾祸的起源。

"阿苏拉则为你死了。"她在阿依莫耳边说了一句，毫不留情地挥刀，割断了阿依莫的头发。

两个人骤然分离，阿依莫跌跌撞撞地投向皇甫佶。

阿姹被木呷猛地拉住手，二人撒腿就跑，在对岸的林子里消失了。

比命还要紧的头发也随风而去了，阿依莫哽咽起来，不知是为了头发，还是为了阿苏拉则。

皇甫佶牵起马缰，凝望了一会儿对岸。

"传信给韦使君和蜀王府，乌蛮探子进戎州了，弄栋城可能有变。"皇甫佶命令道。他温和地对阿依莫说了声"请"，翻身上马，朝着长安的方向走去。

阿姹和木呷回了弄栋城，两人一边进城，一边左右张望。城墙没有毁损，太守衙署的屋宇也好端端的，爨兵的脸上都很轻松惬意。弄栋城一战来得突然，汉人没怎么抵抗就把刀枪丢下了。

阿姹找到了张芒查的宅邸，这里早被娃子们搜刮过一遍了。达惹对张芒查有恨，府里的男女老幼都被掳回了乌爨当奴隶。阿姹穿过东倒西歪的桌椅屏风，在张芒查那张贴金彩绘的围屏大榻上找到了阿普笃慕。

没有掌灯，她在静谧的空气里闻到了血腥味。

阿姹弯腰凑近了，他热热的气息喷在她脸上，感觉他的睫毛在她掌心一动。阿姹还没出声，就被他拎着衣襟狠狠一甩，背撞在了围屏上，他飞快地把她的脖子掐住了。

抵着鼻尖盯了一瞬，阿普笑起来："怎么是你呀？"他还带了点朦胧的睡意，手脚并用，把阿姹按在身下，压得她快喘不过气。

"你受伤了？"阿姹提心吊胆地问。

"一根毛都没掉。"阿普的手伸进了她的衣裳，火热地撩拨她，有种莫名的勃勃兴致，根本不像个刚经历过厮杀的人，"你试试就知道了。"

"死了很多人吗？"

"没有。"阿普含混地说了一句。

阿姹还在他的手臂和脖子上抚摸，他明白了，按住了她的手："有个女人听说张芒查死了，一头撞在这个屏风上，溅了不少血。"他一翻身坐起来，蹬上靴子，和爨兵们不同，他心里的弦还是绷紧的，"我要去城头上看看，今晚兴许会有人来偷袭。"

"韦康元还不知道。"阿姹刚说完，又想起了狭路相逢的皇甫佶，"但，可能也快了。"

"我们城外有伏兵，太和城也有防备了。"阿普拉起阿姹的手，"走。"

两人乘一匹马到了城门口，登上望楼，见外头夜色正浓，不时有"咕咕"的叫声，像鹞子，又像是人声在传递信号。没有火把，爨兵们在暗处巡逻，把铠甲撞得轻响。

两人坐在城垛边，起夜风了，不时把阿姹的风帽掀开。她怕阿普会一整夜不合眼，说："韦康元怕埋伏，不会来了。"

476

阿普望着城外，随口说："没事，我一点也不困。"那表情却有点严肃。

阿姹抱着膝盖："木呷说你把张芒查杀了。"她不怎么高兴，"阿娘要发脾气了。"

"发吧，"阿普无动于衷，"我可不喜欢别人在我跟前三心二意。"

阿姹暗暗撇了一下嘴，知道阿普心不在焉："我跟木呷去南溪城，看见了阿依莫。"她顿了顿，"她在西岭遇到了皇甫佶，可以回长安当公主了。"

阿普淡淡地说："阿苏养了一条毒蛇。"因为阿苏，他恨上了阿依莫，压根不想提到这个女人，但皇甫佶的名字让他皱了眉，"你碰到了皇甫佶？"

"木呷差点落到他手里。"阿姹犹豫着说，"后来他把我们放了。"

阿普掀起一边嘴角，他心知肚明，但是不说破。他对李灵钧是轻蔑，而皇甫佶则让他警惕。

阿普把手头的弓抄起来，上弦："反正下回我不会放过他。"他冷冷地将阿姹一瞥，"在长安时，他可没有对我手下留情。"

阿姹辩解道："我没有说什么呀……"

"嘘。"阿普轻声道，"你看。"

见他努了努嘴，阿姹看见城墙的暗影里有人攀着绳子往城下缒。

阿普起身，搭弦放箭，那人惨叫了一声，摔到地上。巡逻的爨兵应声追了出去。是汉兵的漏网之鱼，想要趁夜逃出城。

"这些汉人真是贼心不死。"阿普不满地"哼"了一声。

那逃兵腿上中了箭，被绑回了城。

阿普把阿姹拉到身边，把弓箭递到她手上。

这可不是小时候玩过的小黄杨弓，阿姹说："我拉不动。"

"咬牙。"阿普握住阿姹的手，帮她把弓弦绷得紧紧的，箭镞对准了夜幕，那里已经复归平静，一点人声也没有，"下回遇到逃跑的人，要射腿，贪心的人，得对准他的心口才行。"

阿普一放手，箭镞把夜空撕裂了，惊飞了一群栖息在林梢里的鸟。爨兵们警觉地赶过来，又茫然地离去。

阿普无所谓地挑了挑眉："汉人说的，以其人之道，还治其人之身嘛。"

弄栋城奇异地风平浪静，没有被援军围城，也没有残兵来偷袭。

世上没有不透风的墙，一座城被爨人夺了，云南太守丧了命，朝廷里骚动起来，奏疏一窝蜂地送到了御前，痛斥韦康元徇私，对张芒查见死不救，事后又隐瞒不报，贻误了战机。街头巷尾都嚷嚷着要把韦康元治罪，再派兵进击群蛮。

韦康元一个八面玲珑的人物，也被这一通口水喷得险些招架不住，抱怨道："和施浪家结亲这馊主意，还不是东阳郡王的意思？施浪家倒戈了，我白惹一身骚，东阳郡王倒躲得干净，在御前一句话也不提。"

幕僚微笑道："天家原本就无情，使君还在冀望什么？剑南西川是东阳郡王和使君共同辖治，一山不容二虎，如果陛下真有意要立东阳郡王，使君你可要小心了。"

韦康元沉吟道："依你看，陛下现在对于弄栋是什么意思？"

"弄栋城，原本就是群蛮聚集，极难辖制，强行夺回来，也像鸡肋一样。打或不打，都在两可之间，对陛下而言，也就是面子上的事。何况现在新朝甫立，一众的藩王、节镇都还虎视眈眈，不是用兵的好时机呀。"

韦康元缓缓点了点头："这个时机……谁说蛮人空有蛮勇，没有心机？"

"乌蛮，不过疥癣之疾而已，肘腋之祸，在萧墙内。使君还是受些委屈，保全陛下的体面要紧。"

韦康元整了衣冠，在庭院里面北跪拜，洒了好一番眼泪，然后在案前提笔。

——乌曩谋夺弄栋时,臣身在蕃南,未能察觉,以致失了城池,折了守将,痛之晚矣,唯求能够戴罪立功。但时值秋高马肥,农忙已过,番兵常在无忧、老翁城一带滋扰,要是贸然调兵到乌曩,又怕顾此失彼,被西蕃乘隙而入。战或不战,还请陛下英明裁决。

这封奏疏呈上去后,朝廷并没有立即下诏,随着正旦朝贺新帝,满朝封赏,一件原本群情激愤的事,就这么含含糊糊地混过去了。

达惹到了云南王府。她这段时间来得勤了,政事厅的羽仪卫也不拦。达惹看见各罗苏坐在榻上,腿上裹着厚厚的虎皮。

在别人眼里,各罗苏还勇猛得像虎狼,可达惹知道,她的阿哥腿关节受了损,快马都骑不了了,只剩个空架子了。

好在他还有个中用的儿子。

阿普笃慕靠在窗边,正在试一把新糅的弓。他罕见地穿了一件白锦袍,窄袖翻领的汉人式样,勒着黑抹额,英气里带着点闲适。

父子俩的密议戛然而止。

阿普先往达惹身后看了眼,没有阿姹,便略微站直了些:"姑姑。"

"好孩子。"达惹和颜悦色,在榻边落座。

各罗苏把折起来的信件往她面前一推:"韦康元升官了。"

达惹的长眉一掀。她不信,把信件拆开,是爨文,长安的探子传回来的邸报。韦康元被封了中书令,剑南郡王。

达惹喃喃道:"怪了,难道这个皇帝是乌龟变的?"

"还有呢,"各罗苏不怀好意地笑了一声,手指点了点信的底下,"东阳郡王被封了蜀王,成都尹,剑川监察御史监军事,掌兵符。"

韦康元明升暗降,被夺了兵权?距离韦康元平定蕃南不过短短一年……其他皇子也各自封了王,授了领兵事。

达惹冷笑起来:"鸟尽弓藏,如果我是薛厚,怎么会不反?我还以为这个皇帝多么能忍，原来是个急性子，大概也跟上一个一样，活不长了。"

各罗苏语气意味深长："比起他那些眼红的兄弟、镇将，还是自己的儿子放心点。"

达惹舒展着肩膀，一副轻松的做派，她现在越来越像个手握权柄、运筹帷幄的男人了："反正弄栋他们一时半会儿是顾不上了。"

各罗苏瞥着达惹，窗边的阿普也走了过来，脚步很稳。这个儿子长成了，还没挨到身畔，各罗苏就能感觉到那种迫人的威势。各罗苏说："我打算封尹节为弄栋节度使。"

达惹的茶停在嘴边，不满的眸光看过来。尹节？夺城时，他出力了吗？

"清平官是汉人，弄栋这地方常和汉官打交道，他比你强。"各罗苏很率真。

"他是汉人，你也信他？"

"我相信尹师傅。"阿普说。

达惹皱眉。看阿普波澜不惊的样子，封尹节为弄栋节度使的事，兴许就是他的意思。达惹微笑起来："好小子，连你也防着我？"

阿普没事人一样笑着："姑姑，弄栋算什么？弹丸大点的寨子。后头还有戎州、姚州、蜀王的老巢呢。"

达惹呷了口茶，很干脆地说："阿哥你说了算。"

各罗苏靠在围屏上，筋骨松弛下来。他怕跟狡诈的女人打交道，诏佐萨萨是一个，阿妹达惹是另一个。拥着温暖厚实的虎皮，各罗苏如释重负地宣布了另一个消息："过两天，我要召集毕摩和六族的家主，把骠信的位子传给阿普笃慕。"他笑起来，"婚事，该办了。"

阿普望着达惹，没有说话。

"阿普做骠信，我不反对。"达惹漫不经心地把茶碗往矮几上一撂，"婚事，再说吧！"

"姑姑。"阿普叫住她,带点懊恼。

达惹睨着他:"阿普,当初在碧鸡山我说过的话,你做到了吗?"她冷冷地"哼"了一声,"你以为阿姹心里有你,姑姑的话就不管用了?"

阿普严肃起来:"姑姑,阿苏死了,阿达只有我一个了。"

阿苏拉则的死,让阿普的心变硬了,不再轻易地对施浪家言听计从。

达惹淡淡道:"不错,而段家,已经家破人亡了。"

"阿妹。"各罗苏掀开虎皮,起身了。在山林里称霸多年的百兽之王失了自己的地盘,总是有点萧瑟、迟疑的。

信上没提的消息,他本想瞒着达惹,这会儿也忍不住吐露了:"阿苏拉则养大的那个孩子,进了长安的皇宫。皇甫达奚要借这个机会给段平翻案。"

达惹一怔,厌恶地说:"不是给段家翻案,而是给皇甫家翻案。被段平牵连这么多年,他心里冤着呢。"

达惹跟皇甫家也反目成仇了……各罗苏心头一喜:"也难说没有安抚你的意思。"

达惹"咯咯"笑起来:"拿什么安抚我?给死人封官进爵?一个虚名,他们以为我稀罕吗?"她将头一扬,"阿普,你小时候不是说过,要打到蜀地、长安,把李家皇帝的脑袋砍下来,祭拜哀牢山的山神吗?好孩子,你比你阿达强,姑姑等着你呢!"

"姑姑,"达惹对各罗苏的不屑一顾,让阿普不快了,"弄栋的事,皇帝要把阿达治罪。"

那封怒气冲天的诏书,直斥各罗苏背恩忘义、贪得无厌,褫夺了云南王的爵位,命各罗苏即刻前往汉地,拜见蜀王,面陈其罪。

达惹仔细听着,没一点害怕的意思,还惊异地笑了起来:"等了几个月,不过是叫你去请罪?果然是汉人,功夫都在嘴上。"她冲各罗苏皱眉,"阿哥,难道你真去给那个毛都没长齐的蜀王下跪?"

比起达惹的尖刻,各罗苏显得很老成平和:"阿妹,蜀王府和剑川节度使手下的精兵不下五万,不是你嘴巴一张一合就能打到蜀地去的。我去跪一跪,叫汉人放下防心,不也是在帮你?"

达惹侧身看着各罗苏,表情很凝重:"阿哥,你说了算。"话还是那个话,可她的语气,头回有了点温顺的意思。

各罗苏兄妹在政事厅里密议蜀王府之行,阿普一路找到了府外,看见了凤凰树下的阿姹。

自从在施浪家打过嘴仗后,萨萨看到阿姹就没有好脸色,阿姹索性不再踏进各罗苏的王府。她一出现,娃子们都被绊住了脚。木呷握着新锻的刀,炫耀地耍了几招,他和阿姹从小就有交情,可以明目张胆地拉扯阿姹的手:"你试试。"把刀交到阿姹手上,他又吓唬她,"小心,上头淬了蝎子毒。"

阿普用靴子把一只踱步的红雉踢开,走过去,脸上挂着点笑。

娃子们瞬间老实了。祭山神会上,所有人都看到了,阿普和阿姹是一对。

木呷可不怕阿普,两个人太熟了,有时候,木呷仿佛还有点要和阿普别苗头的意思。拾起一截凤凰树枝,木呷冲阿姹笑:"你用刀,我用树枝,看你能不能打赢我。"

阿姹把刀握在手里,回眸看了阿普一眼,然后又看一眼,从头到脚地打量。

阿普揪住木呷的衣领,一把将木呷搡开了:"为什么用树枝?看不起女人吗?"他故意这样说,然后把腰间的刀也拔了出来——那是当初让汉人皇帝爱不释手的爨刀。

阿普对着阿姹,随意地举起了刀,他知道她跟施浪家的娃子们学了几招:"来呀,看你能不能打赢我。"

阿姹把木呷的刀翻来覆去地看了看,蝎子毒她知道,死不了人,但一沾上,能瘙痒好几天。她放了心,抬手就往阿普肩膀上劈,阿普侧身躲过了。娃子们跟前,未来的骠信是不能输的,可他在逗她玩似的,只格挡，不进攻。

娃子们打起调笑的呼哨来了。

木呷看见阿普玩够了，收了刀，把胸口坦然地展开，便马上出声："阿姹，刺他心口！"

明晃晃的刀刃逼近了华贵的锦袍，阿普的脸色猛变，但他动作很快，"锵"的一声响，横刀把阿姹挡住了——他受过致命伤，对这种偷袭的杀招很警惕。

阿姹手上力气不小，刀尖把翻领上的花纹刺透了。

阿普反手狠狠一击，阿姹虎口一震，刀砸在了地上，刀刃裂开了。他扯下抹额，把刀踢到木呷面前，说："哪家铁匠铺子打的？废刀。"

木呷悻悻地捡起自己的刀。

阿普转身走了几步，不见阿姹，扭头看过去："走啊，姑姑要回施浪了。"

阿姹站在马旁边，说："我手麻了。"

阿普把刀系回腰里，扶着阿姹上了马，自己也跨骑上去，揽起缰绳。达惹还没有出府，两人沿着水畔慢慢走着，洱海的碧波望不到头，映着山峦青翠的影子，坝子上静谧得像能听见万物生长的声音。

"阿娘来了。"阿姹用胳膊捅了捅阿普的腰，望着越来越近的达惹一行人。

当初被阿姹偷走的双耳匕首还别在他腰间。

阿普沉默了一下，说："我不喜欢你拿刀。"

"因为我是女人吗？"阿姹嘴角弯了弯，"可施浪家没有男人，只剩女人了呀。"

阿普"扑哧"一声笑了："爱招蜂引蝶的女人！"趁达惹还没说话，他的嘴唇在阿姹脸颊上摩挲了一下，"我叫你把刀尖对着贪心的男人，没叫你对着我。"

阿姹眼尾睨着他："你不就是贪心的男人？"双手恢复了力气，

她把马缰夺过来,用力一振,"下去!"

阿普及时跳下马,看着阿妩迎上达惹。一群施浪家的人,扬鞭离开了太和城。

"阿舅要去见蜀王?"

阿妩转身,看见达惹坐在火塘前,把细长的烟袋拿了出来。

"汉人势大,乌蛮势弱,不用点迂回的伎俩,一个劲地横冲直撞,那是傻子才干的事。"达惹把烟嘴在青砖上磕了磕,一副事不关己的淡然,"去说两句好话哄哄蜀王而已,又不是要他的命。"

阿妩依偎着达惹坐,梳了一半的头发垂在肩上,衣领上还别着刚开的红牵牛花,鲜艳得让塘火都失色了。阿妩没精打采的,达惹知道她替阿普发愁了,她的硬气都只在嘴上。

阿妩说:"如果蜀王要的不是息事宁人,而是存了一举吞并乌蛮的心呢?"

"怎么,你以为蜀王会演鸿门宴,趁机把各罗苏挟持,或是把他杀了,好叫乌蛮乱起来?"达惹嘴边的笑纹总有那么点冷酷的味道,"这种事,挟持小的,老的兴许会怕,挟持老的……呵,阿普还是年轻气盛的年纪。"达惹把脸转到一边,"做了骠信,他就不只是各罗苏的儿子,也不是跟在你屁股后面的阿普了。各罗苏在这个关头把位子传给他,你当他什么都不懂吗?唉,到底是你傻还是他傻呀?"

阿妩的心直往下坠,嘴上还要替阿普辩解:"当初阿普在论协察的手里,阿舅联合韦康元打无忧城,阿普差点也死了。"

达惹见怪不怪地摇头:"男人的心,总比女人要硬的。"

抱着膝盖想了一会儿,阿妩忍不住委屈了:"你自己为了阿耶吃了那么多苦,却总要挑阿普的刺。"

达惹在云香草的烟里笑开了,快四十的人了,一张脸比红牵牛还明媚:"你当我走到今天这一步,是对你阿耶还有多深的情意吗?"

阿姹意识到不对,眉头蹙起来了。

达惹瞟她一眼:"你也别替阿耶抱不平啦,他活着的时候,我没对不起他过。"达惹头回痛痛快快地跟她敞开了心扉,"我心里本来有个人,各罗苏和萨萨不情愿,非要把我和那个人拆开。哼,他们凭什么?我一生气就跑了,把自己嫁给了段平,一个彻彻底底的汉人,还是汉人皇帝派来压制爨人的官。"

阿姹顿悟,那个人,不是施浪家的:"他……是汉人?"

"汉人、爨人、西蕃人,有啥不一样呢?男人……哼,前程和性命摆在眼前,什么山盟海誓,都不会承认了。"

"阿耶知道吗?"

"不知道。"达惹好笑地睨阿姹一眼,"他娶我,也不过是看我是各罗苏的妹子,我为啥要告诉他?"有时候,阿姹那沉默寡言的样子很像段平,达惹的眼神温柔了,"不过,那些年,他也没亏待我。我只是没想到他那么倒霉,当了冤死鬼。"达惹嘴上说着对段平不在意,眼里却开始闪烁泪光,"他自己二话不说就死了,却想方设法叫我逃回了乌爨。这才是个真男人哪,达惹的命是他给的。你说,我能不替他报仇吗?"

阿姹执拗地说:"你心里还是有阿耶的。"

达惹不否认了,她一仰头,把半碗钩藤酒喝了:"我不光要替段平报仇,还要替我和我的女儿争一争。凭什么各罗苏就踩在我头上?"她笑着抚摸阿姹的脸,眼睛被酒意浸润得更亮,"阿普是好,不过,做爨部六姓的大鬼主,掌握着五千个罗苴子,我叫谁活,谁就活,叫谁死,谁就死,不比做一个男人的傻老婆好吗?"

阿姹把头发捋到胸前,歪着头微笑道:"我可没打算过要当谁的傻老婆。"

"你不傻,你比我聪明。"达惹不再是那副睥睨的样子了,把阿姹揽在怀里,是个温柔的母亲,"我的女儿。"她喃喃着,替阿姹把头发挽了起来，嘴巴凑到了阿姹耳边，"你要把施浪家的门户守好。"

阿姹琢磨着这句含义莫名的话。

达惹在火光前沉思起来："蜀王，你说他很精明？"她叹了口气，"阿哥的嘴可有点笨，连萨萨都骗不过，可怎么好啊？"

突然提到李灵钧，阿姹心里一个"咯噔"，有种不好的预感，忙说："不只精明，还很毒辣。"

"我要是你，宁愿嫁给他了。"达惹兴致勃勃，"跟着这样的男人，情分你是不用想了，权势倒是唾手可得。"

"他对我早没意思了。"阿姹不耐烦。

"那可说不准啊。"达惹似笑非笑，得意地拍了拍阿姹的脸，"毕竟，他上哪里再去找你这么一个同样精明狠毒的女人呢？"

阿姹走在哀牢山里。她抬头看，林子还没有绿，灰白的枝丫交错，没有风，也没有人声，肃穆得像一座神殿，身披铁链的神鹰蹲在枝头，间或眼珠一转。

今天是新的骠信继位的日子。曾经人们要为此筹备多日，好叫汉人和西蕃的使臣见识爨部的兴旺，这一回，仪式就简单安静多了。人们早知道继位的是阿普笃慕，一切都顺理成章，而且，无忧城和弄栋城两场仗，叫爨人头顶的天变了，他们都暗暗攒着劲，绷着弦呢。

祭神的案上没有皇帝或赞普敕封的诏书，也没有金印，只有牛头和匕首，这是只属于爨人的一种神秘仪式。神鹰被达惹用呼哨引下来了，鹰爪下盘着一条红树根似的大蛇。老毕摩抄起匕首，蹒跚地走过去，利落地给鹰和蛇放了血，然后把混合的血点在阿普的额头上，那象征着阿普是龙鹰所孕育的神子。

老毕摩不厌其烦地吟唱起来，那嘶哑的嗓音，连山神听了也要皱眉。

各罗苏和达惹盘腿坐在地上，两兄妹心不在焉地听了一会儿，脑袋凑在一起，低声商量起来了。

"朝廷最近不太平。"各罗苏说，"皇甫达奚要给段平翻案，有些人心思也动了。"他惬意地拍着腿，"段平是不该死的，怎么见得其他人就该死？以前被废的那个太子，也不该废。他不废，现在的皇帝算什么？老皇甫，搬起石头砸了自己的脚！"

达惹见不得他高兴，立即抢白："你当他蠢？废太子党作乱，不又显得薛厚的忠心和能耐了？那个女人，还不是皇甫佶从西岭送回长安的？皇甫小子跟了薛厚很多年，心思深得很呢。"她放肆地嘲笑起各罗苏，"阿哥，人家儿子多，可以两头押宝呀！"

各罗苏的脸阴沉下来了。

"老的小的，谁都有自己的心思。乱吧，越乱越好。"达惹不怀好意地说着，抓起一块坨坨肉塞进了嘴里。

祭完山神了，大家默默地往回走。娃子们还有点按捺不住地兴奋，互相使着眼色，想偷摸过去一起把阿普抬起来，抛到天上去。可阿普走得很快，把娃子们都远远撇在了后头。他追上了施浪家的队伍，从石头上一跃而下，挡在阿姹面前。

他的脸上还有干涸的血迹，把达惹吓了一跳。她瞪着他："阿普，你是骠信，还是猴子？"

阿普说："姑姑，今天叫阿姹跟我回太和城。"

阿米子们吃吃地笑，眼波在阿普和阿姹脸上来回流连。

阿姹不是个扭捏的人，可她今天迟疑了，站在达惹身边没动。

达惹突然改了主意，没再刁难阿普，还推了阿姹一把："去吧，"她嗔道，"别一天到晚跟着我。"

到了太和城，阿姹还在低头想着心事。阿普把她领进王府，迎上了喜滋滋的人们，满眼的金花银树，这里比碧鸡山热闹。阿普连萨萨的招呼都没有理，拉着阿姹的手上了高塔。自西蕃回来后，他就不再给萨萨跑腿，给她早晚供佛了，塔上没人来，阿揩耶清秀的面容蒙尘了。

阿姹回过神来，打量着阁楼。小的时候，阁楼还很宽敞，现在多了个人，显得局促了。她纳闷地问："你来拜佛吗？"她先摇头，"我不拜菩萨。"

"我知道，你以前常躲在这儿唱歌、戴花。"阿普解开刀，坐下来，托腮望着外头，"我看见的。"

阿姹也坐了下来，小小的木格窗前，两个人肩膀挨着肩膀，腿挨着腿。房檐上铜铃"叮叮"地响，坝子上天色暗了。

阿普说："你是第一个。"知道阿姹不解，他慢慢地说，"你问我，你在我心里是第几个。阿苏没有了，阿达和阿母都会老，只有你，阿姹，你是第一个。"他看进了她的眼睛里，"不是姑姑送你到乌蛮的，是菩萨。菩萨知道，阿普不能没有阿姹，阿姹不能没有阿普，就像苍山脚下绕着洱河的水，洱河里映着苍山的影子。"

阿姹睫毛忽闪，把头转向窗外，看着苍苍茫茫的山水。过了一会儿，她伸出胳膊，把阿普的脖子搂住了，阿普把她的腰揽过来，两个人抱在一起。

天彻底黑下来后，阿姹推开阿普，坚定地说："我得回去。"

两人回到拓东城时，月亮已经爬到山顶了。碧鸡山静静的，连个火把都没有。阿普把马缰勒住了，他也察觉到了一丝异样："姑姑去哀牢山找毕摩了？"

白虎卧在火塘前打盹儿，芦席上没有烟管，也没有酒碗。

有个守夜的阿米子走进来了，狐疑地打量着阿普。她还不知道阿普成了年轻的乌蛮之主，因此，说话很不客气："家主去蜀地了，她说，守好施浪家的门户，别把女人和娃子叫各罗苏家抢走了。"

（五）

达惹端详着蜀王。

满朝的人都知道皇帝宠爱蜀王，年纪轻轻就穿上了矜贵的紫袍，配水苍玉。能看得出，他有种与生俱来的傲气。

蜀王清淡的眼神将达惹一瞥，抬起手："拓枝夫人，请坐。"

他叫的是朝廷册封的称号，没有要当场翻脸的意思。

达惹暗暗放了心，垂眼把茶瓯拿起来，内心感叹：阿普啊，你跟人家比起来，连提鞋都不配呢。

蜀王的眼神还停留在她脸上，带了点好奇，他大概是在她身上寻找另一个人的痕迹。

达惹微笑起来，放下茶瓯，玩笑似的说："殿下，恭喜呀。"她应付这种年纪的人简直是易如反掌，何况她手头还攥着他的一桩心事。

达惹说的是蜀王的婚事。吉时已经定在了开春，亲王娶宰相的女儿，没有比这更相得益彰的婚事了。

蜀王不是很在意："夫人来蜀地有何贵干？"

"我来请罪。"

"圣旨传召的是各罗苏，不是你。"蜀王的态度明显冷淡了，"各罗苏派你来的？"

达惹从紫檀椅上起身，下跪了。一个女人身负重任，做了施浪家主，加上风尘仆仆地赶了半月的路，还没来得及喝口茶，这让她请罪的姿态多了温顺的味道。

"张太守被害，弄栋城被夺，蠻人是我引进城的，殿下该治我的罪。"她眼里有怒意，"张芒查几次言语非礼我，我只是想借扣押贡物的理由给他个教训，谁知道阿普笃慕一刀把他杀了。"

李灵钧有些愕然。达惹没说假话，她比皇甫南坦率得多。

他没有叫达惹起身，也没有勃然变色，很沉得住气："你能说服各罗苏从弄栋城退兵，也算将功赎罪。"

达惹摇头："各罗苏已经霸占了弄栋，封了节度使，怎么甘心主动退兵？"

李灵钧一哂："你来请罪，就只是为了说这些废话？"

达惹那双眼睛很大胆，也很锐利："殿下如果能一举攻破太和城，弄栋又算什么？"

李灵钧背靠围屏，乌皮靴在地上点了点："直取太和城，你做内应吗？你和各罗苏不是兄妹吗？"这个人的心思真通透，一句废话也没有。

达惹笑了："晋王、齐王，不都是陛下的兄弟吗？"这话讽刺味太重了，怕蜀王脸上下不来，她又补了一句，"我们是蛮人，不像汉人那样讲究孝仁礼义。"提到各罗苏，她脸上是毫不掩饰的鄙夷，"各罗苏早就没用了，至于阿普笃慕……他还没长大呢。"

李灵钧好似被她说服了："你想要什么？"

达惹不假思索地回道："我要戎州、巂州，还有姚州。"她抬头看蜀王，"殿下自己就是姚州都督，剑南西川，都是你的地盘，这点小小的要求，不算什么吧？"

李灵钧颔首道："你要做骠信，可以，但汉人还从没有女人做官的先例。"

达惹恼怒地拧起眉头："只要不是女人，谁都可以？"她极快地思索了一下，"弄栋节度使、各罗苏的清平官尹节，他是个汉人，也是个男人，这个姚州都督，他总能做得吧？"她绽开嫣然的笑容，"别说给他官做，只要我一句话，他做狗都愿意，殿下信不信？"

尹节……李灵钧咀嚼着这句话的含义。顿悟了，他脸上难免露出揶揄："夫人不仅可以把女儿许三家，就算自己，也毫不吝惜呢。"

"殿下觉得我可怜吗？"

"不，我倒觉得段平可怜。你连段平都不放在心上，我怎么知道，除掉各罗苏后你不会反咬一口，把姚州的汉人都斩草除根呢？"

达惹"扑哧"一声："我倒是愿意嫁给殿下，可惜殿下看不上我。"她很豪爽，"除掉各罗苏后，整个乌蛮，只要我有的，都可以双手奉给殿下，"那一张酷似皇甫南的脸笑盈盈的，"金子、银子，就算殿下想要哪个人……也不在话下。"

李灵钧不置可否地盯着她，安静了一瞬才说："人就算了，有一样东西，我想请夫人先设法归还。"

"殿下请说。"

"我有一方私印，至关重要，你女儿离开剑南的时候把它带走了。夫人回到乌爨后，能先把它送来吗？"

达惹顿了顿，叹道："殿下要别的还好说，这个印，阿姹都藏在身上，连晚上睡觉都压在枕头下，看得比命还重要，我总不能强抢吧？反正以后都是你的，何必急于一时？"

李灵钧微笑道："夫人这话太动听了，我不敢信。"

达惹凝视着李灵钧，忽然走过去凑到了他耳旁。

这是一个诡计多端、满口谎言的女人，李灵钧对她很提防，他没有动弹，但肢体是紧绷的。

"我还有个秘密，藏在心里快二十年了。殿下如果知道，一定会感激我……"

听完，李灵钧的肩膀渐渐松弛了。他若无其事地离开达惹，到了案前，摊开纸笺，修长有力的手擎起了笔："夫人稍坐。"他狭长的眼睫垂了下来，语气颇温和，"等我将此事禀告陛下，请陛下赦免乌爨攻占弄栋的罪。"

天蒙蒙亮，阿姹从榻上翻起身，骑马出了寨子。

达惹瞒着所有人，抢先去了蜀地。阿普该心虚的，但他没有跳起来辩解，只是隔三岔五来一趟矣苴和城，把蜀王府的动静告诉阿姹，各罗苏的探子消息很灵通。阿姹等了一个月后，不耐烦了。

阿米子见她要下山，说："阿普一会儿该来了。"

"我去弄栋了，别告诉他。"阿姹平静地叮嘱阿米子。弄栋离汉地最近，从拓东过去要两天，可她独自上路了。

到弄栋城时，日头偏西了，阿姹把头帕摘下来，揉着手上磨出的痂。

清平官治城有一手，壕沟挖起来了，寨栅也建起来了，望楼上巡逻的士兵不间断。阿姹牵着马走进城，看见尹节穿着对襟衫，赤脚蹲在墙根下吃苦荞粑，一张脸晒得发红。他在王府里时还很文雅，诗词典籍不离嘴，这会儿倒像个土生土长的爨人了。

尹节看见地上拖得长长的影子，眯着眼睛抬起头来："阿姹？"

他知道达惹去了蜀地，但是装得若无其事。做了十多年的清平官，这人狡猾得像狐狸。

阿姹的目光在他脸上盘旋，他二十多岁就做了官，在汉人里，也算得上凤毛麟角了。在乌爨做了各罗苏的清平官，难说他没有不甘心。

阿姹把一个杨木匣子从怀里掏出来，说："尹师傅，这些腌梅子给你吃。"

尹节心里很清楚，收受她的好处是要付出代价的。他盯着阿姹手里的匣子看了一会儿，接过来，把一颗雕梅放在干燥的嘴里。刚腌好的青梅酸涩得吓人，他的眉头拧紧了。

"尹师傅，汉地有消息吗？"

尹节摇头，拍拍屁股起身了。披上牛皮甲，踏上望楼，他变成了清平官肃然的样子。

城里罗苴子在练兵，腾越攀爬间，把竹箭射得满天飞。尹节指着外头密密的山林，语气里是骄傲："阿姹，你看，乌爨占尽了天险地利，就算汉人的精兵来了，也拿咱们没办法。"

阿姹看着尹节："尹师傅，你是汉人吗？"

尹节沉默了一瞬，爽快地承认："我是汉人，被骠信当奴隶虏到太和城的。"

两人望着余晖下的峰峦。自从弄栋被夺，汉人都翻过山逃到剑南西川一带去了，各罗苏一朝得手，正在暗暗图谋着泸水。

尹节能看透阿姹的心思："你不用担心达惹，她那张嘴，连鬼都骗得过。"他嘴边勾起了一丝微笑，"朝廷还要用拓枝夫人来牵制骠信，她要是被治罪，骡信就更有理由出兵戎州了，蜀王还不至于那么没有耐性。"

阿姹烦恼地摇头："她不该去。蜀王很多疑，如果蜀王不信她，她就不能活着回来；如果蜀王信了她，她好好地回来，阿舅就会怀疑她。"各罗苏的沉默，还有尹节的平静，都让她感到深刻的不忿，"她是替阿舅去的。"

"是为了乌爨去的，阿各达惹是乌爨的女儿。"尹节低头看着阿姹，眼神是怜惜，也是无奈，"也是为了你去的。她替各罗苏走了这一趟，以后即使是萨萨，也不能苛责你一句。当母亲的这番心，你能懂得吗？"

阿姹摇头，因为各罗苏和萨萨，她把阿普也恨上了："阿娘不喜欢阿普。"

"整个乌爨的年轻人，没有人比阿普的心性更坚定。当初可是达惹把你嫁给他的啊。"

阿姹茫然地望着城外，晚霞把她的脸庞照得很明丽。

尹节没有插话，他知道少女心事是不可捉摸的。等到暮色来临，城门要关上了，他才喃喃起来："一个月了，该有消息了。"

城门又开了，尹节伸出头一看，是阿普骑着马到了城外。

阿姹跳了起来，嘴上在抱怨，可脸上的欣喜掩饰不住。百褶裙"唰"地散开，她甩着银铃奔出城门，抬起头问阿普："阿娘回来了？"

走了两天，马也乏了，焦躁地扭着脖子。阿普在马上凝视着阿姹，一双漆黑的眉眼里透着点阴郁。这段日子，他都把不安藏在了心底。

他摔开缰绳，跳下马，拉住阿姹的手："他们说，姑姑被蜀王杀了……"他预料到阿姹要发怒，忙紧紧地把她的肩膀抱住了，在她耳畔轻声说，"在哀牢山那天，我答应姑姑了，我可以姓段……"

阿姹抬手就给了他一个嘴巴："我才姓段，你不是段家的人。"她冷冷地把他挣开，转身就走了。

阿普笃慕上了望楼，看见阿姹坐在城垛上，两只脚在夜色里晃荡着，坐得很稳当。

尹节被守兵簇拥着，往城里走。他从阿普的表情里猜出了事情的端倪，扭头望过来，神色阴郁。

阿姹瞪着尹节，"哼"了一声。

阿普小心地坐在旁边，不错眼地盯着阿姹的侧脸。她这声不屑的"哼"声让阿普不觉松了口气——冷若冰霜、一言不发的阿姹，终于有了点动静。

阿普斟酌着，慢慢说："阿姹，当初我从弥臣回来的路上，知道阿苏死了，觉得好像做梦一样。可后来我想明白了，阿苏的心里并没有我这个兄弟，他离开乌爨的时候，就已经把我和阿达、阿母抛弃了。他不想活在这个世上。"他看向阿姹，是宽慰，但也直白得冷酷，"姑姑心里只有姑父，这些年，你没有她，也过得很好……"

阿姹愤怒地打断了他："你胡说什么？阿苏是个没用的男人，才会自寻死路，我阿娘不会，她想尽办法都会活着的。"心底的彷徨一瞬间消散了，她眼神一亮，"我阿娘没有死，这是蜀王的诡计。"

阿普立即懂了："你要去益州打听姑姑的下落？"他脸色难看，把阿姹的手腕抓住了，"别去，那里到处都是蜀王的人。"他有点后悔把这个消息告诉阿姹了，兴许蜀王正等着她自投罗网呢。

阿姹从垛口上轻快地跳下来，趁势把阿普的手也甩开了："蜀王盼着乌爨内讧，杀了我阿娘，对他有什么好处？他不会下这个手的。"她思忖着，更坚定了，"我不会自投罗网，我要看看他葫芦里卖的什么药。咱们等着瞧！"

"说得对，你先跟我回太和城。"

阿姹冷冷地看着阿普，两个人之间有了种泾渭分明的味道："弄栋反叛，用阿娘的命来抵了。朝廷要息事宁人，怎么会一点好处都不给舅舅？"她太精明了，在月色下抬起灼灼的双眼，微笑道，"恩威并施,分而治之,这不是汉人最爱的把戏吗?顺水推舟,舅舅也不差。"

阿普沉默了一会儿,看着她:"皇帝要封我做云南王,大鬼主。"

猜到了,阿姹轻蔑地别过脸:"果然。"

阿普握紧了手里的刀:"你放心吧,如果汉人真的敢来传旨,我就杀了他,替姑姑报仇。"

阿姹退后一步:"我阿娘没有死。就算要报仇……"她的眉头狠狠一拧,"也不用你!"她一转身,跑下了望楼,风把银流苏吹得"叮叮"响。

皇甫佶下了马,仰头看着巍峨的太和城,还有城头镌刻的汉字横匾。

西南一带的弥臣诸蛮酋都被收复,各罗苏的气势更煊赫了。

洱海坝子上的群山绿了,海面上水汽森森,红雉停在青琉璃瓦上。比起波涛暗涌的汉庭,这里平静得不像人世间。

皇甫佶一行人被领进王府的正厅,各罗苏没有像以前那样殷勤地迎出来。他盘腿坐在榻上,指了指被褥子盖着的膝盖:"腿坏了,不能下跪,天使见谅!"

领头的使者是长安来的汉官,蛮人的倨傲把他触怒了:"叫阿普笃慕来接旨!"

皇甫佶从龙首关进了坝子,各罗苏早得到了消息,但他仍做出惊讶的样子:"阿普笃慕已经是骠信了,可不是我能随便叫得动的。"他作势望了望天色,"骠信在拓东城,你们去那里拜见他吧。"

没有汉皇的旨意,骠信私自传了位,这摆明是有异心。使者不禁拔高了声音:"大胆!"

各罗苏拍了拍腿,宽和地笑了:"我只是个残疾的老头子,仁慈的陛下要治我的罪吗?"他端起茶,"诸位,不送啦。"

一伙人来到了太和城的青石街上,举目往东望。西洱河那边,是传说中形如盘龙伏虎的拓东城,有乌蛮精兵把守。当初皇帝诘问乌蛮私自筑城的事，各罗苏还躲躲闪闪，这会儿，人们已经大剌剌地把拓东城挂在了嘴上——那是乌蛮人的"东都"。

"蕞尔小邦的蛮酋，不来接旨，反而要我们去拓东城拜见他，这于礼不合啊。"有人喃喃道。

皇甫佶说："他们是故意的。"

想到刚才各罗苏的轻慢，大家胆怯了：

"我们进了拓东城，不会被掳吧？"

"要是落入敌手，咱们人少势弱，拼又拼不过，只好一死了之了！难道要在蛮人的鞭子下当牛做马？唉，早知今日，当初弥臣陷落时，实在不该一再容忍。"

话里有了悲怆的意味。

皇甫佶是武将，又和阿普笃慕在南衙有过交情，大家都把祈求的目光看向了他，只盼他说一句"情势不好，回去覆命吧"！

"不进拓东城。"街上的人熙熙攘攘，皇甫佶往道边退了退，目光越过广陌的田垄，云遮雾罩的山林边，水牛和白象在水边徜徉着。

当年跟翁公孺闯入太和城的那些模糊影像又在脑子里鲜活了。

"快到乌蛮的浴佛节了，阿普笃慕到时要亲自护送佛像去寺里，我们在崇圣寺等他。"皇甫佶把黄色的卷轴送进怀里，语气淡淡的，"要反，要顺，只要他一句话。"

"六郎来过乌蛮？"

"来过。"皇甫佶掣起马缰，"八年前。"

灵鹫山圣地，妙香国佛都。

几个汉地来的文臣武将跟着波斯人的商队上了崇圣寺。

寺里到处都是雪白岩石刻的佛像，苍翠的松柏上扎着彩绢。一阵隆隆的人声，让汉人们把心都提起来了，他们惶惑地东张西望，只见椎髻跣足的蛮人从四面八方涌了来，不晓得他们是在嘲笑，还是在喝骂……人们的面色突然虔诚起来，一齐跪了下去。

紧接着，护送佛像的队伍缓缓越过了人群。

这些羽仪都是自罗苴子里挑选的精兵，刀尖擦得锃亮，鲜艳的虎皮和豹尾在铠甲上拂动着。他们的脸黝黑，英武得像歌里唱的支格阿鲁。

阿普笃慕今天纯然是乌蛮人的打扮——红绫包着头，肩头披着氆氇袍子，左耳上戴着银耳环，那象征着至高无上的太阳。

他停下马，居高临下地看过来。

所有人都垂着头，默默地吟诵佛号，几个汉使木头桩子似的站着，很显眼。

"退开。"阿普笃慕用爨话命令道。浴佛日是坝子上最要紧的盛事，他没再理会这几个不速之客，从马上跳下来，径直走进了宝殿。

山寺里一下子静了。在所有人的注视下，阿普笃慕在铜底贴金的佛像前跪了下来："阿措耶钦诺。"他郑重地拜了拜后，起身了，胸前挂的木头神牌一荡。那是个小孩子的玩意，但没有人敢因此嘲笑他。

阿普笃慕还很年轻，但在爨人的心里，他已经是名副其实的国君。坝子上流传着他曾经孤身杀死论协察，使西蕃一蹶不振的说法。

汉使在殿外把阿普笃慕拦住了："陛下有旨意。"

阿普笃慕瞟了一眼，其他人都不认识，这一眼是瞟向皇甫佶的："什么旨意？"

"你该下跪。"

闻言，阿普笃慕摇摇头，抬脚就要走。

皇甫佶当即把卷轴展开："陛下封阿普笃慕为乌蛮骠信、六部大鬼主，袭云南王爵。"皇甫佶不卑不亢，"弄栋节度使尹节，也有诏书。"

弄栋被爨兵占领大半年，皇帝这是捏着鼻子认了。阿普笃慕脸上没什么笑容，也没接卷轴，显得很敷衍："知道了！"

相比其他人的义愤填膺，皇甫佶就耐心多了："别急呀，"他打量着阿普笃慕，带了点玩味和揶揄，"陛下嫡亲的妹妹弘昌公主曾在乌蛮长大，和云南王府也颇有渊源，陛下依照当初两国的盟誓，愿把公主许婚给你。阿普笃慕,你还不谢恩吗?"

阿普笃慕桀骜的眉毛拧起来了。害死阿苏的女人?这简直就是个笑话!

皇甫佶好整以暇,把卷轴往前递了递。

"我来看看。"有个声音笑着说。

在骠信的羽仪跟前,没人敢这样放肆。来人是一群施浪家的阿米子,她们下了碧鸡山,来崇圣寺拜佛。

绣花短衫百褶裙,头帕下坠着银叶子……皇甫佶疑惑起来,曾经在云南王府的塔楼上,他一眼就认出了年幼的段遗南,现在的阿姹,却早没有当初的影子了。

阿姹腰上也挂着针筒,别着铜匕首,一张脸鲜艳得像索玛花。这么看来,她跟阿普笃慕好像天生的一对。

阿姹把卷轴抢了过去,扫了一眼,脸色突然变了,一刀把卷轴劈成两半,抛在地上,抬起下颌冷笑,不看阿普:"阿普笃慕要娶的是我,这是施浪和各罗苏家的约定,弘昌公主是什么东西?"

皇甫佶沉默,其余的汉官却看不下去了:"这是圣旨,你好大胆!"

阿姹奇道:"这是皇帝的旨意,还是蜀王的旨意?"

"圣旨,当然是陛下的旨意。"

阿姹"咯咯"笑起来:"我以为剑川以南的事都是蜀王说了算。"见汉官们脸色难看极了,阿姹看着皇甫佶,嘲讽地说,"别人都说,陛下宠爱蜀王,对蜀王言听计从,简直就是蜀王的傀儡。"

皇甫佶很平静:"不可非议陛下和蜀王。"

阿姹有恃无恐:"你是怕皇帝听见,还是怕蜀王听见?"她把匕首收起来,动作很灵活,想必杀人也是会的。

皇甫佶低头,把劈成两截的卷轴拾起来,刚一起身,就见羽仪卫们把刀尖亮出来了,几个汉官成了引颈待戮的羊羔。他正色道:"阿普笃慕,你要违背盟誓吗?"

498

"皇甫佶,我跟阿姹说过,如果传旨的汉人敢进坝子,我一定杀了他。"阿普笃慕那威严的样子,让沦为俘虏的几个人哆嗦起来。

顿了顿,阿普笃慕却突然一笑,把阿姹的手紧紧拉住了,然后挑衅地看着皇甫佶:"不过我改主意了。在长安的碧鸡山,我没杀你,今天我也不杀你,我在泸水等你。"

皇甫佶转身就走。

一行人匆匆下山,快马加鞭地离开了太和城。出了龙首关,见后头没有追兵,大家才稍微放下心。日暮时,见山里起了岚气,有人小心地用布巾蒙了面,忧心忡忡地说:"蛮人贪得无厌,得寸进尺,恐怕弄栋之后,还有剑川百姓要遭难。"

皇甫佶挽了马缰,琢磨着阿普笃慕的话。

有路人携儿带女地从山道里钻出来,这里汉蛮杂居,都穿着短褐麻鞋,也分不清敌我。皇甫佶起先没留意,过了一会儿,他察觉到了不对劲,忙把路人拦住:"你们是汉人,从哪里来?"

路人道:"从南溪来,寨子里的蛮人把城夺了,汉人都往山上逃了,不然要被他们抓去做娃子呀。"

皇甫佶一怔,南溪距离太和城有三四天的路程,这段时间,他们被各罗苏拖在城里,阿普笃慕却率领罗苴子,神不知鬼不觉地攻破了南溪城!

汉爨断绝消息有半年了,朝廷大概都还没有得到驿报。

众人惊惧:"戎州危矣!赶快传信去蜀王府和京都!"

皇甫佶缓缓退到道边,招手叫他亲信的士兵过来,低语道:"报信给鄂公……"韦康元避走老翁城,戎州空虚,保不住了,现在要紧的是巂州和姚州。

待士兵急忙去了后,皇甫佶将鞭子用力一甩,掉转马头:"我去巂州。"

"戎州落在了乌蛮人手里？"

消息来得很快，蜀王把驰报展开，扫了几眼。

翁公孺原来还嫌蜀王年纪轻轻就太过狠辣了，这回不得不佩服他。

"拓枝夫人说的那些话，果真是掩人耳目……"他掩饰地咳了一声，"连我都险些被她骗过去。"

"有其女必有其母罢了。"蜀王早不把达惹放在心上了，从戎州到蜀郡，也不过几个日夜就到，城里已经流言四起了。

蜀王合上驰报，神色有点轻蔑："乌蛮号称两万精兵，罗苴子也不过数千，剩下的都是弥臣、坤朗一带的蛮酋，乌合之众，无足挂齿。"

"殿下说的是。"翁公孺随口应承。

蜀王在盘算，翁公孺观察着他的脸色，目光落在案头那副弓箭上："殿下想……"

翁公孺刚起了个头，蜀王就摇头了："不是时候，陛下忌讳藩王掌兵。"

韦康元这回责无旁贷，已经跟皇帝上奏，要领兵出击群蛮。听蜀王的话头，也是要顺水推舟，把西南的兵权放给韦康元。翁公孺想明白了，走去案前预备笔墨。

蜀王将袍袖一拂，双手缓缓调理着弓弦，却突然提起了一桩不搭茬的事："之前隐太子的党羽想要借段平案作乱，鄂国公镇压有功，陛下要为他封王，他却推辞了。"

翁公孺背对着蜀王，停住了笔尖，疑惑地转过头："本朝还没有异姓人封王的先例，即便是薛厚，怕也诚惶诚恐吧？"

蜀王摇头："宣诏他进京，他也不肯，说怕蕃兵趁机作乱。"弓弦把拇指勒破了，蜀王皱眉。他现在每天接受地方官觐见，已经没心思舞刀弄枪了。

把弓箭撂下，蜀王轻"哼"一声："在西北这些年，树大根深，居然不知足，还想将势力伸到西南。他不敢进京，难道不是心虚？"

翁公孺脸色忽然变了，无措地站起身："殿下，"他意味深长地往窗外看了一眼，"小心隔墙有耳。"

两名黄衣内侍走了进来，跪地举起托盘，上头是新制的衮冕，由圣人所赐。内侍连说了几声恭喜："这双朱袜是皇后亲手缝的，皇后还叫殿下多加珍重，饮食上万万仔细。"

佳期近在眼前了，蜀王却显得有些敷衍，也不试穿，只随手翻了翻，就叫内侍又举着托盘退出去了。

翁公孺视线追随着蜀王，低了声："以陛下和皇后对殿下的宠爱，册立东宫是早晚的事，殿下何必在这个关头找薛厚的不自在？小不忍则乱大谋呀。"

蜀王从翁公孺手里接过了笔，站在案前，身姿端正得像棵松树。他垂眸对着雪白的纸面，脸上辨不出是什么神情："我在蕃南的驿馆中毒，只有三个人在场，消息却传到了陛下耳朵里，大兄和二兄都受了责罚，我也招了嫉恨。恐怕不只隔墙有耳，而是有人的眼睛已经长在了我背后。"

蜀王身后的翁公孺一愣，瞬间冷汗爬满脊梁，脱口而出："准是皇甫南，这个女子，哼……"他恨得牙根都咬紧了，"当初她模仿我的笔迹上书陛下，妄图挑拨离间，殿下忘了吗？"

"或许是她，也或许……"蜀王留了这么一截话头，让翁公孺越发忐忑。

蜀王睨他一眼："你下去吧。"等翁公孺离开后，他若有所思地望了一会儿门扇。"皇甫南"这三个字，牵出了太多的往事，他年轻的面孔难得露出一丝惘然。

越巂县的守兵在城墙内外通宵达旦地巡视。母亲寿日，郡守本来铆足了劲要大宴宾客，酒席上却异常冷清。越巂郡守在城头上张望了一回，又忙不迭请来了皇甫佶："韦使君的援兵明天能到吗？"

皇甫佶干脆地摇头："不知道。"得知戎州已经陷落，几个同行的宫使早快马加鞭逃回了京都，只有他留在了越巂县。

这些年乌蛮向汉庭俯首称臣，巂州从无战事，城里守兵才五百人，这个进士出身的郡守早就吓破了胆："韦使君不会不来吧？弄栋陷落的时候，剑南也没有派援兵。"他竭力做出镇定的样子，"我倒是不畏死，皇甫将军贵为宰相家的郎君，韦使君总不能见死不救吧？"

皇甫佶是真的泰然："太守怕蛮人吗？"

郡守和他底下的幕僚们讪笑："郎君见过蛮人抓娃子吗？"

皇甫佶摇头。

幕僚们一个个呆若木鸡，笑比哭还难看："蛮人见到汉人，不杀，抓回去当奴隶……女人凌虐，男人，当牛马一样骟了。"

戎州到越巂县骑马才一个昼夜的工夫，蛮人神出鬼没，又擅长攀缘，也许明天一早醒来，刀就架在脖子上了。

皇甫佶问道："郡守有什么妙计？"

郡守迫不及待地吐露了心思："我们昨日商量了，与其在城里坐等援军，不如趁蛮军还没杀过来，先退到姚州。姚州有府兵镇守，又是蜀王殿下的治所，量他们也不敢轻犯。等韦使君大军南下，我们再引兵来攻，蛮人只善偷袭，不善守城，到时候我们准能势如破竹，收复失地。"

皇甫佶反问："我们逃走了，城里的百姓怎么办？任由蛮人抓娃子吗？"

南溪城被破的消息传来，越巂郡守要抓百姓来守城，百姓早已逃得所剩无几，郡守等人却是一副无所谓的样子。皇甫佶断然拒绝了："再往后退，就是泸水，过了泸水，就到了剑川，到时西蕃还要来趁火打劫，中原遭屠，太守以为在陛下面前还有退路吗？"

郡守长吁短叹一阵，只能叫守兵来，再去蜀王和韦康元两处催援军："快，要快！"

皇甫佶扔下郡守一伙人，独自登上了城墙。从苍山十九峰到剑川，都是绵延的山林，峭壁上长着密密麻麻的古树和藤蔓。越巂四周也布满了蛮人的堡寨，像鹰巢下的鸡卵。

爨人根本就不用攻城，只靠着凶狠的名声就把汉人的守兵吓退了。从弄栋到戎州，阿普笃慕到手得太容易了。

皇甫佶刚从城头下来，郡守就慌里慌张地来了，身后跟着一个瘸腿的兵："遭了，咱们去老翁城和姚州的路都被堵了。"郡守把士兵的袴腿掀起来给皇甫佶看，那脚腕上肿得乌紫，"带毒，是罗苴子的药箭。"郡守想到峭壁上密密的寨子，里头还不知有多少双窥伺的眼睛在盯着越巂的动静，不禁打个寒战，"外头那些寨子里，肯定都是罗苴子。"

爨人故技重施了，这里通往中原的大小山口，他们都比汉人熟悉。

皇甫佶当机立断："严守城门，别叫探子摸进城了。"

他一个外来的年轻武将，在城里反倒是运筹帷幄了。郡守扯着袍摆，脸色焦灼地跟着他跑："他们不攻城，也不退兵，把咱们堵在越巂，到底打算干什么？"

皇甫佶站住脚，望着天色。距离戎州被破有四五天了，阿普笃慕不是一个有耐性的人，他在等什么呢？突然，皇甫佶心里一动："他在等援军……"

郡守愣住了："他要伏击韦使君麾下的精兵？"他不觉松了口气，"剑川的守军常年抵御西蕃人，可以一当十，这下好了！"

在山崖峭壁间奔窜，剑川军不见得是蛮人的对手。皇甫佶问："这附近哪个寨子最大？"

郡守重新拉皇甫佶回到城头："东面的鹰嘴山，出了山口就是去姚州的路，山口尖尖的像鹰嘴，山上的寨子里有十来户人家。"见皇甫佶当场就要点兵马，郡守忙把他拉住，"要是晚上蛮人偷袭进城，怎么办？"

"郡守可以自己先逃。"皇甫佶看了郡守一眼,神色冷酷,杀气凛冽,"去老翁城投奔韦使君,别去姚州和蜀郡,不然你会遇上阿普笃慕。"

郡守有点尴尬。

皇甫佶径自回到郡守府,点了五十个矫健的守兵,叫大家轻装简行,不用背弓箭——蛮人的药箭厉害,不慎擦破一点皮就要当场栽倒,他们得趁黑悄悄摸进寨子里,一人一把锋利的弯刀,能隔断喉咙就够了。

皇甫佶把皮甲裹在胸腹间。春夏之交的滇地,更深露重,月黯星稀,士兵们都换上了短褐。皇甫佶弯腰穿草鞋的时候,想起了在京都碧鸡山的那一夜,他用箭射穿了阿普笃慕的腿,让老虎断了爪子,鹰折了双翅。他割下一截皮甲,紧紧地缠在小腿和脚腕上。

郡守替皇甫佶举着火把,睁大了一双惶惑的眼睛。他觉得自己简直倒霉透顶,曲江池畔进士题名,却不懂得逢迎,稀里糊涂来到了这种蛮荒之地,过了十来年安稳日子,突然就变天了,蛮人造反了,要拿着刀杀汉人了!他问皇甫佶:"你说他们肯定会绕过越嶲,往姚州和蜀郡去?那可是蜀王的地盘!"

皇甫佶在灯下抬起一双黝黑深沉的眼睛:"你知道原来的姚州段平吗?"

"听说过……"

皇甫佶穿好皮甲,起身抓起了刀:"蛮人,很记仇。"郡守那艾蒿火把亮得晃眼,呛人的气味满天窜,皇甫佶一刀劈落,成了零散的火星。

巷子里鸦雀无声,陷入了一团黑,郡守惊得不敢吱声。

这把刀,又要沾乌爨人的血了。皇甫佶反手握紧了刀柄,淡淡地说了句:"要是他们进了城,你要跑快点。"

(六)

草鞋踩断了藤蔓,皇甫佶抬头往山腰里看。

有一个朦胧的亮点,孤零零的,既不成村,也不成寨。滇南山里随处都能看见猎户的杈杈房,用两三个木桩搭起来,能遮风避雨,但没哪个猎户有这样的豪气,点一整夜的油灯。

那是鹰眼,窥伺着鹰嘴山下汉人的动静。

里头人不会多。皇甫佶做了个手势,有个精悍的士兵跟上了他,两人无声地在林子里移动。到了杈杈房跟前,两个人又迅速伏低了。侧耳听了一阵,杈杈房里有一串野鹞子的叫声传出来了,"咕咕"的,很欢快。这个越嶲城的守兵跟皇甫佶咬耳朵:"放哨的。"

蛮子用鸟叫声当暗号,皇甫佶懂。士兵嘴一张,"咕咕"的鸟叫也从深密的草丛里窜出来了,像是在应喝。有个包头的爨人从杈杈房里探出身子来,那里头点着松明子灯,能照出爨人脸上疑惑的神情。

皇甫佶和守兵默默地对视一眼,等爨人转头的瞬间,两人飞身出去,把爨人扑倒,捅透了后心。杈杈房轰然塌了,有个人影忽然跳了起来。皇甫佶的手臂把人箍住了,刀刚从后面架上对方的脖子,他的动作滞了一下——被他箍住的腰身纤细柔韧,是个女人,身上有股乌桕子的清苦味道。

在他愣神的工夫,那女人反手一刀,在他手臂上划拉出一道口子。越嶲守兵一脚踢在她心窝,又抽了两个嘴巴,女人喘着气倒在地上。皇甫佶伸出淌血的手,捏住女人的下颔,迫使她转过脸来。松明子的火光照出一张微黑的脸,不服输地瞪着眼睛,像头山猫。

皇甫佶叫士兵用爨话问她:"寨子里有施浪家的人吗?"

女人不屑地翻了下眼睛,猝然张嘴,还没来得及发出一声短促凌厉的野鹞子叫,就被薄薄的刀刃割断了喉管,那恶狠狠的眼神凝滞不动了。一对年轻的乌爨男女,生前形影不离,死后还亲密地交叠在血泊里,衣襟上的索玛花映着松明子灯,像两颗心脏。

皇甫佶薅了一把鸭茅草,胡乱擦了擦刀刃上的血。他站起身,没再看这对气息奄奄的情人:"你在这里守着。"

越嶲守兵把权权房重新搭了起来,坐在松明子火前,顶替了乌爨人,有一搭没一搭地学着鸟叫。

皇甫佶大步流星地往山下走,飒飒的夜风把身上的血吹干了,吹冷了。其余的守兵见他得手,都躁动起来,摩拳擦掌地要去杀蛮人。这些人是皇甫佶从越嶲城选出来的,常年跟寨子里的蛮酋打交道,见识过汉人被抓娃子。

寨子里静得很,连狗叫声都没有。因为那一串串欢快的野鹧子歌声,爨人都睡得很放心。罗苴子大军驻扎在戎州,这里最多是一些来打探门路的散兵游勇。两个汉兵比着手势,把那扇破烂竹门悄没声地推开。

雪白的芦席上,躺满了横七竖八的爨人。脚下踩到东西了,低头一看,是刀背,寒气森森的。汉兵跳起来,手起刀落,热血飞溅。寨子里炸开锅了,谁也顾不上点火把,窄窄的山道上挤满了乱劈乱砍的鬼影子。有个倒霉鬼撞上皇甫佶跟前,那是一个刚从草席上爬起来的爨人,还没来得及穿衫裤,热乎的皮肉很结实。皇甫佶一刀抹了他的脖子,把挡路的死人踢到草堆里去了。

皇甫佶拎着刀,从山道上走下来。他已经不成人样了,像从阴曹地府杀出来的恶鬼。

爨兵们吓傻了,他们料定汉人只会龟缩在越嶲城里,死也不会露头。山林子里是爨人的地盘,但他们也像懵懂的牛羊一样,被汉人趁夜摸进来,丢了性命。

"阿普笃慕在哪里?"皇甫佶从地上抓起一个爨人,这是寨子里的小头人,会说汉语,骂汉人们"牲口"。

皇甫佶俯下脸,眉毛上还挂着血珠子,声音又冷又硬:"他不是想过泸水吗?鬼鬼祟祟躲在山里,也算男人?"

爨人又骂,对汉人的官格外有种切骨的仇恨:"牲口!骗了你!"

旁边的汉兵给了他一刀,这个嘴硬的爨人瘫软了下去。

这附近的寨子果然是互通消息的,有此起彼伏的呼哨声飘来了,看枝叶摇动的光景，来人不少。

皇甫佶叫汉兵们点火把："烧了寨子，咱们走。"

寨子里熊熊的火光直冲峭壁，皇甫佶蹲在山泉前，刚用一把水洗了胳膊上的伤口，一支箭掠过湖面。他立即起身，看见崖壁的缝隙里跳出几个爨兵。这回不是驻扎在鹰嘴山的散兵游勇了，而是从戎州赶来的罗苴子，胸前披着藤甲，背上挂着弓刀。

是阿普笃慕。他在越嶲城外，爨兵主力也不会远了。

皇甫佶提起刀，慢慢地后退。

鹰嘴山的寨子被偷袭，死了几十号爨兵，阿普笃慕的那双黑眼睛显得有点阴沉。他从山石上走下来，目光从皇甫佶的身上移到脚上，看到了紧裹的腿甲——他在防着自己呢。

阿普笃慕说："那泉水里有毒。"

皇甫佶不动声色地瞄了一眼胳膊上刚洗过的伤口，说："南疆的泉水毒不死爨人，也就毒不死汉人。"

皇甫佶这话无异于挑衅，阿普笃慕眉毛一掀，忽然打了个尖锐的呼哨，然后用爨语吼了一句："抓娃子了！"

数不清的罗苴子翻山越岭地拥过来了。眼见几个汉人惊恐地捂住了裤裆，阿普笃慕双手叉着腰，"哈哈"大笑，像当初把张芒查丢进河里那样得意，火把照得一双眼睛晶亮。

他二十岁了，还有种少年的爽朗。

竹箭像飞刀雨似的落到了跟前，皇甫佶对士兵们一声令下，拔腿就跑。

鹰嘴山距离越嶲城不远，罗苴子们只是咋呼了几声，就折回山坳子了。阿普笃慕进了邻近的寨子，这里的寨主是施浪家支的小头人。听说了汉兵偷袭的消息，寨子里家家户户把火把点起来了。寨栅外多了守兵，那是以前跟在达惹身边的娃子嘎多，现在他整天跟着达惹的女儿。

越往北靠近汉人的地方，施浪家的势力就越大，因为皇帝封了阿普笃慕做大鬼主，在施浪家看来，是各罗苏勾结汉人，把达惹给害了。嘎多仇恨地盯着阿普笃慕，嘴里嚼着槟榔。

阿普笃慕只跟嘎多说："跟阿姹说，晚上别睡得太死，汉人在到处烧寨子。"然后他甩开了罗苴子，一路回头看着，到了寨子的对面坡上，靠坐在树下，把一个叶片咬在嘴里，"嘀哩哩"地吹。

听到脚步声，阿普笃慕没回头，干脆唱了起来——在木呷那些人跟前，阿普高傲地不肯张嘴，其实他也有一把清亮的好嗓子："阿哥打歌像鸟飞，岩羊路上弹弦子，茅草尖山吹芦笙，铁脚板板生得硬，翻过九十九座山，苦等阿妹到天明……"

宽宽的裤管在眼前停住了，白生生的脚腕上套了银镯。

离开拓东城时，阿普给阿姹留了话，叫她躲在碧鸡山不要下来，可她还是带着施浪家的人跟来了。凶神恶煞的嘎多一进南溪城，就像饿狼进了羊圈。

阿普有点高兴，可他知道，从南溪一路打到越嶲，是因为汉人势单力薄，又不设防，等剑川增援的大军一到，爨兵们就要受罪了。他抬起头望阿姹："你回坝子去吧。"

阿姹也坐在树底下。连日翻山越岭，男人都招架不住，走着路都能打起鼾，阿姹却还两眼炯炯有神。

她有根犟骨头，比男人还能熬，嘴上也不近人情："我不是为你来的。"

夜风把阿普炙热的心吹冷了。他沉静下来，两人肩并肩，望着底下火把摇动的寨子。

阿姹也梳椎髻，青布紧紧包着头，从额头到鼻子的弧度很利落，只有蝶翅似的睫毛忽而一闪。自从达惹的噩耗传来，她就不肯正眼看阿普了。阿普知道，她现在满脑子都只有蜀王。

阿普心里不是滋味："你是为了李灵钧来的？"他把消乏的烟草

塞在嘴里，漫不经心，"他不会离开蜀郡的，他正在筹备婚礼，和皇甫家的女儿。"

南疆叛乱，接连失了两三座城池，傲慢的蜀王根本不放在心上，仍旧派了府兵北上去接亲。从长安到蜀地，沸腾的喜气把一切都盖过了。

阿姹很执拗地不说话。

阿普把头扭向鹰嘴山北面，心里盘算着韦康元的援军几时会出现在那个坳口。

阿姹忽然推了他一把："快看。"

远处半山腰，零星的火光连成一片，骤然亮起来了。阿普猛地起身，皱眉道："是皇甫佶。"

又一座乌蛮人的寨子被烧了。没有这些堡寨，爨兵就成了瞎子和聋子，没法在林子里隐匿和呼应，只能跟越嶲守兵正面对上了，援军再一来，爨兵简直像鸡蛋碰上石头。阿普不甘心，还是得承认："这个人很难对付。"

阿姹说："你怕他？"

"不怕。"阿普被阿姹一激，眉头一掀，"他是蜀王派来的拦路狗，等刀架在了蜀王脖子上，看他还叫不叫。"

"皇甫佶和蜀王不和，不会替他卖命的。"阿姹说，"他是薛厚安插在剑南的眼线。"也曾经柔情蜜意过，可她现在提到蜀王，是一副冷冰冰的语气，"蜀王死了，兴许薛厚还高兴呢。"

离得远，救也来不及了，还要防备施浪家的寨子被偷袭，阿普抓住阿姹的手："今晚不要回寨子了。"他一使劲，拽她坐在了自己身边，"你靠着我的肩膀睡，我盯着对面。"

阿姹不肯，她把头靠在树上，闭上了眼睛。

阿普不时瞟她一眼，下定了决心要让她安然歇一夜，等到明天再琢磨那复仇的计划，可又忍不住要跟她说话："要是知道是施浪家的寨子，皇甫佶也能下死手吗？"

阿姹反问:"为什么不能?"

阿普不吭声,紧盯了一会儿,舒展着肩膀,松了松筋骨:"那他比我心狠。如果是我,我肯定下不了手。"

阿姹"哼"了一声:"难说。"

阿普转头看着她。她说这话时,没有睁眼,却是一副气鼓鼓的样子,像个扎嘴的菱角、皮硬的荸荠。

阿普把背后的弓箭和刀取下来,放在地上,搂过阿姹的肩膀。阿姹睁了眼,在他胸口推了一把,他趁势把她按倒,跨骑在了她身上。

阿姹怒道:"你不看看这是什么时候?"

阿普制住她的双手,笑道:"你别怕,我只是想亲亲你。"他果然说到做到,只在她紧绷的脸上亲了一口,然后凑到她耳边,"要是李灵钧不怕死地撞上来,骗你说姑姑还活着,你就不会撇下我跟着他跑了吧?"

"你当我傻吗?"阿姹嗔道。她还瞪着眼,声势却弱了。

阿普正要放开手,阿姹倒把他的脖子又搂住了:"皇甫佶不留情面,咱们可不能这么坐以待毙。"她眼珠一转,有了主意,"趁夜叫嘎多他们在林子里转转,扔几只死兔子、死麂子到河里,天气一热,水里要起瘴毒。只要城里断了水源,再毒死一两个人,你看他还有没有闲工夫到处放火?韦康元的大军肯定急得插翅膀飞过来。"

她懒洋洋地拨弄着阿普耳朵上的珊瑚串儿,微笑起来。

韦康元的大军一动,蜀郡的新郎还坐得住吗?

(七)

皇甫佶从人堆里挤了出来。

迎面来的官兵和百姓脸上都是惶惶的。天杀的南蛮子,把死獐子和野鸡丢进河里,这个时节,臭气毒气蒸腾,让人受不了。不知从哪里传来的消息,说蕃南又反叛了,朝廷腾不出兵力来增援,要让越嶲孤军死守了。

罗苴子的凶残被传得更惊悚了。夜里有一伙百姓扛着铁锹和锄头，打破了北角的城门，打伤了几个守兵，背篓挑担地逃难去了。

越嶲太守接到了蜀王府的信，像遇到了救星，忙不迭叫皇甫佶看："蜀王殿下的旨意，叫咱们撤兵！"

是蜀王的手书，命皇甫佶率越嶲官兵退守姚州。蜀王是个年轻气盛的人，可面对乌蛮嚣张的势头，笔触却异常平淡和克制。

——朝廷的援兵即日将至姚州，泸水畔亦有接应，可保尔等无虞。戎、嶲两州的百姓和中原隔阂已深，可任其投蛮人去。"

皇甫佶可没有像越嶲太守那样激动。他把蜀王的手书放下，来到城头，对着外面的疏峰密林琢磨起来。

他连夜带兵偷袭，烧了不少附近的堡寨，蛮人竟然也很沉得住气，只三三两两结伴来城下，用怪腔怪调的汉语叫骂几句，往河里扔一堆毒物，根本没有要攻城的样子。阿普笃慕已经到了嶲州，可是城外并没有皇甫佶想象的那样，被黑压压的乌蛮大军逼近。

阿普笃慕在计划什么呢？

皇甫佶把一个哨兵叫过来，问："蛮兵的主力还驻扎在南溪城吗？有多少人？"越嶲没有被蛮兵围城，所以还时常放几个哨兵出去打探动静。

哨兵含混地回答："应该有一两万人吧？从戎州到滇南都被蛮子占了。"越嶲军纪不严，探哨的人在城外转悠，跟蛮兵连照面都没打，被问起来了，多少有点心虚，"蛮子跟咱们不一样，他们吸风饮露，在林子里打一只兔子老鼠，活剥了就吃，不怕南溪城里的粮草不够养活那些人。"

"皇甫将军，蜀王殿下的旨意可不好违抗！"越嶲太守殷切地说，宝贝似的捧着蜀王的手书。

"撤吧。"皇甫佶不情愿地点了点头。

命令一传下去，城里当即清点辎重人马。蛮人白天在山里乱窜，夜里睡得打鼾，这一行数百人的官兵悄悄开了城门，趁夜往北疾行。

才走到半山道，忽然听背后"轰"一声响，把勉强骑在马上的越巂太守吓得哆嗦："蛮子来了？"

回头望火光亮处，是那半截残垣被纷至沓来的百姓给踩塌了，抢着逃命的，争粮食的，牛羊嘶叫，满城闹腾起来了。

太守急着甩鞭子："快走，快走，惊动了寨子里的蛮子。"

蛮子从山坳里钻出来了，揉着惺忪的眼睛，随即他们眼睛亮了，把呼哨打得满天响。附近寨子里的爨兵像洪水似的涌到了城头，精神抖擞地挥舞着刀枪——谁也想不到，一座被烧得七零八落的鹰嘴山，除了蛇虫鼠蚁，还能藏得下这么多大活人。

汉人把满车满袋的粮食、活蹦乱跳的牛羊都扔下了！爨兵们欢呼着，得意于这不费吹灰之力的胜利，迅速把持了四面城门，用刀尖逼着没来得及逃的汉人百姓退了回去。

"皇甫将军，走吧！"越巂太守生怕年轻人冲动，要上去跟蛮子厮杀，急得来扯皇甫佶的辔头。

皇甫佶瞧见阿普笃慕骑在马上，被木呷和木吉等人簇拥在中间，没急着进城去耀武扬威。他前头是黑沉沉的河水，闪耀着金红色的火光。

有个年轻的汉人被赶得走投无路，捂着下身，一头扎进了河里，在水里死命挣扎。在洱海坝子上长大的爨人水性都一等一的好，可他们没有救人的意思，只在岸边说笑，把更多的汉人推进了河里："游吧，游过泸水，就回中原了！"

阿普笃慕伸出龙竹编的长鞭，在水里搅了搅，故意把水花溅到阿姹脸上。阿姹瞪他一眼，把头扭开了。

"阿姹跟汉人一样，都是旱鸭子。"阿普嘲笑着，想起了红河畔的芦苇丛。

皇甫佶也打了个尖锐的口哨，一对年轻的乌爨男女望了过来："阿普笃慕,"他用尽浑身力气吼了一句,"别忘了泸水之约!"他掉转马头,离开了越巂。

新帝登基,中原是一片勃勃兴盛的景象,南疆却废弛至此,都是因为自先帝西幸那年肇始的怀柔之策。一个被贬多年的小官,难道还能做什么吗?保住自己的命就不错了。越巂太守垂着头,肩膀在马上晃来晃去,听侍卫说快到姚州地界了,他才精神一振:"皇甫郎君不要灰心,朝廷和剑川节度使的援军已经到了姚州,到时三路人马挥师南下,准能收复戎、巂两州!"

"过河了。"皇甫佶不再理他。

出了滇地,把守渡口的汉军迎了上来,当即放船牵马,浩浩荡荡渡过泸水,直奔姚州。

想到稍后就要拜见韦康元,越巂太守在船头挺直了腰杆,扶了扶幞头:"不知蜀王殿下是否会驾幸姚州啊?"

皇甫佶淡淡道:"疥癣之疾,何劳蜀王大驾?"

"啊?"越巂太守茫然地看皇甫佶,一时分不清他是认真还是假意。越巂太守脚踏上岸,正要追着他问,就见几个穿朱紫袍服、系硬脚幞头的相公被汉兵们领着,正遥望泸水外的群山,像是在商量着三路大军南下的路线。

"穿紫的是韦相公吗?"越巂太守一时分不清谁是谁,不敢张嘴。

"父亲?"皇甫佶一怔,摔开马缰,快步走了过去。

皇甫达奚停下话头,像是没预料到皇甫佶会混在越巂守兵里,皱眉道:"姚州无事,你怎么不回老翁城?"

刚来就被下逐客令,皇甫佶敷衍地回了句:"知道了。"

皇甫达奚也曾挂名做过监门卫将军,但毕竟是个文臣,连日跋涉到姚州,脸上着了风霜色。皇甫佶不动声色地观察着皇甫达奚:"朝廷派来的援军……"

"朝廷自有能人来，打仗还轮不到我。"见到睽违一年的儿子，皇甫达奚到底心里高兴，捋着胡须把皇甫佶上看下看，"我给你十妹送亲，顺便……"

父子刚叙到一半，嘈杂的说话声近了，皇甫达奚慢慢转过身，对皇甫佶微笑道："看看这是谁，你还不上来拜见？"

又一袭紫袍过来了，身后跟着姚州官兵，皇甫佶更诧异了，这是个他万万没想到会出现在剑川的人。

皇甫佶脸上的笑容没有了，审慎地看了对方一眼，毫不犹豫地下跪见礼："鄂公！"

从越巂退回来的官兵们吓得连气也不敢喘。

解去铠甲的薛厚别有一种儒雅和蔼的态度。见皇甫佶不顾众人的目光公然行了这样一个郑重其事的大礼，他把那群七嘴八舌的武将撇下了，用一种欣赏、得意的目光打量着皇甫佶，忽而摇头笑道："厚此薄彼，不好，不好。"

皇甫达奚倒很大度："先公后私，应该的。"见皇甫佶刚起身，又要对自己下拜，他一句话把皇甫佶拦住了，"自家人，榻边可以跪，这里就不必了。"

薛厚道："皇甫相公以为我没把六郎当亲子侄看吗？"

皇甫达奚笑呵呵的："那是皇甫家的福气。"

皇甫佶当作没听到，仍旧毕恭毕敬地朝皇甫达奚拜了拜，趁势眼尾一瞥，见薛厚穿着绢靴绫袴，只把一只柔软的小马鞭来回甩着。根本就是一副家常打扮，连身后随扈的汉兵都不是熟悉的面孔，大约也不是从陇右来的。

他握着刀起身，面色已经如常了。

尽管距离戎、巂两州不过咫尺之遥，但薛厚的到来还是让姚州兵民吃了定心丸，城里一片安然祥和。湛湛蓝天下，柳絮漫漫飞舞，两个在文臣武将里执牛耳的人在这边陲山城里肩并肩走着。因为蜀王领

姚州都督,那空置的都督府也修成了禁中殿阁的样式,很恢宏。

皇甫达奚提醒薛厚:"颚公预备什么时候派兵南下?"

薛厚背着手,在都督府外站住脚,欣赏了一会儿那飞翘的檐角,用一种闲话家常的语气说道:"等殿下的婚礼过了也好,不要冲撞了喜气。"

虽然是借着送亲的由头来剑川,皇甫达奚的脸上却不见多少喜色。他含蓄地说:"颚公本就有军令在身,就算蜀王,也不宜因私废公呀。"

薛厚揶揄道:"皇甫相公,你枉为殿下的泰山,难道不明白他的心思吗?"

皇甫达奚迟滞了片刻:"哦?"

"蛮军连夺数城,气势正盛,况且这个时节,滇地草深林密,毒瘴终日不散,咱们何必贸然南下?你看这姚州城修得多坚固,大家不如安心坐着,喝一杯殿下的喜酒,再整兵迎敌。"薛厚转头问身后的皇甫佶,"六郎和殿下从小就要好,你明白殿下的心思吗?"

皇甫佶沉吟道:"殿下叫我们从越嶲退兵,是为了引爨军主力深入中原,四方合围,再分兵突袭拓东、太和两城。"

"是条妙计。"薛厚笑着看了一眼皇甫达奚,"相公,六郎被我调教得还不坏吧?"

"承情!"皇甫达奚讪讪地摇头,"你们这些行兵列阵的事情,我可不懂。"

几人分开后,皇甫佶自然要跟皇甫达奚回行馆。屏退众人后,父子俩说话就随意多了。皇甫达奚拿了一瓯茶,欲饮未饮,望着皇甫佶换去戎服,净面擦汗的时候,他的脸色严肃了,重重地放下瓷瓯:"你这就回老翁城去吧。"

皇甫佶净面的动作一停,背对着皇甫达奚说:"我跟父亲在姚州。"

皇甫达奚嗤笑了一声:"是跟我,还是跟鄂国公?"

"我要在姚州等乌蛮人。"皇甫佶放下袖子,抬手抓起案头的佩刀要往外走。

"站住！"皇甫达奚低喝一声。刚才薛厚一句看似无意的话，让他心都提起来了，恨不得给皇甫佶一脚，让皇甫佶立马滚出姚州。

"你的胆子莫非比天还大？"皇甫达奚几乎要凑到皇甫佶脸上了，"敢往蜀王的身边安插眼线？事情已经败露了！你还不赶紧走？"

皇甫佶一怔，镇定地反问："蜀王身边有眼线？"

见皇甫佶那样子不像是假装的，皇甫达奚绷紧了面孔："不许多问。你赶快走吧！"他冲皇甫佶不耐烦地摆了摆手。

皇甫佶踏进门槛，看见薛厚在窗下写佛经。

薛厚的字也是练过的，写得圆融浑厚，不像舞刀弄枪的人。听到动静，薛厚先看了一眼刚进门接过来的茶，袅袅的热气还没散——看来皇甫父子俩是话不投机半句多。他把笔放下，转过来对皇甫佶满意地说："你这一年多，很好。"

皇甫佶斟酌着："我来……跟鄂公辞行。"

"哦？"薛厚有些意外，"回京都，还是老翁城？"

想到那慵懒闲适的京都，皇甫佶说："老翁城。"

"也好，京都不太平。"

两人陷入沉默。

薛厚不紧不慢地把一页佛经抄完，见来辞行的人还在案边，心事重重地望着外头的晴光，一向爽朗潇洒的少年人眉宇间还多了丝愁绪。

比起陇右，剑川少风沙，多雾气，养得人皮肉也光洁了。夜里没有喧嚣的铠甲马蹄声，反倒让薛厚睡得不踏实。

"家里还没定亲？"薛厚突然漫无边际地问道。

皇甫佶很诧异："没有。"

"这样的人才，为何迟迟不成家？"薛厚笑道，"匈奴未灭，何以家为？"

皇甫佶敷衍地说:"婚姻之事,全听父母之命。"

"依皇甫相公的心思,恐怕不是一位公主,他都不会甘心。"薛厚意味深长,"不过,做薛家的女婿,也不见得比做皇帝家的女婿差呀。"

皇甫佶显然不想在这个话题上盘桓,直截了当地开口:"小小一个乌蛮,陛下为什么要把鄂公召来剑川?杀鸡也用不着牛刀!"

薛厚倒不像皇甫佶那样愤慨。他把乌黑的念珠盘在手腕上,舒展着袖子起身:"剑川、陇右,不都是王土?杀鸡、杀牛,都是为陛下尽忠,总比把刀子藏在宝奁里生锈的强。"他转过深沉的眼,看皇甫佶,"你是习武的人,应该知道,一把太锋利的刀子,要是使得不好,会伤到手的。"

话说得够透了。

皇甫佶留意着窗外的动静,声音压低:"陛下命鄂公平叛,却不调遣陇右军。朝廷南征催得急,咱们跟剑川军不熟,兵营里忠奸难辨,刀枪无眼,万一一个不慎……"

"万一一个不慎,马失前蹄,兴许我就从苍山的半山腰摔死了。"薛厚点着头微笑,"那是我辜负了陛下的重托,死有余辜。"案头摆的是蜀王府送来的犀角螭龙杯,薛厚随意地摆弄着,一对饱经风霜的眸子眯了起来,"蜀王呀,好处心积虑,以为没有了陇右军,我就怕了你吗?别说还有一副铠甲,一把刀,就算赤手空拳,我连个小小的蛮部都平定不了,还做什么西北道兵马大元帅?给你牵马好了!"

皇甫佶英气的眉眼一扬:"鄂公,我跟你在姚州!"

薛厚审视着他,却摇了头:"自古忠孝难两全,你还是去老翁城的好。"不等皇甫佶开口,他又轻描淡写地来了一句,"你跟着我,就得依照陇右的军纪来。我叫你杀敌,不管是卒子还是亲王,哪怕是你的爷娘,你也得听令。你能吗?"

皇甫佶踟蹰了。

薛厚倒也没有苛责,很豁达地拍了拍皇甫佶的肩膀:"去吧,要是我真的在剑川马失前蹄,你替我立个衣冠冢,也就够了。"

即便是薛厚,话音里也带了丝前所未有的疑虑。皇甫佶不露痕迹地瞟了一眼案台上的《无量寿经》,那是薛厚在求菩萨续命延寿。

"有件事……"皇甫佶心里一动,"戎州到嶲州的乌蛮驻军可能没有那么多,鄂公要小心他们虚张声势。"

南蛮占了越嶲城。这个地方山高林密,进可攻,退可守。知道了汉人偷袭的厉害,他们也警惕起来了,轻易不出城。往姚州去的方向,汉人怕要被抓娃子,土豪百姓都跑光了,没有牛羊来啃,山上的三角梅开得很肆意热烈。

木呷一群人走在山间,把红透的山果塞进嘴里,三角梅被刀背抽打得满天乱飞。拘在越嶲城一个多月,他们不耐烦了,怂恿着阿普笃慕直接去攻打姚州:"都探清楚了,山口和渡口的守兵都撤了,说不定姚州城里也早空了,汉人的胆子比芥菜籽儿还小。"

阿普笃慕摇头,他有种动物般的直觉:"肯定有伏兵。没看见流民往山里跑,说明城里还没乱。"而且一丝消息也传不过来,说明汉军正在悄悄筹备着一个险恶的复仇计划。他把布条拴在鹞子腿上,等到明天,这鹞子就能翻过苍山十九峰,落在各罗苏的手上。

"姚州都督是蜀王,在京都时,就没见他拉过弓弦。皇帝的儿子,不怕被骗卵蛋吗?"木呷嘲笑道。他连牛马都没骗过,但爱拿这话吓唬汉人。

阿普笃慕没有笑,只是简短地说了一句:"别轻举妄动。"

回到越嶲城,他往施浪家的寨栅里望了几眼。寨子里很静,几个士兵百无聊赖地挥舞了一会儿长枪后,躲进屋里乘凉去了。

阿普笃慕心里觉得很奇怪:"看见阿姹了吗?"

木呷摇头,只要不打汉人,六部都是各顾各,施浪家最不驯服:"嘎多跟着她,他凶得要命。"

"夜里留意着他们的动静。"阿普笃慕沉着脸。

滇南来的爨兵们习惯了竹楼藤席,不爱住汉人密不透风的土屋。天一擦黑,寨栅里外的场上铺满了草席,爨兵们把刀枪枕在脑袋下面,敞着怀就打起鼾来。这时节马缨花香得厉害,月光把场上照得很亮,让阿普笃慕想起了多年前他和阿姹"成婚"前的那个夜晚,那时他们把头并在一起,听着外头的虎啸和锣鼓声,热闹极了。

不对劲!阿普坐起身,肯定地说:"她去姚州了。"孤独的月光又爬上了他的脊梁。

"她还记得回姚州的路吗?"木呷怀疑地嘟囔。

阿普把刀从枕头底下抽出来,抓了一袋竹箭,把拴在屋后檐的马缰绳解开。

木呷也清醒了,一骨碌从草席上翻起身,拦住了阿普。手下管着几百个罗苴子的木呷,在阿普跟前还是那个好心的伙伴:"要是遇上汉人,准被他们当牛马一样宰了。"木呷很直率,"你不是阿普,是骠信了,不能总是跟着阿姹到处跑啊。"

阿普在马上低头,冷静地想了一会儿:"没有阿姹,施浪家的人不会听我的。"

木呷只好跟着他走。出了山坳,过了浅溪,越往北,木呷心里越没底,后悔没有多带些人马来。过了峨边,木呷甩了甩手中快烧尽的松枝火把,侧耳听了听远处的水声,拉住了阿普的马缰绳,说:"到佳支依达了,不能再往前走了。"

佳支依达是乌爨人嘴里的泸水。传说里,那是支格阿鲁的包头布变成的大河,过了河,就是中原了。木呷再次告诫阿普:"渡口肯定有守兵,能把咱们俩射成刺猬。"

阿普也停下了,望了望晦暗的天,说:"等到天亮,要是还没动静,咱们就走。"

木呷下了马,走到树下,脸朝着朦胧的前路,不时扭过头来看看阿普。峡谷间起雾了,在乌蛮还对汉庭俯首称臣的年头,常有进京纳贡的船队迎着霞光北上,还有摆渡的人在浅滩上放竹筏。

白雾里隐约透出对面堡楼的形状,鸦雀无声,透着种剑拔弩张的紧迫,木呷的心差点从嗓子眼里跳出来:"咱们走吧?"

水流被荡了起来,两个人耳朵很尖,立即望过去。有个竹筏从山崖的缝隙里挤了出来,阿姹和嘎多露了头。到了浅滩,两人紧紧贴着满是青苔的崖壁跳进水里,把破竹筏推开。

阿普放下了弓箭,在岸边等着,伸手拉了阿姹一把。几个人说话声音都不高,生怕惊动了崖壁上的汉兵。

"夜里浪头大,差点把竹筏打翻。"阿姹没什么精神,拧着湿透的衣摆,捋了一把乌墨似的头发。

木呷说:"阿姹,你进姚州城了吗?"那语气里有责怪的意思。

阿姹没说话。

她和嘎多到了城下,只望了一会儿城门里的光景。不算蕃南调走的兵力,剑川还有两万守军,汉人有恃无恐,屋里头张灯结彩,歌声通宵达旦,连巡逻的官兵们都披着锦袍喷着酒气,那是蜀王府的赏赐。

他们不敢贸然混进去,在岩壁下坐了一晚上。

阿姹叫嘎多看岩壁上刀痕刻的诗:"这是我阿耶刻的,你信不信?"

嘎多摇头,他不认识汉字。

"看,是个段字。"阿姹把火把凑过去,摸了摸清晰的刀痕,回望那座喜气沸盈的城,"我家就在姚州都督府,可我一步也踏不进去,只能远远看着。"

嘎多眼里有恨,他是达惹的一条忠心的狗:"他们和各罗苏家把家主害死了。"

浪静了,他们趁着熹微的天色撑起了竹筏。看见阿普和木呷,阿姹"嘘"一声,嘎多才把嘴闭上。

520

拴在岸边的马跑了，嘎多宁愿用自己的两只光脚走回越巂去。

阿姹上了阿普的马，马在霞光里撒欢地跑开。阿姹把冰凉的脸靠在阿普背上，手伸进他的对襟衫里，摸到结实紧致的皮肉，还有脊梁骨上的汗。到了峨边，阿普推开阿姹的手，跳下马。

"你去姚州见李灵钧？"他皱着眉。

"他在蜀郡忙着娶亲。"阿姹明显不甘心，"薛厚得罪了皇帝，被从陇右贬到了剑川，朝廷催他从姚州出兵，他不肯。"她眼神黯然了，"姚州，我是回不去啦。"

听到薛厚的名字，阿普不置可否。

马上的木呷不时回头，搜寻着固执的嘎多的身影。

"你得把嘎多交给我。"阿普突然说，语气很凛冽。

"为什么？"阿姹质问。

"我要用军法处置他。不杀他，只是抽一百个鞭子。"阿普很平静。

鞭打娃子，是乌蛮贵族司空见惯的事情，何况嘎多是西蕃奴隶，杀了他都不算什么。

阿姹明白了，阿普要拿嘎多在施浪家立威："不行！"

"那你就带着施浪家的人回去吧。"阿普冷冷地瞟她一眼，牵着马走了。

（八）

水墨屏风上是虎啸山林图。皇甫达奚正出神，被仓促的脚步声惊醒了，是个执槊的将士走了进来。

"昨夜河上的一道索桥被烧了，抓了几个蛮洞的土人。"剑川守军在薛厚跟前还是很恭谨的。

薛厚不以为意："知道了。"他叫那将士出去了，对皇甫达奚摇头，"来试探咱们的虚实了，不用管他。"

统御千军万马的人，就算泰山在眼前崩了，脸色都不会变一下。

皇甫达奚勉强应了声，把目光落在案头的舆图上，见上头圈圈点点的，小到河沟村口，都摆了个代表汉兵的黄杨木棋子。他"咦"了一声："鄂公已经成竹在胸了啊。"

薛厚领首，随意拨弄着黑白棋子："蛮人只会逞勇斗狠，不擅调兵遣将，各罗苏的儿子，初生牛犊，未谙世事，比起六郎，还差得远呢。"

皇甫佶已经被打发去了老翁城，皇甫达奚不用再摆出那一副"严父"的脸，捋着胡须微笑。

薛厚点了点舆图："姚州，三川之门户，滇中之锁钥。失了巂州，再失姚州，蛮兵北上可谓畅通无阻了。我已命剑南一万驻军集结兵马，全线布防，阻拦蛮兵北上。还有五千在西川，以防西蕃勾结各罗苏趁机侵袭。城里现有都督府常备兵两千，还有蜀王殿下派遣来的援军五百，泸南两镇共五千人马，一旦敌军陷入城内，即里外合围。城外各处山口、渡口、峡谷，另设伏兵，断绝敌军后路。"他大手一推，星罗棋布的白子如同飓风席卷，瞬间将黑子吞噬了，"离开了山林的蛮兵，就像乌龟没了壳，到时咱们瓮中捉鳖，可也？"

皇甫达奚不禁感叹道："鄂公真是百密而无一疏！"

"相公回去蜀郡，也可就这样回禀殿下。诸位总该放心了吧？"

皇甫达奚惊讶道："殿下不领军事，况且府里人多眼杂，这种机密事宜也就不要外传了。"他对排兵布阵的事本来也是一知半解，左耳朵进，右耳朵出，将袍袖掸一掸，起身，爽快地说，"鄂公是陛下钦点的行军总管，剑川的战事，就全由鄂公做主。"

"朝廷有陛下，剑川有蜀王，在下岂敢自专？"薛厚推辞了一句，送客了，"明天是殿下的喜日子，相公还不赶回蜀郡？"

皇甫达奚穿着新袍子，一低头啜茶，幞头上应景的红缨就微微颤动。他话头含混起来："不急。"

薛厚忽而一笑："虽然陛下派相公来监军，倒也不用这样从早到晚地盯着我吧？"他掌心摩挲着一枚铜虎兵符，那是御赐的剑川兵权，他眼珠一转，"难道陛下怕我带着这枚兵符跑了？"

皇甫达奚险些被茶呛到，脸憋得通红："这话从哪里说起？陛下对鄂公，可从来都是笃信无疑呀。"

薛厚将皇甫达奚的袍摆一指："笃信不疑，怎么相公在我跟前袍子底下还要藏着铠甲呢？"

皇甫达奚窘迫地摆摆手："剑川兵凶战危，我可不像鄂公胸中有丘壑，稳坐钓鱼台啊。"

薛厚哂笑，没把这恭维话放在心上。都督府的苍头把新换的茶送上来了，他淡淡一瞥，两根手指一屈，将茶瓯推开了。

皇甫达奚莫名感慨起来："鄂公，咱们上一回见面，还是圣武年的事。"

"那年先帝平定废太子叛乱，相公的功劳，我在陇右也听闻了。"薛厚伏在案头，凑近皇甫达奚，那双眼睛像屏风上的虎目，精光四射，故作神秘地压低了声音，"我听说，先帝赐的毒酒，是相公亲手喂给太子的？"

一口滚茶含在嘴里，皇甫达奚半晌才吞下去，尴尬地说："不错。"

薛厚松动着肩膀，倚靠在围屏上："要说陛下的心腹之臣，我跟相公还差得远矣，奏文上，还请相公替某多美言几句。"他向皇甫达奚一揖，"来人。"把舆图展开，他不再搭理这位权倾朝野的宰相。

薛厚在陇右的跋扈，可略见一斑了，还是要留在姚州，把他稳住才行，不然猛虎挣脱牢笼，天下要遭殃——皇甫达奚的目光又在屏风上盘桓了一瞬，起身："公请自便。"

皇甫达奚心头有思虑，走到门口，险些和来人撞个正着。他眉头瞬间一拧，"大胆"二字还没脱口，脸色先变了。

"殿下？"

苍头来廊下升灯笼，蜀王让开一步。他身边只带了翁公孺一个人，素袍银带，不像成亲前夜的新郎，而像兴之所至，来臣下家里闲话家常的。

"皇甫相公也在？"蜀王微一挑眉，红光在俊丽的面容上摇曳，异常生动。

薛厚也迎到了房门口，疑惑地打量着蜀王："这样的喜日子，殿下怎么突然来了？"

蜀王信步闲庭地走进来："府里其他人都忙，只有我不忙，干脆过来看一看。"

他一迈步，皇甫达奚和薛厚二人只得退回了房里。

皇甫达奚屏退苍头，亲自把灯掌起来，扭头一看，蜀王和薛厚已经照君臣之份在案边各自落座了。

不大的一间堂屋，三个举足轻重的人，灯影都嫌挤了。

蜀王耳目都很敏锐："听说鄂公喝不惯江南的茶？"

薛厚随意道："江南的茶，比陇南的茶味道淡。"

蜀王对品茶论道这种事兴致寥寥，一个眼风扫过去，翁公孺慌忙移开冷茶，从匣子里取出黑釉执壶和犀角杯。

皇甫达奚顿时攒眉不语，慢慢转过身去，在昏暗处凝视着屏风上的怪石。

蜀王径自微笑道："明天喜宴鄂公要缺席，这杯喜酒却不能少，所以我亲自送过来了。"

薛厚沉吟道："殿下恕罪，军中有令，战前不饮酒。"

"陇右的军令管不到剑川的兵。"这话让薛厚绷起了脸，蜀王没察觉，开起玩笑来，"廉颇七八十，还要吃一斗米。鄂公油盐不进，怎么叫陛下放心？"

薛厚也似笑非笑地杀了个回马枪："殿下不放心，可启奏陛下，打发老臣回陇右罢了。"

这话不中听，蜀王只当没听见，脸一别，瞧见舆图上散落的棋子。他稍一琢磨，看出了眉目："蛮兵主力陷在泸水一线，太和、拓东两城空虚,鄂公为什么不分兵南下,直捣敌巢?"

薛厚摇头:"殿下,蛮人也不乏狡诈,你怎么知道他们已经倾巢而出,没有藏精锐伏兵在太和、拓东?椒花落尽瘴烟生,一进苍山,就算十倍于敌的兵力,也不见得能轻易取胜。殿下年轻,切忌贪功冒进,小心身受其害呀。"

蜀王懒懒道:"鄂公说得有理。"转而盯着翁公孺躲闪的眼睛,"怎么不倒酒给鄂公?"

翁公孺手刚碰到执壶,像被烫了似的,猛地一缩,推诿道:"这酒冷了。"

"无妨,肚肠是热的。"

翁公孺低下头去,一咬牙,攥起执壶。室内阒然,酒液断断续续倾倒进犀角杯。

忽然,薛厚若无其事地说:"翁师傅,别来无恙啊?"却好似一个惊雷在耳边炸开,翁公孺手一抖,执壶"咣当"一声砸到了地上。

被三个人灼灼的目光盯住,精干伶俐的翁公孺也慌了神:"殿下,我……"

"还剩半盏残酒,"蜀王的声音很平静,在翁公孺听来,却有种刺骨的寒意,"鄂公是故人,翁师傅,你敬给鄂公。"

"是。"翁公孺镇定下来,端起犀角杯,这才跟薛厚直视,"鄂公,这是宫里御赐的琼浆,请你万勿推辞。"

薛厚道:"这是喜酒,明天到宴席上,我亲自执杯敬殿下。"

蜀王摇头:"这杯是为了预祝鄂公平叛大捷。"

薛厚无话可说,也就把犀角杯接了过来,捻在手里缓缓转了几转,忽而目光将翁公孺一瞟,叹道:"寸功未立,安敢受赐?"他那只大手好像恶鹰的探爪,一把揪住翁公孺的衣领,掐住翁公孺的脖子,"你在殿下身边伺候得好,何不你替我喝?"他不顾翁公孺的挣扎,将酒灌进了翁公孺的嘴里,然后用锐利的目光紧紧盯着。

翁公孺捂住脖子，一张脸从通红变得煞白，突然把手指伸进喉咙里狠命掏了几下，却只是干呕几声。他像被抽走浑身骨头似的，茫然地瘫坐在地上。望见蜀王嘴边勾着一抹冷笑，他如梦初醒，顾不得擦额头的冷汗，跪倒说："殿下恕罪！鄂公恕罪！"

"好好一杯酒，翁师傅怕成这样，难道你以为有毒？"翁公孺这一系列举动够古怪了，蜀王却面不改色，转脸对薛厚笑道，"鄂公也听信谗言，以为我要送毒酒给你？翁师傅忠心耿耿，鄂公却逼他喝毒酒，难道要杀人灭口吗？"

薛厚脸色已经变得铁青了，他冷笑了几声，摔开被酒溅湿的袍子："我去换一身！"

皇甫达奚急得追到廊下，转头对蜀王厉声道："陛下只想收回陇右兵权，殿下却要把他逼反！敌军就在咫尺之间，殿下也不挑个妥当的时机吗？"

蜀王捻起舆图上的两枚棋子："不逼他这个时候反，陛下怎么甘心叫我临危受命？"

"也不见得就是他……"皇甫达奚不忍去看颓丧的翁公孺——依照蜀王的脾性，恐怕连辩解的机会也不会给他。

"此人心里有鬼。"蜀王则吝于再看翁公孺一眼，负手走到廊下，见薛厚的人影一闪，已经往茅厕的方向去了，立即说，"让人拦住他，小心他狗急跳墙，逃出姚州。"

眼见横生变故，皇甫达奚心里叫苦，只能拔腿追了上去。到了茅厕外，偷眼看去，果然里头空空如也，皇甫达奚一惊，又不敢声张，胡乱抓了个执槊的侍卫，低喝道："快去把薛鄂公追回来！"

闯出角门，正见薛厚从苍头手里接过马缰，皇甫达奚不禁叫了一声："鄂公，不可！"

薛厚借着混沌的灯光将皇甫达奚一打量，放声笑道："皇甫兄，圣武旧事，你躲过一次，还能躲过第二次吗？"

皇甫达奚见薛厚这样毫无顾忌地说出来，显然要和朝廷撕破脸了，他也急了，上前威胁道："鄂公，你非要走，那我只有叫人绑你回京都了！"他冲侍卫一使眼色，"来人……"但呼声堵在了嗓子眼。

侍卫猛然掣出刀，掀开沉重的兜鍪，挡在薛厚的身前。

被冰冷的刀尖抵着，皇甫达奚的表情从难以置信变成了气急败坏："六郎？"他声音也压低了，"你怎么没回老翁城？"

皇甫佶一步步从暗处走出来，把刀刃逼近皇甫达奚，声音很冷静："父亲，你向来不得罪人，何不放鄂公一条生路？"

"此人叛逆，你要跟皇甫家断绝关系吗？"

"皇甫家不缺我一个。"皇甫佶屹然不动。

薛厚忍不住说了声"好"，扶住皇甫佶的肩膀纵身上马，一人一骑，踏破了夜色。

皇甫达奚心里叹道：无可挽回了！

骤闻都督府内外人马嘶鸣，他还当是蜀王派兵来捉拿薛厚，忙将皇甫佶一推："走。"

皇甫佶毫不犹豫，重新穿戴回姚州守兵的兜鍪，一转身，快步走出窄巷。来到了乱哄哄的街上，他才听人说："蛮兵从河滩偷袭，要趁夜攻城了！"

皇甫佶混在人流中挤出了城。薛厚的身影早不见了，皇甫佶把目光转向了茫茫的河面，马蹄的声浪、锋镝的锐鸣在峡谷间炸开了，泸水猛烈地震荡、回旋，把气浪打在人脸上。千军万马洪流似的涌到背后，挤上黑压压的城头。

皇甫佶攥紧手里的铜虎兵符，那是刚才薛厚趁上马之机悄然塞给他的。

都督府衙的厅堂上，灯油烧得旺，案上杯盘狼藉。这一群姚州将领喝得脸色潮红，还在梦里没有醒呢。

蜀王成婚的吉日，又有鄂国公薛厚坐镇，天塌下来，总有人顶着。听到蛮兵抢渡泸水了，大家这才慌得摔了酒盅，抢了兜鍪，靴子穿错了也顾不得，赶着上城外的箭楼看战况。泸水卷着黑浪，火把下只看见对岸影影绰绰，一阵箭雨落进河里，只听见水声。

皇甫佶问："敌军多少人马？"

探哨说不上来："天黑，看得不仔细，那边浅滩上约莫几百人露头，刚刚被乱箭逼退了。"

正说着话，上游几处火光骤起，隐约有喊杀声。那是爨兵抢索桥，跟守兵交锋了。皇甫佶往下游看去，姚州一带泸水蜿蜒十几里，有深有浅，深的地方如天堑，水流湍急，让人望而生畏，浅的滩头，人马都能涉水过河。不知道敌军会集中从哪个滩头抢攻，布防再严，都难免有几个漏网之鱼。

众人一商议，都说："几个滩头都要调兵把守，蛮子一露头就射。只要敌军主力没法集结，城里就安全无虞。"

皇甫佶道："藤子哨也要守。"

藤子哨是河湾最狭窄的地段，也最险，两侧峭壁林立，山谷怪石嶙峋，蛮洞的土人把它叫糯黑山，意思是猴子戏水的地方。

众人都笑了："藤子哨，别说人，猴子都翻不过来，插了翅膀也不行。"

抢滩的敌军断断续续攻了大半夜，到天蒙蒙亮时，两拨人马被乱箭逼退得退回了对岸。晨曦初现，众人忙叫士兵下去查验河滩，只扫荡了一堆零散的箭矢、残甲、破筏子，河上淡淡的血色早被激流冲散了。上下游沿线把守的士兵也来禀报，称遇到了小股敌军，已经都被击溃了。

将士们严阵以待一夜，听到这消息都露出了喜色："蛮人果然不堪一击。"

有人急着要去向薛厚请功，敲了半晌门，没人来应，大家这才疑惑地问："怎么不见薛公？"

"薛公昨夜饮酒，犯了痹症，已经前往蜀郡休养了。"

皇甫达奚悠悠的一句话，让众人面面相觑。大战当即，主将却退避三舍去养病，这事就算是薛厚，也没法跟朝廷交代。而薛厚自陇右被遣来剑川本身就透着诡异。

沉默了一阵，各人依次向皇甫达奚施礼，再一抬眼，见本该新婚燕尔的蜀王却走到了堂上，身披软甲，腰间悬着长剑。

大家更惊诧了："殿下。"

"不必多礼。"蜀王对皇甫达奚稍一谦辞，就在上首落座了。他也一夜没睡，但神清目明，不像别人，在箭楼上被火把熏得满脸烟灰。

他视线落在皇甫佶身上，又平静地移开了，问姚州城守："外头的情形怎么样了？"

姚州城守回道："昨夜鏖战，敌军已经被击退了，可惜伤亡寥寥。姚州倚靠天险，易守难攻，但敌众我寡，这样耗下去，没两天箭矢也就不够用了。是攻是守，还是……"他微微抬眼，将场上众人一瞟，"要细数详情给薛公，请他定夺。"

皇甫达奚不愿看皇甫佶一眼，愁眉紧锁，对蜀王道："薛鄂公的痹症一时怕也好不了，频频去搅扰，怕他更添心病。阵前换将，又易动摇军心。"这话语气已经很重了，宰相的威严摆出来，也有千钧之力，"臣请这就送急奏给朝廷，和乌蛮是战是和，待陛下裁决。"

"没有和，只有战。"蜀王把皇甫达奚晾在一边，转而对众将道，"朝廷是要奏报的，但远水救不了近火。诸位都身经百战，昨夜御敌也颇有功绩，今夜敌军一定还会趁夜抢滩，是攻是守，你们这就议定。"

众人踟蹰了一会儿才含混地说："那就如薛公所说，撤回弓矢手，诱敌军主力过河，行到途中，伏兵尽出，截断队伍，前后夹击。城里守兵对付一些散兵游勇，也足够了。"

"胜算如何？"

"算上戎州、巂州的乌蛮援军，大概有两万人，如果敌军中计，倾巢而出，这一战，大概能在泸南歼敌过半。这一带地势不适合排兵布阵，反倒是人多好对付一些。"

蜀王很果断，稍一盘算就说："那就这样行事。"他抬手去拿案头的都督印绶，"再调一万剑川守军，自神川、铁桥南下，攻龙尾关，占太和、拓东。"

大家愕然："薛公特命这一万守军在剑南布防，要阻击蛮军北上，万一姚州有失……"

蜀王心里早不耐烦了，脸上却笑着："依照薛公刚才的妙计，姚州怎么会有失？"

"这……"大家都露出不情愿的样子。

姚州城守劝道："百姓无知，都以为蛮兵凶残，戎州、巂州已经不战而降。如果这一万守军再被调走，怕人心不稳，望风而逃，一旦城里生乱，姚州也就难守了。"

蜀王说："自神川到龙尾关，日夜行进，不过四五日的工夫。趁敌营空虚，一举攻破太和城才能斩草除根，滇南一带的失土，便可尽数收复。"

大家都不说话了。

皇甫达奚道："还是先启奏陛下……"

"兵贵神速。"蜀王叫人拿纸笔来，呈给皇甫达奚，"皇甫相公可以在这堂上慢慢写奏文。"他大笔一挥，手书一篇，盖上姚州都督印后，目光往四周一扫，唯有皇甫佶在韦康元麾下时和剑川军常有往来，他携着手书走到皇甫佶跟前，目光平淡，"你去调兵。"

皇甫佶没有动，眼见蜀王的手书要落到地上，姚州城守忙接在怀里，犹豫着抬脚，往外走去。

士兵进来禀报，敌军又来袭扰，慌乱之下，守兵们把一座箭楼烧毁了。

"你们退吧。"蜀王走到案后，重新提起笔来。

众将也慌忙起身。

皇甫佶紧紧盯着蜀王的身影，突然说："殿下不能调剑川的兵。"

"你说什么？"蜀王的冷眸对上皇甫佶。

"站住。"皇甫佶动作很快，连刀带鞘横在姚州城守胸前，拦住他的去路，"陛下钦封的剑川兵马行军总管是薛公，殿下要调兵，得请薛公的兵符才行。"

蜀王停下笔，他穿了软甲，身形也颇为矫健。他推开姚州都督的印绶，解下腰间的镂空金剑摆在案头，反问："陛下赐的剑和印，你说我不能调兵？"

皇甫佶无动于衷："亲王无统兵权，姚州都督只能调动城里两千人马，其他人等，没有符信，不得调动五十以上的兵勇。"他一字一句，逼迫着蜀王，"违令者，死罪。"

蜀王的眸色凝固了，把笔墨推开，拾起长剑，慢慢走到皇甫佶跟前："敌军正在侵扰，我此刻就要调兵，你敢治我死罪？"

"殿下不能调剑川兵。"皇甫佶语气也硬了，自怀里取出铜印，亮给瞠目结舌的众人看，"此乃剑川兵马行军总管之兵符，统御全军，不见此符，不得调动一兵一卒！"

皇甫达奚忍不住怒喝："皇甫佶！"

皇甫佶将铜符举到皇甫达奚面前，脸上是不近人情的冷漠："皇甫相公是陛下派来的监军，难道不认识这兵符？"他转向蜀王，嘴角露出一抹嘲弄的笑容，"薛公抱恙，特意把兵符托付给了我，殿下不信，何不请薛公来姚州和我对质？"

皇甫达奚满手心的冷汗，挡住了众人的视线，低声道："殿下，今时不同往日，小心引起军中哗变啊。"

蜀王下颔紧绷："皇甫佶，好大胆……"

皇甫达奚打断蜀王，猝然转身斥了皇甫佶一句："无知小儿！薛公把这么重要的兵符交给你保管，难道不是怕大敌当前，要事急从权？

你却在这里狐假虎威,对殿下大放厥词?朝廷调兵遣将的规矩,我自然比你懂得多!"他立即卷起袖子,替蜀王磨墨,"调集一万人马,此非小事,就算鄂公也不敢擅专,请殿下先奏请陛下。来人!叫驿使,要八百里加急!"

蜀王笑道:"你口舌便利,何不你写?"他奋力将笔一甩,墨水溅了皇甫达奚一脸,抬脚就走。

"殿下。"寒芒一闪,皇甫佶将蜀王拦住了。这回利刃脱了鞘,外头御敌的金鼓雷动,刀刃上迸射着凛冽的杀伐之气。皇甫佶把兵符收入怀中,手腕缓缓转动,把刀背贴在了蜀王的软甲上,不轻不重地将蜀王往堂内一推:"两千姚州兵备还在等殿下调遣,殿下何不和他们好好守在城里?"

"铿"一声将刀归了鞘,皇甫佶大步走出厅堂。

众将士瞠目结舌,被鼓声催得急,也忙飞奔跟上。

登上城楼,见旌旗漫卷,把杨花拍打得像雪片一般。这一回敌军的声势比昨夜浩大,整个河岸喊杀声震天,两边的箭矢遮天蔽日,"轰"的一声,又一座箭楼倒塌了。探哨道:"沿河上下十几里,树叶都在摇动。整个泸南的敌军都聚到这几个滩头了!"

旌旗被洞穿了。皇甫佶把落地的箭拾起来,箭镞在阳光下闪着犀利的光。不是阿普笃慕针筒里抹了蜈蚣汁的竹箭,那是小孩子的玩意儿——乌蛮人对这一场仗筹谋已久了。

那个侥幸最先冲到岸上的爨兵才放了一箭,就被马蹄踏倒了。

阿普笃慕,你要为了一个姚州城,搭上所有乌蛮人的性命吗?

城楼下顷刻间人头攒动,纷乱的目光投了过来。

皇甫佶思忖片刻,把刀举起来,屹立在光辉里:"出兵,列阵。"

(九)

残阳把河岸照得像血,暮色很快沉沉地压下来了。

姚州的官兵们还不敢合眼，白天的喊打喊杀是震各自的声威，提升士气，真正要提防的，是敌军趁夜侵袭。土生土长的爨人像脚下的草籽，平时不显眼，风一吹动，漫山遍野地翻滚，能把城池都吞噬了。

士兵们拖着疲惫的步子往城头搬弓矢、滚石和笆篱，这是预备爨兵抢渡后，到城下交战用的。

"蛮人也真狡诈。"姚州城守有些头疼，两个日夜了，他们只在河岸鼓噪，半步不肯靠近城下，汉兵全线防守，疲于奔命，"这样下去，伏兵不敢动，我们这边倒要被熬干了。"

"乌蛮放话了。"有人气喘吁吁地走过来，抑制不住激动，"说只要朝廷同意把戎、巂二州，还有蕃南、西川一百多座堡寨交还给乌蛮，他们就退兵，从此汉爨以泸水为界，永世不犯！"

越巂城守如丧考妣，其他人都如释重负，齐刷刷的目光都定在皇甫佶脸上。因为薛厚的嘱托，还有皇甫的姓氏，人们都不自觉地以这个年轻人马首是瞻了。

"两州本来就已经陷落，况且周边又多是蛮人聚居……"姚州城守忍不住开口。

能轻易让乌蛮退兵，谁愿意冒着触怒蜀王，还要身当矢石的危险？戎、巂丢失，这个罪责也怪不到姚州的头上。

越巂城守屁股坐不住了："戎、巂二州和泸南唇齿相依。南蛮贪得无厌，难道诸位还以为他们会信守承诺？昨日割弄栋，今日割越巂，明日，泸南各州也注定难保！"

皇甫佶问："皇甫相公知道了？"

"相公已经送急报去京都了。再有半个月，是战是和，朝廷必定就有消息了。"

众人绷了多日的心弦，听到这话，虽然还没准信，但不觉都松懈了。远处鼓噪声没有歇，箭支携着微黯的火光在河岸上零星飞逝。

皇甫佶低头思索了一会儿，走到城下，叫一名探哨过来，附耳低语道:"找两个水性好的人过河去探一探敌营。"

等到黎明,两个探哨浑身湿透地回来了,只有皇甫佶端坐在屋内。他把灯芯挑亮,不用问就已经确认了此前的猜想:"营里是空的?"

哨兵微讶:"营寨里人不多,堆着烂秸秆,还有破羊皮筏子。"

如果戎州、巂州有罗苴子精锐驻扎,怎么可能不来增援?阿普笃慕在耍诈,爨军的主力不在泸南。

当初碧鸡山的那个天真单纯的少年……皇甫佶脸上有些玩味,但他没有揭破,只说:"不要外传。"等探哨离开,他倒在榻上,合上了沉重的眼皮。

他迷迷糊糊地睡了几个时辰后,守兵把他摇醒了:"城外巡逻的时候,在藤子哨的山口上看见了几根索子。"

皇甫佶捏着额角坐在榻边,神色有点呆怔:"去看看。"他顾不上洗把脸,蹬了靴子就往外走。

到了藤子哨的山口,这里是泸水上游,距城里不远。刀削似的悬崖上和对面的石壁间连着几根牛皮绞的索子,被风吹得微微摇晃。脚底是惊涛拍岸,江水发出深沉的龙吟。摔在那些险峭的山石上,顷刻间就会粉身碎骨,或是被激流卷走。

巡逻的人眼晕了,小心地往后退了退。

皇甫佶说:"有爨兵混进城里了。派些人手,护送蜀王和皇甫相公退到泸州。"

"蜀王殿下……"明眼人都能看出来,皇甫佶背后有薛厚撑腰,已经狠狠地把蜀王得罪了。

"跟他说,有人来寻仇了。"皇甫佶面不改色,垂眸把刀收了起来。

"是。"士兵疑惑地答应,往崖壁探身,"把这些索子砍断吗?"

"不用。"皇甫佶目光随意地往四周一瞥,敢这么不要命地攀崖,就算在乌爨,也没多少人,"别打草惊蛇。"他踢开野藤,沿着羊肠似的山道回城。

自从乌霡提出要划泸水而治后,攻势就缓了,河岸上战鼓厮杀的声音也有一搭没一搭地拖了些时日。

薛厚弃逃,李灵钧请旨调兵的奏疏应该早摆在御案上了。

皇甫佶在浅滩上踱步。两岸已经杨花褪尽,山红涧碧,他又遥望了一眼藤子哨。城里的守兵追出来了,有点慌神:"敌军绕到后山,从南门攻进去了!"

南门是靠山的后门,守兵最少,突如其来的霡兵把城门上打盹儿的官兵给吓着了。

"人不多,在城门附近交了手,别处守兵赶到后,蛮子就退了。咱们被杀了十来个,还有几个人被割了耳朵。"

割耳朵,这是和西蕃人拼过命的狠角色。皇甫佶精神一振:"藤子哨的伏兵呢?"

"已经在山脚下打起来了。"

皇甫佶一马当先,赶到藤子哨山下时,战事已经停歇了。汉兵打了个痛快的伏击,擒获了上百号乌霡人。皇甫佶踩过乱石和断矢,到了乌霡俘虏跟前,看见了一个赤膊的人,脸颊上用靛汁文着扭曲的鹰钩爪,耳朵上有个陈年的豁口,背上横七竖八的鞭痕才刚结痂。

阿各达惹是神鹰选中的大鬼主,这是施浪家的娃子,那个爱割人耳朵的西蕃奴隶——嘎多。

皇甫佶用刀抵着嘎多的豁耳朵:"你是施浪家的人?"

达惹会说汉语,嘎多能听懂,但他只是凶悍地盯着皇甫佶,问道:"蜀王在哪儿?"

皇甫佶利落地抬手,把他的豁耳朵切掉了一只,冲旁边的士兵一摆头:"把他们押走。"

这百来号霡兵被推倒在泸水畔,傍晚的太阳投射在刀刃上,红亮得刺眼。滩头的水潺潺涌动,皇甫佶靴底踩在水里,盯着不远处的对岸。

阿普笃慕出现了,骑着马,昂扬的影子被长长地拖在地上,身后跟着他的伙伴们。他真像山里的一株劲草，每回腥风血雨一浇灌，就突然拔高一截，逐渐根深叶茂了。

阿普笃慕望见嘎多这些人，却无情地摇了摇头。

一阵箭雨示威似的飞了过来。阿普笃慕的意思很明白，他不在乎这些娃子的命。乌蛮多的是奴隶，戎、嶲两州的战事，已经让寨子的仓舍被牛马和奴隶塞满了。

隔着河岸，听不清究竟，皇甫佶也没废话，他只要乌蛮人亲眼看着就够了。像阿普笃慕在越嶲干的一样，他叫士兵们把这些俘虏绑了，推进湍急的河里。

嘎多很硬气地梗着脖子，没有求饶，跌跌撞撞的，还对推搡他的士兵瞪眼睛："蜀王，在哪儿？"

"慢。"皇甫佶瞥着嘎多，又改了主意，"从藤子哨摸过来，你的水性很好啊。"他让士兵把俘虏拽回来，像赶牛羊似的上了藤子哨。

仅剩的一根牛皮藤还连着咫尺之隔的山崖，天气晴好，万丈霞光将茫茫的水汽扫荡一空。皇甫佶居高临下，看见阿普笃慕骑在马上，也沿着山谷慢慢跟了过来。

皇甫佶叫人给嘎多松绑："你来是给达惹报仇的？可惜你来晚了，蜀王去了泸州。"他惋惜地摇头，声音很清朗，"我还放你原路回去。要是索子断了，摔得粉身碎骨，或是淹死在泸水，乌蛮人都记得你是为了施浪家死的。"

旁边的汉兵们明白了他的意思，嬉笑着抽出刀来，故意当着嘎多的面在索子上试了试。

阿普笃慕扬起的脸上，一对乌黑的眉毛似乎皱了起来。

皇甫佶垂眸，睨一眼阿普笃慕：你真像自己以为的那样心狠吗？

嘎多仿佛被底下的湍流吓到了，愣着不敢动。有的俘虏早按捺不住了，抢在嘎多前头抓住了长索。皇甫佶清楚地看见阿普笃慕的脸变了颜色，摔开马缰，往河岸奔了一步，峡谷间回荡着撕心裂肺的一声：

"阿妵！"

皇甫佶猝然扭头，还没看清爨兵的面容，一股凶猛的力道就冲了过来——中计了，他被嘎多紧紧抱住腰，滚落了山崖。

两个人从山石上跌跌撞撞落进湍流里，瞬间就不见了。

木呷等人大气也不敢出，然后爆发出一声欢呼。

阿普笃慕道："去追！"一群人马也来不及牵，拔足狂奔。追出十余里，眼见河面开阔，水势渐渐平缓了，天色尽黑，爨兵们用松枝绑起了火把，用刀在浅滩和乱草里拨拉。

木呷追上来，有些沮丧："只找到了嘎多，死透了。"

在皇甫佶刚落水时，阿普笃慕还有一些得意，此刻已经平静了。他沉默了一瞬，说："把他送到施浪家的堡寨里去。"他视线不甘心地搜寻着，"找到了嘎多，皇甫佶一定离得不远。"

"这是不是？"木呷拾起了卡在涧石缝里的刀鞘，已经开裂了。隔着猩红的河水，有团黑影伏在岸边，半点声息也没有。

阿普笃慕认得这把刀。他敏捷地跳过一块涧石，涉水往对岸走去。

木呷把他抓住了："从崖上跌下来，又淹了水，没得活了。"追得太远，爨兵没有跟上，木呷不放心，"说不定一会儿汉人就找过来了。"

"就算死透了，也要给他补一刀。"阿普笃慕沉声道，"你听着马蹄声。"

游过静静的江水，到了对岸，阿普笃慕一步步走近那团黑影，用刀柄捅了捅，轻易地把那人翻了过来。

展露在月光下的，是皇甫佶的一张惨白的脸，还有轻微的鼻息。铠甲摔散了，他也学爨人，腰腹上裹了厚重的牦牛皮。要不是这牦牛皮，皇甫佶早跟嘎多一样摔得筋骨俱断了。

"狡猾，我还当你不怕死……"阿普笃慕有些失望地自言自语，粗暴地扯开了牦牛皮，把刀刃在皇甫佶的胸口试了试，又横在他的脖颈上。

半死不活的人倏地睁眼了，徒手攥住了刀刃。

装死？阿普笃慕"哼"了一声，手稍微用了些力道，往下压。

皇甫佶在坠崖时，手心已经被刺藤磨得血肉模糊，他胳膊颤抖起来，一双眼乌沉沉的，死盯着阿普笃慕。

"别杀我。"皇甫佶嗓音粗哑得厉害，断断续续的，"蜀王要调兵，从神川、铁桥南下攻打乌蛮。薛厚反了……"皇甫佶声音很低，"迟早，姚州城是你的，蜀王的性命，也是你的。"

阿普笃慕的眼神有些古怪，没有移开刀刃，也没有加重力道："你们汉人都是这么容易背信弃义的吗？"

皇甫佶微微扯动嘴唇："如果换作是你，到了生死临头，也会求饶。"

阿普笃慕想要否认，低头想了一会儿，却爽快地承认了："我不能死，我死了，坝子上就只剩阿妮，再没有亲人、伙伴和情郎……"见皇甫佶眼神微动，阿普笃慕微笑起来，"不过，你这个人很有点本事，藏得很深，留你活着，我更怕……"

他话音未落，手里的刀被一脚踢飞，在月光下划出一道冰冷的弧光，落在了皇甫佶手里。这一击竭尽了全力，皇甫佶抢到刀，踉跄着起身，抵着山壁缓缓倒退。远处有火把在晃动，皇甫佶微微一瞟，眼神骤亮，冲阿普挑起了英气的眉："你的刀落在了我手里。"他将那柄经历千锤百炼的沉甸甸的爨刀晃了晃，"你还怕什么？怕我来抢你的牛马，抢你的女人？"他放声大笑，"我也没打算死，阿普笃慕，你来吧！"

"阿普！"木呷奋力地涉水过来，打着尖锐的呼哨，"汉人找过来了！"

阿普笃慕两手空空，在月亮的清辉下懊悔地站了一会儿："好啊。"他若无其事地点头，"不管姓李，还是姓皇甫，你们汉人都是这个德行，杀光了才好。"撂下这句危险的话，他转身走了。

"这把刀真不错。"皇甫佶故意大声讥笑。

阿普笃慕置若罔闻。

木呷跟着他,一脚深一脚浅地上岸,说:"阿普,这个家伙还惦记着阿姹呢。"

阿普笃慕"嗯"一声,站住脚,回头往对岸望去。

摇动的火阵越来越近了,皇甫佶松了一口气,舒展开四肢,重重地倒在滩头。阿普笃慕的刀被压在身下,坚硬地硌着后背,皇甫佶没有动。

纷乱的火光和脚步声中,有个细微的嗓音凑到了他的耳边:"陛下准蜀王所奏,要调一万剑川军南下,攻打龙尾关。"

"主将是谁?"

"蜀王要亲自领兵。"

不出所料。皇甫佶艰难地从身下抽出刀,借着火光细细打量。他脸上露出一抹带着点快意和邪气的笑,也学着刚才阿普笃慕的语气,懒懒地说:"好啊,祝殿下出师大捷。"

银苍碧洱,汉地失土,好山好水好女人……皇甫佶闭上了眼。

(十)

一声朗朗呼!

瓦萨之女啊,

黎明前起身。

鸡叫传四方,

随着叫声去。

瓦萨之女啊,

向敌去雪仇。

招请杉林神来咒,

招请岩上神来咒,

招请大地神来咒,

招请日月神来咒!

咒显灵,仇敌死!

向着仇敌去,
十沟杀声震,
向着仇敌去,
似水滚滚流!

天快亮了,寨栅里火光冲天,是施浪家的人在打歌送灵。死人被剃了两鬃的头发,用柑叶水洗了身体,放在高高垒起的九层柴堆上,连嘎多这样低贱的娃子也被塞了曲克则①在嘴里。火把投进柴堆,人们吹起葫芦笙,摇起手铃,绕着柴垛旋转、跳跃,脸上被火光照得喜气洋洋——爨人的讲究,死了亲人不能哭,要笑,让亡灵放心。

老毕摩在念《瓦萨咒经》了。经文是用施浪家人指尖的血,混着咒牲的血,写在皱巴巴的草纸上的。传说瓦萨和他的冤家阿吉争斗,瓦萨家的男人死光后,瓦萨的女儿使用了这样的咒术,以她自己的命换了阿吉家灭门。

"依哩哦哩!"芦笙吹得更响了,蓝得剔透的天上炸开了一团团红亮的火星子。

阿普一手托腮,坐在越嶲城外的半坡上,脚下放着箭筒和弓袋。姚州一战,他失了刀,像老虎没了牙,雄鹰秃了爪。娃子们看见他脸色不好,没有凑上来。

爨人送灵要跳几个通宵,汉人也被姚州那一战打怕了,在城门里死守不出,两下里相安无事。瓦萨和阿吉在暗暗筹划着报仇雪恨。

木呷一屁股坐在阿普的身边,也望向施浪家的寨栅里,说:"瓦萨的咒术不好,要自己先死,才能换来仇人死。"

毕摩念完了咒经,又在"嗡嗡"地念指路经了。木呷把柑叶咬在嘴里,挤出苦涩的汁,扭头来看阿普:"阿苏拉则的魂来看过你吗?"

阿普在夜色里沉默地摇头。

---

① 银块。

阿苏拉则在乌蛮人心里尊贵得像天神。木呷也像施浪家的人一样，脸上露出了仇恨的表情："尹师傅率领大军将和罗苴子们在苍山设了天罗地网，准能把汉人全杀光。"

阿普却忽然说："你别跟阿姹说蜀王要领兵南下龙尾关。"

"知道。"木呷嘟囔，"蜀王一出来，阿姹的魂又要跟着他跑了。"他压低了声音，"嘘，阿姹过来了。"说完，他识趣地背过身，奔下了山坡。

阿姹从山坡底下渐渐出现了。她没像前段时间那样把自己穿得像个黑老鸹似的穷苦娃子，而是换了对襟衣裳，袖口和领口绣满了马缨花，耳朵上挂着银耳钏，乌油油的头发上缠着蜜蜡和海贝，盖着镶边挑花的头帕。

阿普想起来了，孝女穿彩——蛮人死后满一年，要把骨头挖出来再埋一次，从达惹离开坝子，有一年了。

阿普起身了，阿姹走到他面前，说："阿哥，咱们该成亲了。"

阿普一怔："成亲？"

见阿普怀疑地皱起了浓眉，阿姹笑得更嫣然了，头帕上的银叶子打在整齐的眉毛上。她早过了十五岁初信的年纪，阿米子庆贺过沙洛依，就要打起辫子，换上裙子，张罗着嫁人了。从她十二岁开始就被萨萨日夜盼着的这件大事，大家都不知不觉忘记了。

阿普说："这个时候成亲吗？在越巂？"

阿姹以前拿起乔来，让人恨得咬牙，可这会儿莫名变得很痛快，好像是被寨栅里的欢庆感染了："就这个时候，在越巂。要比皇子公主的婚事还要热闹，让整个剑川的人都知道，各罗苏和施浪是一家。"骄傲褪去，她一双晶亮的眼睛柔得像月光，"你再出门打仗，心里有我，就会好好地回来了。"

阿普探究地看了一会儿阿姹，浓眉倏地舒展了："好啊！"他没再问缘由，也像阿姹那样干脆，那样欢喜。他使劲把阿姹抱起来，两人像孩子似的"哈哈"大笑着，在山坡上打了个滚，把箭筒踢散了，头帕甩脱了。

阿普微微喘气:"我真高兴!"

阿普和阿姹这两个冤家,终于要成婚了!

还没送完灵,木呷木吉冲进寨栅里,把柴垛前的人都拽了起来,说要连夜筹备婚事。本来还在悄悄抹泪的人脸上骤然放了光彩,真心地欢呼起来。毕摩就在场上坐着,转转酒、坨坨肉也是现成的,天才蒙蒙亮,迫不及待的人们把喜棚搭起来了。阿姹被阿米子们围着,在喜棚里梳头发,外头扬起了驱邪的草木灰。

木呷大摇大摆地来了,他是代替阿普笃慕的兄弟来背新娘的。

"来哟来哟!"木呷咧着嘴笑,瞥见阿姹,不好意思了,转过身去,弯起腰,"搂紧我的脖子,脚千万别沾地啊。"木呷像个过来人似的叮嘱阿姹。

两个喜棚抬腿就到,可木呷背着阿姹满地绕圈子,这是为了叫毕摩捉住她的魂,一起送到男方家里去。阿姹很配合,搂住了木呷的脖子,好奇地问:"脚沾地会怎么着?"

"沾了地的脚,不老实,会乱跑!"木呷很严肃,"抓好啊。"

阿姹不动了,把脸靠在木呷背上。她被他晃得头晕目眩。

到男方的喜棚了。阿普笃慕盘腿坐在芦席上,耳朵上挂着珊瑚串,衣襟上别着花,打扮得像只孔雀。骠信的婚礼该在金碧辉煌的王府举行,接受清平官和大军将、六曹九爽的庆贺,在越嶲突发奇想的这一场,显得太潦草了,可阿普的表情异常庄重。

在摇晃的人影中,和阿姹的目光碰上,他那双常含着愠怒、傲慢、嘲讽的眸子微微眨了一眨,然后毫无芥蒂地笑开了,立即又恢复了一副雍容的姿态。他对毕摩颔首,毕摩叫他把青松毛系成两个疙瘩。阿姹的手指尖尖的,很灵巧,飞快地把疙瘩解开了。这代表着一对男女已经心意相合,从此不会再对彼此有怨恨。

芦笙和弦子又不知疲倦地响起来了,人们退到喜棚外,脚掌把地踩得"噼啪"响。两个新人坐在芦席上,四目相对,都不说话。阿普抚摸了阿奼的脸,又拂弄了一下她的发辫,把嘴凑到她耳边:"你刚才搂着木呷搂得真紧。"

阿奼"扑哧"一声笑了:"是为了一双脚不乱跑!"

"跑不了了,你的魂已经被我捉住啦。"

他们离得那样近,眼里稍微一点波动,就像浪,把人打得晕眩。阿奼脸上用胭脂涂得红艳艳的,呼吸甜得像蜜,阿普凑近一点,把阿奼的肩膀搂住了,阿奼却很警惕,手挡在他胸口,冲他摇摇头。

爨人成婚,当夜不同床。阿普只好坐远了一点,望着外头渐渐西沉的太阳叹了口气。

外头的人笑得很欢,这场幕天席地的婚礼,让他们忘了爨人和汉人的仇,还有各罗苏和施浪的仇。

阿普听着这些笑声,拉起阿奼的手:"咱们溜走吧。"

两人猫着腰,溜出青棚,解了一匹马,骑上出了越嶲城。芦笙的声音远了,辉煌的霞光笼罩在人身上,雁群背着斜阳掠过。两人目光追随着杳杳的黑影,望见了姚州的方向。

阿普的睫毛半晌不动,忽然没头没尾地说了一句:"阿奼,我会把姑姑找回来的。"

阿奼提醒他:"还有那把刀。"

木呷那个大嘴巴……阿普没精打采地道:"唉,别提啦。"他垂眸,看见阿奼腰里挂着针筒,袖子里藏着匕首,马鞍上还挂着弹弓,他不甘心地抓住她的袖子,想要把手探进去,"把你的刀借给我吧。"

阿奼立即躲开了:"你有你的,我有我的。"

"我不想你再用刀。"阿普忍了一会儿,沉声说道,有了那种做男人的威严。

阿奼拾起缰绳,脊背挺直了,赶着马,慢慢走在斜阳下:"我不会用刀,你在西蕃时就死啦。"

阿普由衷地说:"你真勇敢。"

阿姹骄傲地甩了一下发辫。那些蜜蜡、珊瑚和海贝照得人眼花缭乱。阿普把脸埋在她的脖颈里,手伸进了她的衣襟里。阿姹还硬挺着,提防他来偷她的刀,被他在腰上一搔,她的身体顿时软了,嬉笑了一声。阿普把她的肩膀扳过来,制住了她的手,两人的脸颊贴在了一起。

阿普说:"你的手也真巧啊。"

"不吉利。"阿姹没有因这些甜言蜜语昏了头,告诫了他一句。

"谁知道啊?"

"菩萨知道。"

"你就是菩萨。"阿普猛地抱住了阿姹,两个人扭来扭去,一屁股跌坐在草地上。

阿普把阿姹的衣襟掀开:"别动。"他薅了一把锦鸡儿花、娃儿藤,平时惯会撩鸡逗狗的一双手此时也颇为熟练,眨眼间编出一串花环来。

他按着阿姹清秀柔软的肩膀,把花环绕在她的腰上,满意地说道:"阿措耶菩萨……"

柔风吹拂着,阿姹闭着眼睛,好像睡着了。颜色不改,金身不灭。

一声朗朗呼!
坝上瓦萨家,
向着太阳来求诉:
太阳月之神,
月亮雾之神,
雾是云之神,
云是毕之神……

歌声到城外了,阿普睁开茫然的双眼,看见满天繁星如织。身边没有人了……他霍地站起身:"阿姹?"

一声朗朗呼！
瓦萨之女啊，
黎明前起身，
向敌去雪仇。
我父阿火父，
我母阿火母，
蜂刺是我尾，
虎须是我须，
豺豹当犬带，
虎狼当马骑。
四方神降临，
仇敌已死定，
似水滚滚去！

李灵钧又勒住马，云气在峭壁间翻滚，像狮虎，像鹰鹞，山坳里忽明忽暗，仔细听，不是土人的歌声，而是阵阵松涛。

李灵钧问姚州城守："听说土人会咒术？"

"毕摩装神弄鬼的玩意。"姚州城守不放在心上。

他们从铁桥、神川南下的途中，遇到了一些赶路的手艺人和在深山里游荡的猎户，士兵把这些蛮人绑了来，问道："龙尾关里有多少爨兵？"蛮人困惑地摇头。越往南的蛮人，越罕少听得懂汉语。

松了绑，他们又兴致不减地唱起来了，古里古怪的腔调。

姚州城守心里有点没底："先在神川驻扎一天，待探哨打听清楚了再进龙尾关。"

李灵钧道："也好。"

等营帐搭好了，他把铠甲卸下，只穿了件松松的单衣，盘腿坐在褥垫上。豆大的油灯点亮了,他摆起条案,取过纸和笔。

姚州城守进来,见他一个天潢贵胄嘴唇都干裂了,心下恻隐:"殿下,我叫人去烹茶。"

李灵钧倒很随和:"去溪里取点冷水就够了。"

"是。"姚州城守招呼两个士兵去溪边取水。

李灵钧握着书卷,自掀起的帐帘望出去,月光下溪水粼粼,簌簌微响。这条河连着乌蛮的洱海,汉兵一扎营,来河边饮水的走兽也惊散了。

"不要河水。"李灵钧忽道,"没有茶,酒也可以。"

怕乌蛮的毒?薛厚一夜之间在剑川销声匿迹,城里是有流言的。姚州城守瞟了李灵钧一眼,叫士兵去取酒。

李灵钧却陷入了沉思。半晌,他放下书卷,语气不大确定:"好像有人在跟着我们。"

"有人?"姚州城守不太懂,"殿下是说有乌蛮的探子混进我军里了?"

剑川军上万人,行起军来,在山间绵延数里,要一路无声无息地从铁桥跟下来,除非这人会飞天遁地。

"有人有这样的本事。"李灵钧想起了当初自逻些到西川,那甩也甩不脱的阿普笃慕,他的眉宇浮上冷意,"下回再遇到鬼鬼祟祟的蛮人,不要留活口。"

如此善变多疑……姚州城守心里一个"咯噔",低了头:"是。"

外头蓦地闹起来了,有人抄起长弓短剑撒腿跑,也有人互相推搡着说笑,不像是敌军来袭的情势。

姚州城守赶紧出帐,抓住一个士兵斥责:"闹什么?不要惊扰了殿下。"

士兵禀报:"有人打水时,在溪边看见了一只白虎,从来没见过那样通体雪白的老虎!"他显然也有点跃跃欲试。

姚州城守揉了揉眼睛,使劲往黑影幢幢的溪边看。

一群拿弓箭的人气急败坏地回来了，七嘴八舌地说："一眨眼就跳到那块山石上，钻进林子不见了。这畜生好像通人性。"

李灵钧也走出军帐，静静听着人们对这离奇白虎的描述，表情沉静。

姚州城守把士兵们斥退了，转身请李灵钧回军帐，笑道："怪事，八成是眼花了，世间怎么会有雪白的老虎？"

李灵钧道："我见过，在皇宫里。"

长夜寂寂，姚州城守请李灵钧落座，斟了两盏酒，说："皇宫里，不要说白虎，金龙、银凤这样的瑞兽都不稀奇。滇南的蛮人把白虎当山鬼，传说一生没有婚配的女子死了会变成白虎精，看见情意相投的新婚男女就会去害人……"意识到蜀王也才新婚，他尴尬地刹住了话。

李灵钧倒饶有兴致："这么说，白虎原是个一辈子孤苦，见不得别人美满的妒妇？可怜。"

姚州城守摇头："不吉利，任它去吧。殿下早些歇着。"随着年轻的蜀王出征，等于是把脑袋别在裤腰上，他也严肃起来，退出军帐，鹰似的眼睛往周围巡视。

翌日，探得龙尾关内外并没有伏兵，姚州城守放下心来，于是连夜秣马厉兵，一万大军分三路行进，神不知鬼不觉地逼近龙尾关。关口附近寥寥几百个爨兵胡乱地放了一轮箭，便换了腰间的弯刀，杀气腾腾地冲下箭楼，和汉军厮杀在了一起。连绵瑶台十九峰，弛弓似的把守着洱海坝子，一夕之间，百兽隐匿了行迹，斜阳峰下，山石被泼洒了热血，锋镝的锐鸣传到太和城，弦歌戛然而止。各罗苏从虎皮褥子上跌跌撞撞地爬起身，亲手把鼓面擂得震颤。

姚州城守寸步不离地跟着李灵钧，坐镇在中军。斜阳峰下追击敌军的士兵举高了飞扬的旗帜，拍马赶回来称道："已经夺取了龙尾关，爨军被尽数斩杀。"

一行人相视而笑，骑着马来到斜阳峰，登高往北眺望，玉峰夹碧溪，蒙蒙的水雾被太阳照得如同迷宫幻境。

"那里就是洱河了。进了关,坝子上视野开阔,不怕蛮兵偷袭。兵贵神速,明日可分兵两路,直取太和城和拓东城,打各罗苏一个措手不及。"初战告捷,姚州城守很振奋。

"都说龙尾关是天险,固若金汤,这个关口夺得太容易了。"

李灵钧的这句话,听得姚州城守一惊:"殿下,是怕被薛公说中了,太和城里暗藏精兵,只等咱们上钩。"那就是一场鏖战了。

"上钩?"李灵钧笑了,脸上总算带了一丝骄阳般的意气,"陛下早暗命韦康元在蕃南按兵不动,要是敌众我寡,中了他们的陷阱,韦康元的援军昼夜可到。小小乌蛮,敢跟汉庭相争?不过是蚍蜉撼树。阿普笃慕真以为我会中他的调虎离山之计?"

"殿下……"姚州城守正要趁机说几句恭维的话,见众人身后枝叶猛地一摇,一名士兵应声栽倒,"当心!"

正在惬意说笑的众人,见几柄刀刃带着明晃晃的刺目光芒袭来,登时变了颜色,上马后撤。一番惊慌的拉扯下,士兵推挤过来,李灵钧的缰绳脱了手,他从马背滚落到地上。

"救殿下!"姚州城守吓得浑身冰冷。

是一张恶狠狠的脸,长着跟阿普笃慕相似的一双乌黑的眼,雄健得像豺豹。那是个从龙尾关之战逃走的漏网之鱼,绕山道摸到了中军的背后,还带着满头满脸的血,拎着刀,径直冲向李灵钧。

李灵钧思绪凝滞了一瞬,狼狈地在地上打了个滚,手一通乱摸,猛然抓住了马肚子上挂的弓囊箭袋。一声嗡鸣后,箭支透胸而过,那柄弯刀停在李灵钧的头顶,"当啷"落地。

李灵钧把头扭到一旁,血喷溅出来,染红了他的衣领。

众人愣怔了一会儿,见爨兵不动了,立即欢呼起来:"好箭法!蜀王殿下英勇无敌!"

几个漏网之鱼都被制伏了。姚州城守见李灵钧还抓着弓,坐在地上,只当他受惊腿软,忙说道:"扶殿下上马。"

"不必。"李灵钧推开士兵,慢慢起身,把这些偷袭的爨人一个个翻过身来。看过了死人的脸,没有熟悉的,李灵钧微微透了口气,把脖子上的血胡乱地抹到了下颌和嘴唇上。血迹衬着白皙的脸皮,艳丽得妖异。他没再看那险些得手的爨兵,把弓箭扔进囊袋里,飞身跨上马,肩膀一振,掣起了马缰。

突然生出这一场变故,姚州城守心有余悸,叫士兵再去仔细查验敌军尸首,不可放过一个活口,然后也骑上马,小心翼翼地跟着李灵钧。

"我懂殿下想要建功立业的心,但殿下实在不宜轻涉险地。"他忍不住提醒。

李灵钧不言语。姚州城守又开了句玩笑:"在下第一回亲手杀人时,晚上噩梦连连,殿下今夜要吃苦了。"

"你当我是第一回杀人吗?"李灵钧恢复了淡淡的神色。

姚州城守的玩笑话哽在了喉头,只能干巴巴地说:"打完乌爨这场仗,朝廷上下都要对殿下另眼相看了。"

李灵钧停了马,望着被轻风拂过的山间苍翠,淡淡的血腥气被涤清荡尽,爨军已经退回九重城,汉兵们正在清点着城寨内外的辎重和死伤。他说:"一将终成万古骨,我此刻是懂得先帝和陛下了。"

这一句冷峻的话,让众人都露出了异色。

当晚扎营在红河畔,士兵拎来冰凉的河水,李灵钧没再犯疑心病,脱下了沾血的铠甲和单衣,随便擦了擦脸和脖颈。众将领们在营帐中议定了攻打太和城和拓东城的计策,因为白日李灵钧那句感慨,也没人露出昂扬的样子,都沉默着退下了。

姚州城守见四下无人,拨亮了灯芯,低声对李灵钧道:"殿下此次南征的机会得来不易,为什么路上屡次发不祥之语?这在兵家可是大忌。"

"是我不对。"李灵钧低声道,白日凛冽的面容变得有些不安,"我这些日子总感觉心神不宁。"

姚州城守笑道："殿下刚刚新婚就征战在外，是想念王妃了。"

李灵钧凝望着灯花，忽然说："有人一路都跟着我，是个女人。"这回不是困惑，而是很笃定了。

姚州城守难以置信地睁大了眼睛，忍不住大笑出声："殿下看看我，"他把自己一双枯柴似的大手伸到李灵钧面前，又脱下两只沉重破烂的靴子，"殿下看看我手上磨出的这些老茧，还有脚上这些血泡，我是一个打惯了仗的粗人，斧凿刀砍都忍得下，每天行军下来尚且觉得筋疲力尽，我还有马可骑，有车可坐，有营帐可遮风避雨。一个孤零零的女人，跟着咱们从姚州到龙尾关，要徒手爬过多少山，涉过多少河，从狮子老虎的嘴下经过多少遭，从枪林箭雨下打过多少滚？这样的女人，她不是神女，就一定是恶鬼了。她不舍昼夜地跟着咱们，难道也想要建功立业，封王拜相？"

"殿下累了，说梦话了，明日大战在即，早些睡吧。"他收走了酒器，替李灵钧下了帐帘，笑着退出去了。

李灵钧倒在褥垫上，头枕着双手，望着帐顶出了神。灯花又轻轻地一忽闪，不知名的鸟在嘶鸣，他盘腿坐起来，望着帐外移动的黑影——是夜里出来觅食、误闯军营的走兽。

一个士兵送水进来，诧异地说："殿下已经起身了？"

"天快亮了？"清冷的风掀动了帐帘，李灵钧顿时毫无睡意，披上外袍，走出帐外。辽阔的山影像巨兽，在熹微的晨光里蛰伏着。

"那是哀牢山？"

"是哀牢山。"侍奉的士兵是弄栋人，"山上供奉着乌蛮人的山神，如果神鹰落在谁的肩膀上，谁就是乌蛮六部的大鬼主。"

阿各达惹就是这样做的大鬼主。

"那只神鹰还在？"

"那只鹰有一百岁了，以前毕摩养着它，老毕摩死了，它就在山上的铁柱上,哪里也不去,打猎的蛮人会扔蛇和老鼠给它。这两天打仗,蛮人都跑光了。殿下夜里听见鹰的叫声了吗?"

原来那嘶鸣是鹰唳。

"我自己去山上看看。"李灵钧说,"别惊动旁人。"

黎明时的哀牢山才刚散去潮湿和闷热,到处弥漫着沉郁的草木气和浓得化不开的雾。李灵钧踩着盘龙似的粗大树根,慢慢走进去,抬头看见参天的古木像座幽暗神殿。没有神鹰的踪迹。

"殿下,在这里面迷了路,就出不去了。"侍卫紧张地提醒他。

"噤声。"李灵钧忽然止住脚步,往树影下看去。

是露水滴进了水潭,滴滴答答的,潭里有一具白森森的兽骨,缠着浓绿的水藻。

侍卫用刀柄翻动了一下水潭,脸色都白了。

"你留在这儿,"李灵钧从侍卫的鞘里掣出刀,淡淡地一瞟四周,"我要去看看蛮人是怎么装神弄鬼的。"他踏着枯枝,头也不回地进了山林深处。

土疙瘩堆成的神祠外,铁柱上空荡荡的,李灵钧用刀绞了绞垂下的锁链,发出一阵清脆的"哗啦"声。他倏地转身,看见一个人从神祠后绕出来了,衣衫褴褛得看不出形制,头发披在瘦削的肩头,一张脸没有颜色,但两眼是清醒的,带着和这死寂之地格格不入的鲜活气。

不是那老死的毕摩,也不是土人嘴里的神女或山鬼。

李灵钧不意外,暗暗把刀柄握紧了:"果然是你,皇甫南。"

(终)

阿妲手里是空的,她一瘸一拐地走到李灵钧面前,声音是沙哑的,但很柔和:"我追了半个月,你走得太快啦。"

这话有点意外。李灵钧一怔:"兵贵神速。"他嘴角微微扯动,"我去逻些你们跟着我,我到滇南你们也跟着我,你跟阿普笃慕阴魂不散,到底想要什么？"提到阿普笃慕的名字，他皱了眉。

阿姹说："阿普笃慕在巂州，我自己来的，想问你一句话。"

李灵钧颔首："你说。"

阿姹迟疑了半晌："你在蜀郡成婚了？"

"就是这话？"李灵钧挑眉，"不错，蜀王妃是皇甫家的女儿。"

阿姹眼神黯了，好像浑身的劲被卸去："我在巂州听说了。"

李灵钧抛下了刀，坐在树根上。山里的草木遮天蔽日，不晓得外头是不是擂起了出征的金鼓，但他并不急。他从头到脚打量阿姹，说："你现在真像一个乌蛮人。"

阿姹不在意，从巂州一路南下，她每挪一步都要用尽浑身的力气。跟着李灵钧到了树根前，她瘫坐下来，那副温驯的样子像家犬迷途知返，也像南下的雁飞倦了，栖息在人的臂弯。

两人离得近了，从李灵钧略显嘲讽的表情中，阿姹意识到自己蓬头垢面。她脸上一红，忙扭过头去，对着幽深如镜的潭水，慢慢把湿漉漉的头发打了挦，露出了手掌和脖颈上被刺藤划出的细小血痕。

李灵钧不禁伸手，捏住阿姹的下颌，把她的脸转过来。他注视着她，笑道："不过，你如果脱去这身乌蛮人的皮，蜀王府里多一个婢女，甚至是侧妃，也无妨。"

"侧妃？"阿姹睫毛扇动，心动了，"我的身份，陛下会同意吗？"

"身份"二字，莫名让李灵钧的眼里闪过阴霾，他似真下定了决心："你也姓皇甫，身份倒不算低贱。"

阿姹摇头："太迟了，你娶了皇甫家的另一个女儿，我不高兴，就把自己嫁给了阿普笃慕。"见李灵钧遽然变色，她更得意了，"咯咯"笑起来，"听说你昨天亲手杀了人，吓得一晚上不能入睡，你也算男人？你以为我会信你的鬼话？"

李灵钧抬手给了她一巴掌，猛地起身，拎起刀："贱人！"

阿姹倒在地上，笑道："你惦记着别人的女人，大战在即，却撇下所有人到山里来跟乌蛮人私会，要是皇帝知道了，还愿意封你做太子吗？"

来者不善。李灵钧很警醒，把刀抵着阿姹，冷冷道："你一路追来，也总不会是来跟我虚情假意的吧？"

"是，"阿姹平静下来，两眼直勾勾望着李灵钧，"我的话还没问呢。你把我阿娘藏在哪儿了？"

李灵钧一言不发，转身就走。身后寒芒一闪，一把匕首到了颈侧，李灵钧躲过，脸上顿时涌现出磅礴的怒意，一转身揪住了阿姹的衣领。一寸短，一寸险，近在咫尺，那柄长刀还不如匕首来得灵活。两人被树根绊倒，跌倒在地上，李灵钧索性抛去刀，制住了阿姹的手，把她的脖颈捏住了："不知死活……"

有枯枝被踩断了，伴随着"咻咻"的气息，李灵钧猛一转头，兽影疾冲过来，把他扑倒在水潭边。白虎的利爪扼在他的喉间，发出一声低吼。

就是这只白虎，当初从西川把半死不活的阿普笃慕拖回了寨子。

李灵钧的血液都快凝固了，在白虎森森的牙齿下，他一动不动，唇畔还挂着不怕死的冷笑："和畜生为伍，怪不得你敢来……"

"殿下！"那个侍卫莽莽撞撞地闯进来了，慌忙放了一箭，失了准头。白虎一声低吼，他登时吓得跌坐在地上，然后扔下弓箭，撒腿逃走了。

阿姹爬起来，把焦躁的白虎安抚下来了，重新抄起了匕首，逼近李灵钧："说，你把我阿娘藏在哪儿了？"怕汉兵赶来，她有些不耐烦了。

"我刚才说的，你没听见吗？"白虎就在跟前，李灵钧还不敢擅动，哂道，"你和达惹一样，不自量力……"

"她死了，还是活着？"阿姹迫不及待地追问。

李灵钧露出迷惘的神情："她来蜀郡找我，说你回到乌爨后，日夜记挂着我……你想知道达惹的下落？那你先老实回答我，你心里曾经有没有过我？"

阿姹凝视着李灵钧："有。"她在他跟前，从来没有这样痛快过，也从来没有这样肆无忌惮、毫不遮掩过，"你比所有人都尊贵、都神气，去逻些之前，我很想嫁给你。你把我骗到逻些，却要和德吉成婚……"她俯下身，声音柔了，想要挽回男人冷酷的心，"三郎，当初在菩萨面前的誓言，难道你都忘了吗？"

"没忘……"李灵钧话音未落，骤然起身，拖住阿姹，两人从山坡上一路翻滚到了溪涧里。那只白虎也很通人性，怕引来追兵，没有嘶吼，只一步步地跟过来。

李灵钧一把抓住被侍卫扔下的角弓，垂眸对上阿姹的眼，冷笑道："你能骗人，我怎么不能骗人？"他转头对白虎威胁道，"畜生，你敢过来，我就先把这个花言巧语的女人勒死。"

白虎低吼一声，毛发皆竖，无声地靠近了。李灵钧心一横，将弓弦勒住阿姹的脖子。

阿姹恨恨地盯着李灵钧，还不甘心："我阿娘是死了，还是活着？"

"死了。"李灵钧漠然道。

阿姹的眼睛顿时红了，手在背后摸着，匕首和刀都被甩飞了，她只揪断了一把草叶。弓弦蓦地勒紧，阿姹拼命乱踢乱抓起来，把溪涧里的水扑到了李灵钧的头上和脸上。他苍白的面容骤然变得血红，胳膊颤抖了，一双手死死地拽着弓弦，眼里是满满的不甘——因为一念之差，他跟着这缕怨魂上了哀牢山。

"来人！"他嘶吼了一声，浑身迸发出杀气，蓦地盯住了张牙舞爪的白虎，"要是我今天葬身虎腹，就带着你一起陪葬。"

每一口气都艰难，撕心裂肺的，阿姹一阵阵发昏。有黑色的影子在天际盘旋，是寻找大鬼主的神鹰，还是听到呼救声的汉兵，或是深深根植在这土地上千百年的古木，终于腐败倾颓，要把一对仇敌像情人似的埋葬?瓦萨之女的咒术要灵验了。她的脚不再踢了,长发像柔顺的水藻在水波里缓缓地漂浮开,荡漾着。她的嘴略微张开了。

李灵钧俯下脸,凑到阿妳的耳边,残酷地扼杀了她最后一线生机:"我把达惹挫骨扬灰,别说是人,死后,你们连魂都不能相聚。"

阿妳颤抖的手抓住了一个冰冷的物体——山下开战了,那是一支不知被谁胡乱射出的飞箭,擦过水面,落在了李灵钧的脚旁。

突如其来的箭镞深深刺进了李灵钧的脖颈里。

李灵钧痛哼一声,松开了弓弦,阿妳翻身跳起,把他扑倒,白虎则拖拽住了他的腿。阿妳猛烈地喘着气,握住了箭杆,一把拔了出来。热血溅在脸上,她麻木得没有感觉,只盯住了仇敌一双绝望猩红的眼:"这一箭,是为了阿耶和阿娘。"又一箭,刺入了李灵钧的胸口,"这一箭,是为了阿普。"她用尽全身的力气,抬手给他那英俊的脸上狠狠一个耳光,"这一巴掌,是为了我。"她艰难地推开李灵钧狠狠扼住自己的手,摇晃着起身,"违誓之人,死无葬身之地。"

李灵钧躺在枯枝落叶间,被黑沉的树影覆盖,没有气息了。白虎忽然呜呜一声,带着欢快,放开李灵钧,掉头往溪涧那头奔去。

"阿妳——"

这从刚才就断断续续、忽远忽近的声音,渐渐清晰了。

阿妳茫然地转身,看见了白虎迎接的人,不是敌军,而是阿普笃慕。他越过山峰,越过溪涧,挥却了艳阳,穿过了迷雾,气喘吁吁地到了她面前。他手上高举的弓箭垂下——落在李灵钧脚下的那一箭,是他站在遥远的山石上射出的。

"阿妳……"阿普没再管李灵钧,仔细看了一眼阿妳脖子上的瘀痕。

两个人都疲惫得站不住了,互相依靠着坐在地上,金红的光点从枝叶间漏下来,洒在溪面。

"天快黑了?"阿妳还是蒙蒙的。

"快亮了,那是朝霞。"东面越来越辉煌了,死寂的哀牢山也被染上了丽色，阿普捧起溪水喝了几口，润了润干渴的喉咙，"薛厚在陇右反叛了，皇甫达奚被他亲儿子俘虏，汉人从姚州退兵了。"他笑看着阿姹血迹和水渍斑驳的侧脸，"我去了姚州段家，看见了你小时候捉蚕的大槐树。"

阿姹脸上露出向往的表情："有一天，我也要回去的。"

山下传来阵阵喊杀声，阿普说："罗苴子在洱河边和汉兵打起来了，咱们等天黑了再摸下山，你不怕吧？"

阿姹摇头。觅食回来的神鹰闻到血腥气，在空中盘旋了一会儿，然后收起翅膀，静静地落在阿姹的肩头。白虎冲它露出了尖利的牙齿。

两人肩并肩，看着漫天的霞光。云彩变幻着形状，像一个持铜叉、举藤网、身骑飞马、搭弓射日的勇士。

阿普无意识地摸到了胸口的木牌，那上头的支格阿鲁像曾经被他刻了两根歪歪扭扭的辫子。

木牌已经被汗浸湿了，阿普握着木牌沉吟："你知道吧，阿姹？支格阿鲁可能是个女人。"

他珍惜地把木牌放回衣襟里。

"嘘。"阿姹侧耳聆听。

天边传来阵阵的歌声，慷慨激昂、生机勃勃的，辨不清是乌蛮还是白蛮，贵族还是娃子，姚州来的汉人还是坝子上的蛮人，他们都情不自禁地跟着十九峰的松涛、十八溪的飞瀑，信心百倍地唱了起来。

阿姹轻快地笑起来："听啊，咱们要赢了。"

> 山神密集若柏丛者起，
> 法鼓排然以崖壁者起，
> 四方神降临，
> 吼声传四方，
> 似水滚滚去！

番外一·阿各达惹

硝烟散尽了，皇甫佶坐在河畔。刀锋映着漫天的霞光，灼灼得刺人眼。他慢慢把刀尖上的血渍抹净，喘匀了气，起来转过身，打量着蜀王府恢宏的阙楼。

"啪"一声轻响，是屋脊上的鸱吻断裂了。皇甫佶踩着瓦砾灰堆，身影颀长，踏进了深深的殿宇。

没有了蜀王的西川，如同群龙无首，脆弱得不堪一击。薛氏大军一进蜀郡，整个州府皆降了，唯有蜀王府的老弱妇孺还在顽抗。

不待皇甫佶发令，副将先迎上来禀报："蜀王妃素服散发，端坐在堂上，身边带着几个旧日皇甫家的仆从，既不出迎，也不肯自尽。"

"什么六兄？听说皇甫佶已经认贼人为父，改姓薛了。敌我不两立，请薛将军一刀把我杀了吧。"这是蜀王妃的原话。

三年前，皇甫家的十一妹嫁进蜀王府，旋即就做了寡妇。皇甫佶和她素来不算相厚，但还记得她在皇甫夫人膝下不谙世事的模样。

当初皇甫佶在姚州俘虏皇甫达奚，父子反目的情形，身边的人都还历历在目。

士兵们剑拔弩张，暂且不敢轻举妄动："将闲杂人等屏退，将军亲自去劝一劝王妃吧？"

皇甫佶在殿前停下脚步，白玉石阶的缝隙里已经长出了细草。皇帝的龙潜之处，当初李灵钧射箭震慑翁公孺的地方，已经荒芜了。

"不必了，你带几个人架她上车，送回长安的皇甫家。"蜀王妃翻脸不认人，皇甫佶也是神色淡淡的，"她如果寻死觅活，你告诉她，我还念着三分手足情，后面的人就没有这样斯文了。"

蜀王妃，皇甫达奚的女儿，可不是等闲之人。副将看着皇甫佶的脸色："就这样轻易放她回长安，薛公那里……"

"薛公那里我自会交代。"

才二十五六的年纪，已经手握重兵，薛厚膝下无子，众人都心知肚明，除非这一对义父子再次反目，否则陇右军的权柄迟早要落在皇甫佶的手里。因此，没人敢违抗，副将带着几个忠厚细致的士兵去了殿内。

皇甫佶绕过正殿，到了廊庑下，见原本空旷的庭院里挤满了人，原来是士兵在清点王府里的奴仆和罪人。薛厚有令，大军所到州府，除十恶不赦的逆徒之外，牢狱里的人尽皆开释，男的入伍，女的发还其家。

皇甫佶默默无声，见一名戴枷锁的妇人正被士兵盘问来历。士兵潦草记了两笔，叫人取下枷锁，打发了妇人："去吧！"

"慢着。"皇甫佶抬脚走下廊庑。

突然被开释的罪人，谁不是心神恍惚、顾此失彼？刚才士兵在廊下同他禀报乌蛮议和之事，妇人却突兀地扭过头，将皇甫佶从头到脚打量了一番。

皇甫佶问道："你是为什么被囚在蜀王府？"

听士兵呼唤皇甫佶将军，妇人不显卑微，反倒很傲慢："蜀王把我男人害死了，我来跟他拼命。"

她手脚上不见刺青，汉语也说得字正腔圆，皇甫佶却说："你是乌蛮人？"

妇人摇头："我姓葛，是姚州人。"不再理会犹豫的皇甫佶，她径自挤过人群，要往外走。

皇甫佶忽然喊道："拓枝夫人！"

妇人一愣。

廊庑下待命的士兵们见皇甫佶喊出了声，忙机警地阻住了她。

妇人不慌不忙："将军没听说吗？拓枝夫人早死在蜀王手上了。"这是委婉地承认了。

皇甫佶只在孩提时和达惹见过一面，早形同陌路了，此刻的相遇，让他有种奇异的感觉。拂开横在面前的枪尖，皇甫佶对达惹微微一笑，比面对蜀王妃还和气点："十多年前在长安一别，舅母不认得我了吗？"

达惹道:"将军,我又不晓得你姓薛还是姓皇甫,哪敢贸然攀亲?"

皇甫佶说:"朝廷无道,薛公已起誓要为剑川黎民立命,陇右和乌爨就像一家人,我姓什么,又有什么关系?舅母还忌惮什么?"

达惹竟从这话里听出一点循循善诱的意思,她不禁对皇甫佶刮目相看。本想趁乱离开蜀王府,这下是走不成了。

"一家人?"达惹索性笑了,"段平死的时候,你戴孝了吗?"

众目睽睽之下,不是说话的地方。皇甫佶将达惹领到偏庑,不急着盘问她,叫两名女使送热汤巾栉去,给达惹稍理妆容。达惹重见天日,恍如隔世,呆坐了半晌,心道:等我想法摆脱皇甫佶,必定把蜀王从陵寝里拖出来抽他三百鞭!她这才解开头发,反复洗透梳通,拿过铜镜,在窗下端详了一瞬自己憔悴的容颜,然后目光往廊下瞥去。

廊庑下静悄悄的,皇甫佶把兵将们都打发了,独自等着。这个人身姿像岩松,能站着绝不坐着,能在马背上拼杀绝不在锦榻上流连,和气里隐含威逼,沉着而不乏狡猾。

段平亦是中原贵族出身,刚到姚州时,也是这样的英挺潇洒。

谁能想到,踏平蜀王府的会是皇甫佶?蜀王、皇甫达奚,你们都看走眼啦!

达惹利落地盘起发髻,推开门扇,转怒为喜:"六郎还不进来吗?"

皇甫佶顿了顿,走进庑房。达惹已经反客为主,请他在案边落座。这个女人真是强悍,被囚禁三年,丝毫不见颓丧,两个眸子咄咄逼人。这才是真正的阿各达惹。皇甫佶注视了一会儿她的面容,疑惑道:"朝廷和剑川的人都以为蜀王将舅母赐死了,皇帝还为此事责怪过蜀王。"

达惹冷笑:"那岂不是许多人要得逞了?"死里逃生,她难免得意,"可惜蜀王还是不够心狠。如今剑川易主,锦绣河山,要便宜别人啦!"

面对达惹的揶揄,皇甫佶倒很泰然。他知道当初李灵钧踌躇满志,要一举将剑川至乌爨诸部的势力收入囊中。

"蜀王当初为何要将舅母赐死,之后却改了主意?"

达惹掠了掠鬓发,笑道:"难保他不是垂涎我的美貌。"

皇甫佶微笑,对她的话可是半分不信。

达惹的目光在院子里转了一圈,顿悟了:"你不从我嘴里逼出蜀王的秘密来是绝不肯放我走,对不对?哼,好孩子,枉你叫我一声舅母。"

"舅母说得不错。"

达惹招了招手:"那你坐近一点,我附耳告诉你。"

皇甫佶并不是个轻狎的人,听了这话,依旧端坐不动。

达惹奇怪道:"你怕什么?我瘦得如同一把骨头,难道还能拿得动刀藏得住暗器?"

皇甫佶说:"舅母就这样讲,我听得见。"他虽然笑着,那架势,分明达惹已经是他的掌中之物,不肯听她摆布。

达惹无奈,也是感慨:"当初我来觐见蜀王,就在这间屋子里,蜀王就坐在你那个位置。"

达惹意有所指,皇甫佶却觉得她啰唆:"舅母还要跟我绕弯子吗?"

达惹将一盏茶饮尽后,痛快地说道:"我告诉蜀王,愿意把女儿嫁给他,可惜阿姹当初把事情做得太绝情,蜀王不肯上我的当,所以我就向蜀王透露了一个秘密……"达惹脸上慢慢浮起诡秘的神色,"阿姹是当初段平从蛮洞里抱回来的女孩……我早知道皇帝迟早有一天要治段平的罪,所以要把这个女孩抓在手里,要是段平和我死了,就叫她给我们夫妻陪葬。六郎,你说我这个法子是不是很妙?"

皇甫佶黑眸微微一动,面色还算镇定:"那西岭的阿依莫呢?"

达惹轻蔑道:"她只是个寻常的白爨女奴,你们却把她当成娇滴滴的公主。"见皇甫佶动容,达惹"扑哧"一声笑了,"谁知蜀王恼羞成怒,阿姹是皇帝和韦氏的女儿,那他岂不是肖想自己的姑姑?他恨不得当场杀了我,好叫这个秘密永远消失。可我劝他,将来要治各罗苏和皇甫佶的欺君之罪,正好用得上我这个人证,"她将皇甫佶一瞥,

"那时他大概心里乱得很，只叫心腹把我关押了起来……可惜没等到他回蜀王府。你猜，他是想让我死，还是想让我活呢？"

"想必他自己也不知道。可惜，他到底还是上了舅母的当。"

达惹一怔："你怎么知道我说的是假话？"她摸上自己的脸颊，"难道阿姹真和我长得很像吗？"

皇甫佶心已定，笑着摇头："父母与子女的相貌也许不尽相同，但这样巧言善辩的女人，我只见过舅母和阿姹，说你们不是一脉相承，谁信？"

达惹不服："你尽可不信，但薛厚、皇甫达奚听了这话，难保他们也不信。我早就听说薛厚想把女儿嫁给你，你却认了他做义父，还改了姓，难道薛家的女儿不入你的眼？"

"我不改姓，皇甫家在长安如何生存？我在薛公帐下又如何自处？"

"真是为了和皇甫家撇清关系？"达惹挑衅，"我看你这孩子野心不小。"

皇甫佶坦然道："做人儿子，总比做人女婿多受几分倚重。"

达惹凝视着皇甫佶，半晌，叹了一口气："你倒是比蜀王沉得住气，也比阿普笃慕心狠，可惜……"见皇甫佶无动于衷地起身，她不甘心道，"我跟蜀王说的那些话，绝无虚言，你真不信？"

皇甫佶对她微笑："是真是假，对我有什么要紧？我又不姓李。"他干脆地撂下一句话，起身就走。

达惹耐心告罄，不禁拉下脸："话都说了，还不放我走？"

"薛公有意和乌蛮结盟。"皇甫佶好整以暇地笑道，"你不拿皇甫南当女儿，皇甫南却拿你当母亲，你反正要回乌蛮的，为什么不在这里等她？"

达惹笑盈盈的："怪不得你不肯再姓皇甫，难道你不想做我的外甥，而是想做我的女婿？"

皇甫佶的身影消失在廊庑下。

番外二·皇甫佶

晨光熹微的蜀王府，后山水车昼夜不歇地接引着西岭雪水，水流声悠长。枇杷树下停着车，达惹青裙挽发，已然是汉人妇女的装扮。

两名押送的士兵倒也恭敬，称道："请段夫人上车。"

达惹冷笑一声，回视皇甫佶："好孩子，不给舅母戴枷锁吗？"

薛厚是打着隐太子、圣武旧臣的旗号与朝廷分庭抗礼的，得知达惹被囚在蜀王府，当即手书一封，命皇甫佶将达惹送到陇右。

面对达惹的怨气，皇甫佶很平和："从剑川到陇右，途中多有兵事，舅母多保重。"

妇孺都移走了，只剩一座空寂的宫殿。一旦皇甫佶离开，杀心正盛的陇右军会把阖宫付之一炬。皇甫佶对这些恢宏的楼宇并无留恋，在廊庑下盘桓了一会儿，头也不回地走出蜀王宫，骑上了马："去姚州。"

姚州三年前就被爨军占领，方圆十村八寨多是椎髻跣足的蛮人，丛林深处山歌隐隐，比起蜀郡以北，要安逸多了。皇甫佶抵达姚州城下，见城头飘扬着两色旗帜，右边绣的是个"段"字，左边则是个"尹"字。

如今的姚州太守是尹节，这个当初在曲江游过宴，慈恩寺下提过名的读书人，却被当成娃子抓到了乌蛮渡过了大半生。他的脚底生了茧，也不像汉官那样拘泥礼节了。迎上皇甫佶，他绝口不提结盟，只问："薛将军要旧地重游否？"

皇甫佶是客随主便："请尹公前面领路。"

两人不乘肩舆，也不骑马，一个是短衫撒腿裤，另一个着圆领袍，卸去了刀剑，就这样慢慢徒步上了藤子哨。尹节是习惯了走山路的，他提醒皇甫佶小心脚下的碎石和乱藤："这时节河里水势急，"他笑得不怀好意，"万一滚下山去，可就人鬼不知了。"

当初姚州之战，皇甫佶从藤子哨的山崖跌落，身受重伤，尹节这是要给他一个下马威。

皇甫佶若无其事："论起险峻，还有长安的碧鸡山。"他冲尹节笑了笑，"不知骠信想不想念长安？"

尹节悻悻地负起手，举目四望。

秋叶纷飞，天边云淡峰浓，一只孤鹰在苍茫的松涛间上下盘旋，漫漫的江水激起了雪花似的水瀑，把众人轻声的说笑都淹没了。

两人在静默中各自思索。

阿普笃慕没有露面，只派了尹节出来。如今薛氏和朝廷战得正酣，还要提防回鹘和西蕃的偷袭，乌蛮坐山观虎斗的意味很明显。

皇甫佶也是个不达目的不罢休的人，诚恳地说道："尹公，我愿意不带一兵一卒独自走一趟太和城，不知骠信愿不愿意见我？"

尹节笑道："将军，太和城你上回已经去过了，可没有带什么好消息给骠信呀。"他插科打诨，不肯轻易松口，"我们骠信少年英雄，听说薛公还有个嫁不出去的女儿？"

"骠信不是已经成亲了吗？"皇甫佶看着尹节。

"正是如此。"尹节不再开口。

水雾里传来歌声，藤子哨对岸，依山搭起了一座座竹棚，灵巧的阿米子们正往竹棚上缠绕绢花和彩带，男女们伴着竹笙的曲调，把胳膊和双脚舞动得轻快。那是一对绕三灵时看对眼的情人，以山水为媒，以天地为证，要互许终身了。河水上荡漾着小竹筏，是从十村八寨赶来庆贺的族人。明晃晃刺眼的，是新嫁娘发髻间的银花蝶，有只轻巧的手把凤凰花系在了她的衣领上。

水雾散去，在凤凰花丛中跪坐的人起了身，被簇拥着上了竹筏。在阿米子中，她有着醒目的洁白脸庞，还有漆黑的眉毛和眼睛，那含笑的表情是烂漫的，行走的姿态是凛然的。

尹节转首对皇甫佶笑道："将军看见了吗？"原来这是城头悬挂段氏旗的缘故，他颇无奈，"姚州，并不是我说了算的。在乌蛮人眼里，鬼主比骠信要大。"

皇甫佶回过神来:"我想拜见鬼主。"

尹节却转了话题:"听闻薛厚在陇右已经预备登基称帝了,他这个年纪的人,膝下无子……"

皇甫佶道:"薛公身边亦有美貌的姬妾,再生个一儿半女,不过是朝夕的事。"

尹节却摇头:"天下未定,就算薛公自己等得,诸将们却等不得,总是要早立名分的。"他直视皇甫佶,"如有朝一日将军得登大宝,能保证和乌爨以泸水为界,永世不犯吗?"

皇甫佶避而不答:"尹公也是汉人,难道不乐见收复汉土吗?"

尹节大笑:"我做了二十年的汉人,三十年的蛮人,要说我的夙愿,只恨不能亲自手刃李氏满门。"他冷下脸,"将军请回吧,若不是看在鬼主的面上,今天你也要沦为乌爨人的阶下囚。"

尹节降了各罗苏后,他的家人便被弄栋的汉官处死了,阿苏拉则命丧长安……结盟无望,皇甫佶果断地放弃,却又说道:"段夫人尚在人世,尹公对汉人的怨恨会少一分吗?"

"达惹?"尹节错愕。

皇甫佶莞尔一笑,故意卖了一个关子。他对尹节拱手为礼,快步走下藤子哨。

皇甫佶为了昭示结盟的诚意,来时人马不多,只有三两名随从。连夜返回蜀郡时,见一弯弦月挂在峰尖,林间枝叶摇动。

传说哀牢山有猛兽潜行,两个扮成行商的随从靠近皇甫佶:"蛮人善偷袭,将军小心。"

皇甫佶道:"没事。"他才策马前行,马蹄扬起尘土,忽觉面门上一道月光闪过,不禁笑道,"鱼上钩了!"

他顺势从马上滚落,两个随扈立即拔出刀来。四下鸦雀无声,皇甫佶将地上的竹箭拾起来看了看,短短小小的,没有淬毒,像孩子的玩意儿。他自言自语道:"难道真是水鬼?"

随扈警惕地喝道:"有敌军。"

皇甫佶抬眸一看,水岸的芦苇丛里,数十个持刀挎弓的蛮人悄然围了上来,衣领上还系着火红的凤凰花,是藤子哨下刚成婚的男女,天真烂漫的面容瞬间变得凶神恶煞。皇甫佶的目光在这些男女面上扫过,不见皇甫南,仿佛心有灵犀,他忽然回首,见山间斜斜伸出一截凤凰木,一双穿麻鞋的脚悬空,微微晃了晃。阿姹的面容自枝叶间露出来,那弯精巧的弦月正落在她的鬓边,皎洁地照着人脸。

阿姹耳朵尖,皇甫佶的笑声她听得清楚,失望中倍加恼怒,把弓抓起来:"你在尹节面前说的是假话?"

皇甫佶道:"哪一句话?"

"我阿娘没有死。"

"你到蜀郡一看,自然就知道了。"

阿姹犹豫了,微微摇了摇头:"我不信你的话。"她把弓拉开,箭尖对准皇甫佶的眉心,"阿普笃慕说你这个人最贪心,留你回去陇右,乌蛮要遭殃。"

听到阿普笃慕的名字,皇甫佶面色平淡了:"我说的是真的。"他对阿姹的弓箭视若不见,转头就要走。

"阿兄,"阿姹望着皇甫佶的背影,声音柔软了,"你曾经说过要收复泸水至洱河的汉人失土。如果你做了皇帝,会放过乌蛮人吗?"

皇甫佶站住脚,低头想了想:"不会。"

"那就留不得你啦!"阿姹冷声道。

一群善战的乌蛮男女逼了上来,皇甫佶也不反抗,抛下佩刀,任由蛮人将他绑个结实。阿姹从凤凰木上一跃而下,她已经是个成了亲的妇人了,但脚步依旧轻盈得像只雀儿。皇甫佶看她脚踝上的银镯映着淡淡的月辉,那是情人的镣铐。她不是野雀,而是被豢养的家雀。

阿姹走到皇甫佶面前,脚步停了下来,把他的兵刃拾起。不是阿普笃慕被抢走的刀,她有些失望。自从尹节口中听说了达惹的消息,她就有些按捺不住了，心"怦怦"跳："管你说的真话假话，我把你送到太和城，如果阿娘回来，就放了你，如果她不回来，"阿姹把刀架在他脖子上，一张脸比新嫁娘还艳丽狠绝，"就把你斩草除根。"

"你们去蜀郡打听打听，有没有阿娘的消息。"阿姹命令两个爨人。

"她已经被送到陇右了。"皇甫佶一动不动，"陇右等着我死的人可不在少数，你以为拿我当人质，他们就会放段夫人回来？想要探得她的下落，你只有跟我走一趟陇右。"

阿姹拧眉不语，架在皇甫佶脖子上的刀却渐渐垂落。

"舅母在蜀王府时，跟我讲了你的身世……"见阿姹面露疑惑，皇甫佶沉吟片刻，微微一笑，"她说你小时候在姚州长大，最爱爬都督府那棵槐树，捉树上的蚕儿藏在段都督的枕头里。"道路尽头有马蹄声响，他横目看去，眉头倏地一挑，"阿普笃慕的江山，还是段夫人的命，你要哪一个？"

"乌爨的苍山洱海，不是阿普笃慕一个人的，也是我的。"阿姹利落地挥刀，把皇甫佶的绳索劈开了。

"果然，她又在勾三搭四了。"阿普笃慕渐行渐慢，停在凤凰木下，转头对身边的木吉说道，声音不低，似笑非笑的。

"你走吧。"阿姹低声道，"我自己会去陇右，不用跟着你。"

"不留件信物给段夫人吗？"皇甫佶也压低了声音，目光似无意，又将她的银镯一瞥。

阿姹毫不犹豫，把脚镯卸下。银光一闪，皇甫佶稳稳地抓住，一个鲤鱼打挺从地上跃起。他扭头望去，见阿姹被一群乌爨人众星捧月，到了阿普笃慕马前，挡住了阿普笃慕的来路。两人争执了几句，阿普笃慕不甘心地将皇甫佶一瞪，众人便作鸟兽散了。

皇甫佶收起银镯，得意地一笑："咱们也走。"

- 全文完 -